U0582281

晴窗观云

李世权 著

中国出版集团 现代出版社

图书在版编目（CIP）数据

晴窗观云 / 李世权著. -- 北京：现代出版社，
2018.3（2020.2重印）

ISBN 978-7-5143-6037-0

Ⅰ. ①晴… Ⅱ. ①李… Ⅲ. ①散文集－中国－当代
Ⅳ. ①I267

中国版本图书馆CIP数据核字(2018)第036232号

晴窗观云

作　　者	李世权	
责任编辑	杨学庆	
出版发行	现代出版社	
地　　址	北京市安定门外安华里504号	
邮政编码	100011	
电　　话	010-64267325　010-64245264（兼传真）	
网　　址	www.1980xd.com	
电子邮箱	xiandai@vip.sina.com	
印　　刷	成都市兴雅致印务有限责任公司	
开　　本	700mm×1000mm　1/16	
印　　张	19	
字　　数	232千	
版　　次	2018年3月第1版　2020年2月第2次印刷	
书　　号	ISBN 978-7-5143-6037-0	
定　　价	64.80元	

版权所有，翻印必究；未经许可，不得转载

CONTENTS 目录

第一辑　晴窗

目录

· 1 ·

第二辑　山语

第三辑　心灯

QINGCHUANG GUANYUN

晴窗观云

第一辑 晴窗

DIYIJI QINGCHUANG

乡村春晚

　　央视春晚轰轰烈烈地举办了三十多年，成了国人一年一度的文化大餐。其形式变成了民俗节庆的新符号，少量节目成了长盛不衰的经典流传。拜年祈福，举国狂欢，都集中指向辞旧迎新的时间节点。伴歌伴舞，逗笑取乐，尽情将人民的希望点燃。时间久了，春晚节目难免形成一套固定模式：只见明星大腕们你方唱罢我登台，唱了昨天唱未来；小腕准星们争先恐后拼才艺，吸引眼球赚名气；商家蜂拥上春晚，抛金掷银为露脸；央视搭台演大戏，大含细入若干亿。热热闹闹，皆大欢喜。不过，任何大餐，也有吃厌的时候。老子曰："五色令人目盲，五音令人耳聋，五味令人口爽（伤），驰骋畋猎令人心发狂。"春晚节目本是东拼西凑，南北杂糅，冷热生鲜，腥咸麻辣皆有。但偏有人品尝出某菜不该染陈醋，某腕旧瓶装新酒，某碟甜过头，某盘辣不够……不是厨师未尽力，而是食客口味刁。十三亿人口的泱泱大国，五十六个民族的芸芸众生，即使你有十八般手艺，使尽浑身解数，也难调众口。于是，一些民间贺岁活动就应运而生。

　　蛇年除夕，我就下乡参加了一场村民组织的院坝春晚。虽是自娱自乐，却令人耳目一新。姑且记下一笔，以观民风者得焉。

　　晚会在重庆市涪陵区青羊镇安镇村一个叫长五间的罗家大院

举行。没有任何官方背景，甚至连村委头目这类准官员都没有，纯属返乡过年的一群打工仔们率性而为，图个快乐而已。那儿是妻的娘家，我也应邀参加了。据说年前有人动议，大家积极响应，仅在返乡途中互通电话，活动就定了下来。他们约定，谁先到家，就挑起筹备重担，后到的，自觉紧急跟进，分工合作，众人拾柴，集中祭祖，共同会餐，之后，举行篝火晚会，唱歌跳舞，整台山寨版院坝春晚，自娱自乐，闹他个今夜无眠。如今的打工族，已从传统的农民中分裂，形成新的一群。他们经年累月游走在城市、工厂、店铺、矿山之间。凭苦力挣钱，以汗水泡饭。居无定所，行有风寒。亲朋结伙，抱团取暖。家有老小，心撕几瓣。乡愁入怀，梦萦魂牵。他们既融不进城市，又回不去故乡。户籍、住房、医疗、保险等，像大山重重将他们挡在城外；他们又不愿像祖辈那样固守一亩三分地，面朝黄土背朝天辛苦劳作终老天年。于是，他们像水上浮萍，在时代大潮中随波逐流；像空中候鸟，追踪气候变化往返倦飞。早些年，遇农忙季节时，他们还回家栽秧割谷，如今，多数是寄点钱回来让家人雇工代劳。实际上农村劳力逐年剧减，高价请人也少有如愿。于是繁重的农活加倍地压在留守老人们身上，农忙时节将他们佝偻的腰身压得更弯。即使拼却老命也难以把承包地种完。部分土地也日见荒芜，疯长的野草吞噬了大量沃土良田。这种时代隐痛还在某些边远后山扩展，只是有人视而不见或见而不烦。但对打工族而言，乡村的衰败他们无法改变，也无力回天。生活之舟载着他们东簸西颠，一路向前。他们走南闯北，见多识广，行动自由，思想开放。一月的工资即抵种田半年收入，夫妇同行挣钱，胜于老家冒尖的谷仓。苦中有乐，心揣梦想，有钱买醉，无忧放歌，洗却猥琐，追逐时尚。春节返乡，正是一年中最欢乐的时光。家人团聚，尽享天伦之乐；邻里亲朋见面，有摆不完的家常，话不尽的沧桑。一年一除夕，新年新希望。吃罢年夜饭，守岁迎曙光。与其枯坐电视前见别人疯癫快乐，还不如烧堆旺火，又唱又跳，自娱自乐。给绾茧的心思松绑，让疲惫的筋骨伸张。

除夕那天，天遂人愿，薄雾散去，阳光灿烂。下午三点，我们一家驱车从涪陵城去长五间。妻回娘家，近乡情更怯；我走亲戚，他乡犹故乡。三十年前，我从师范毕业到涪陵六中任教，妻还是长五间社员。不久，她和女儿分到承包地，我得边教书边种田。好在学校离家不足十里远，又有公路，往返方便。两个毕业班的语文课担子本已不轻，且任一个重点班的班主任，当然，不敢有半点马虎；但男人的虚荣心和责任感又催促自己不能荒废农田，只得利用周末回家苦干。那是乡村激情燃烧的岁月，农民获得了自己经营的土地承包权，睡梦中也露出笑脸。再懒散的人也振作起来，拼命大干苦干。何况我刚安新家，又要建住房，一家的衣食冷暖，柴米油盐主要靠种田。我每月四五十元的工资实际是杯水车薪，因而，每个星期天是我最忙的时候。那时没有双休日，能为家里出力仅有宝贵的一天。栽秧、割谷、挑粪、打柴、养鸡、喂猪、打米、磨面样样都要干。记得中秋左右一个星期天，白天已甩开膀子累了整天，只休息三两小时，半夜又将4岁女儿锁在家里，我和妻趁月光明亮到黄泥塝挖干田，天亮即飞奔学校带学生做早操。那时年轻不怕累，身体健步如飞。把教书、种田看成播撒希望，育人、育秧似乎都一样风光。笔耕舌耕，总嫌时间不够用；校园田舍，定是匆匆两头忙。镜中瘦猴，尚无苦相；讲台一站，激情飞扬……青羊镇、长五间啊，那儿有我的青春记忆，有我的乡邻朋友，有我的奋斗足迹，还有布谷声声，炊烟升起。我在那里生活了五年，后进城蜗居，一晃又是二十多年。今天重回故地参加院坝春晚，既激动，又感叹，忆故人往事，叹时光流年。电影《致我们终将逝去的青春》曾令许多人泪流满面。一个乡村教师过往的简朴生活，也值得我追怀留念。他乡亦故乡，亲切又惆怅。途中，不断接到长五间亲友们打来的催促电话：同辈们戏谑我为"啰唆先生"，晚辈们询问"车到哪儿了"，有的威胁"迟到要罚酒"，有的宣布"光让啃骨头"。那些甜言蜜语加讥言诮语中包含民间智慧，又有浓浓的乡音乡情，令人陶醉，也倍感温暖。山路弯弯，车行稀少，一路行来，恰似马踏轻尘，飞鸟归巢。

　　一个多小时后，车到罗家大院。长五间左侧陈家砖房前小院坝已停了好几台小车。院坝人头攒动，廊柱上大红春联醒目，厅口长廊上方已挂上长长的网状彩灯，两个大音箱分排左右。院坝右边已整齐地摆好八九张席桌。水泥地坝扫除得一尘不染，鸡鸭们大约提前被关了"禁闭"。衣着光鲜的孩子们三五成群在追逐打闹，坝子前面那条田坎上已摆好好多箱烟花，地坝前晾衣竿上也缠绕了一串串鞭炮。女人们忙于摆碗筷，男人们忙于弄饭菜。几家灶台同时烧火，分工合作，这也是乡村办席的一般套路。我们的到来，引起小小的骚动。大家嘘寒问暖，互道新年祝福。舅母子们属"谈子客"，难免要大呼小叫地开几句玩笑，互相奚落一番。内侄儿们赶快递烟泡茶。认识不认识的娃崽在大人的指点下，怯生生喊姑公、姑婆讨口彩，内兄内弟们多老实木讷，早被生活挤成留守一族，已皱纹遮眉额，青丝染华发。见面只轻轻一笑，算是打招呼，又各自忙年夜饭去了。恍惚间，世界是如此年轻，我辈却渐渐老了，让人顿生沧桑之慨。今天的除夕贺岁活动，由本院罗、陈、曾三姓共同举办，以罗氏家族及亲戚为多，全院老少四辈共七八十人。其中许多是陌生面孔，几个小媳妇，小外孙，还有从邻水县来的江亲家夫妻，从李渡镇来的刘亲家夫妇等等，都是首次见面。本来每年初几我们都回去拜年，但我们去时，年轻一辈多回娘家去了。仿佛罗家大院的人，从来没有今天这样聚齐过。种种迹象表明，这次贺岁非同一般。

　　约五点过，恭请逝去的祖先们吃年夜饭的仪式开始。几位女性长辈在上首一桌摆上杯盘碗盏筷子，献上酒水饭菜供果，点燃香烛纸钱，地坝边鞭炮炸响，表示向阴间祖灵打招呼。然后各家代表深情呼唤列祖列宗前来享用除夕盛宴。大人们一脸严肃，小孩们虔诚观看。一种庄严肃穆的气氛迅速弥散开来。乡俗认为，祖先们魂灵氤氲天地间。祭如在，信则灵。只要秉持孝道，逢年过节不忘记他们的养育之恩，铭记他们的慈心大德，他们就会保佑子孙后代逢凶化吉，岁岁平安。献祭要内心虔诚，仿佛那些见过面或未曾见过的祖先们会呼朋引伴地来到身边。香烧缭绕，烛光摇曳，虽阴阳两隔，也割不断一脉家风。之后，将献上的祭品水酒集中起来，加上香烛纸灰，远远地泼洒，仪式结束。

随后，隆重的年夜饭紧接着开席。夕阳余晖下在院坝集体吃年夜饭，对我来说还是第一次。真有"绿树村边合，青山廓外斜"的景致，也有"肯与邻翁相对饮，隔壁呼取尽余杯"的邻里亲情。大家呼唤着，谦让着各自入席。黄桶大甑蒸的白米香饭抬出来，一样样鲜菜干果飞快地端出来。凉盘、热炒、清炖、油炸、腊肉、香肠、山珍、海鲜……应有尽有，一会儿就在桌上堆成小山。热啤、冷饮、红酒、白干各取所需。我女儿端起相机拍下一张张珍贵的画面。考虑到院坝用餐，敞风即凉，我曾电话上建议煮一锅活水豆花，炖一锅大骨萝卜，既热络又醒酒，厨师们一一照办了。主厨者是一位开了多年饭店的老板，菜品色香味俱全，大家鸣嘘呐喊，举杯相庆，共贺新年。有的大快朵颐，有的细嚼慢咽。乡情、亲情在酒中荡漾，快乐、幸福在脸上释放。燕语莺声，家长里短；喁喁窃窃，互诉衷肠……乡愁是什么？是游子对故乡的眷恋，是过年时合家团圆，是对老人们一声问候，是让孩子们尽情狂欢，是鸡鸣犬吠，是燕子呢喃，是春天的花草，是房顶的炊烟……自由、奔放、和睦、温馨，这种氛围，对常年在外打拼而身处异乡的人是多么宝贵！孩子们挑几样对味菜狼吞虎咽，吃饱就各自跑了。喝酒的男人迅速将两张方桌拼合成一张长桌，吆二喝三地斗起酒来。仿佛不豪饮几杯，实在对不起这场群英会，也浪费了压缩成饼干式的岁尾结点。几个内侄几次三番邀我入伙，投入他们的南北大战，但自知不胜酒力，只得婉拒，赶快梭了边边。其实早年，我喝酒倒还算豪爽，也因此出过洋相。那是中秋之夜，我在岳父家喝得酩酊大醉，但嘴硬还不认醉，本来刚建的新家离长五间只有几根田坎路程，我逞能单手背上五岁的女儿就兴冲冲回家，妻在后面背干草稍慢。晚风习习，月光如水，口中竟哼起"走在乡间的小路上……"突然一扑爬就摔在左边的水田里，因惯性太大，女儿从我头上飞出去，落在尚有谷桩的田里不见了。我满身稀泥挣扎着站起来，又倒下去，如是再三，惊叫着到处找娃娃，结果女儿却在前面丈余处先爬上田坎在哭喊爸爸。妻又气又笑，直埋怨我贪杯恋盏喝多了。这次醉酒，也成了乡邻们长盛不衰戏谑我的笑话。大约有人提醒接着有文娱活动，酒至半酣，那些酒徒酒仙即鸣金收兵。没人号召，男人女眷们争先恐后打扫战场，收菜洗碗，抹桌移凳，扫地收摊。突然有人惊叫：那么大一甑子饭，只挖了一个小"洞"，啷个办啰？大厨马上回答：好兆头！年年有余，今年吃到明年，明天继续集体会餐。

少顷，彩灯亮起来，音乐响起来，篝火烧起来，爆竹点起来，烟花飞起来，人们围拢来，一场别开生面的院坝春晚就热热闹闹拉开了序幕。没有横幅，没有会标，没有口号，但时间上与央视春晚高度重合，颇有东施效颦之嫌。艺术上当然与央视春晚不止相差十万八千里，其野性，率真也还可圈可点。别的不说，但是那堆篝火之旺，就超出我的想象。各家都把老树疙蔸、块子柴、拆房卸下的柱头、楼板献出，在长达五个多小时的联欢会中，让火势始终保持着健旺之势。途中不断有人争着添柴，因添柴即添财，火旺即人旺。乡村有许多过年习俗，其中讨口彩是核心。乡邻们都祈愿来年五谷丰登，六畜兴旺，熊熊大火也寓意着外出打拼的人们新年会风风火火闯九州驱邪消灾保平安。炮仗响完后，欢快的音乐戛然而止，一个小女孩儿拿移动话筒向各位祝贺新年后，宣布由罗阳桥舅舅主持下面的节目。罗阳桥在外面打工闯荡了二十多年，自称走遍了大半个中国，如今在浙江一所学校食堂供职。一口椒盐普通话麻辣滚烫，声振屋宇。没有任何节目单，全凭他乱点鸳鸯谱。只见他借几分酒劲大喊大叫，手舞足蹈，既是示范，又是调教，硬是把全场气氛鼓动起来。第一个节目是集体舞，号令全体人员随着音乐节拍手拉手围着篝火转圈，估计是寓意大团圆。年轻的积极性高，小娃娃在幼儿园也做过类似的游戏，纷纷拉起一串串。但那些没出过远门的就犯了难，有的羞涩，有的躲闪，有的分男女界限，都想梭边边……主持人就大叫大喊，一个个点名"批判"，并说吃饭那么积极，这轻松活路一个也不能偷懒！众人积极配合，嘻嘻哈哈乱抓"俘虏"，场面就乱成一团。那些想溜的人，结果是多数乖乖就范。嘴里还嘀咕：背时的猴儿些，硬是疯癫。多数人跳，少数人走，你推我搡，东拉西扯，有的被踩了脚，有的被撞了腰，但一律笑逐颜开，气氛活跃。一曲终了，音乐又换成了兔子舞、恰恰舞，这是年轻人的专利，小孩儿们也喜欢，老人们纷纷退出，喘着粗气观看。欢快的节奏，整齐的步伐，勾肩搭背的动作，似有一股强大的气流，把时序拉向百花盛开的春天，把思绪拉回到无忧无虑的童年。种田苦，打工苦，学习苦，工作苦，一年苦到头，为什么不在过年时乐一乐呢？在快乐中洗去风尘，在快乐中忘却烦恼，在快乐中迎接新岁，在快乐中孕育希望。此刻，舞者、观众都被感染了，仿佛时间也停滞了。音量已放到最大值，也不怕噪声污染，不仅罗家大院欢腾起来，连河对面太平乡的几个院子如牛角石坝、上河坝、下河坝也清晰可闻。本生产队黄泥塝、瓦厂、公路边新房子的周家、蒲家一些人，也三三两两来到长五间看热闹。

　　集体舞结束后，那些年轻人还跳得大汗淋漓，纷纷敞衣脱衣。

人们重新把板凳安成一个大圈，互相招呼结伴落座。熊熊燃烧的大火，把每一个人的脸染成酡红色，本来火烤胸前暖，风吹背后寒，但那时无风，气氛热烈，竟没有半点凉意。接着转入歌唱表演。表演区在阶檐厅口，主持人要求每人必唱一两支歌，多多益善，唱不来歌的，也必须登台亮相，说一两句祝福语也可以过关。结果大家争先恐后登台演唱，有时还你推我搡，争抢两支话筒，甚至互不相让。弄得音控台的人手忙脚乱，不断变换曲目。这种场面，也大大超出我的预期，生怕中间会冷场，实则多余。这时搞后勤的不断供应茶水，将瓜子口袋放于一张桌上，有人不停地把瓜子分发到人们的手里，年轻小伙们轮流给客人递茶敬烟。人们边剥瓜子边看节目，既是一种休闲享受，更是延续一种农耕民俗。记得童年时，每年大年三十晚上，祖母必炒半升苞谷泡或黄豆、豌豆之类的口香零食，在围炉而坐守岁时，让孩子们分享，名曰"嚼蛆"。听来虽不雅，实则有深意。据说这样就将来年偷吃庄稼禾苗的一切害虫都嚼化了，比如讨厌的地蚕、蚜虫之类。如今城乡的孩子吃零食都选择工业加工的膨化食品，很少有人知道"嚼蛆"这样的民俗了。现代化大潮，正在让许多乡村民俗湮没而消逝。只有边远山区或少数民族地区似乎还有些民俗余绪流传下来。今晚剥瓜子的，恐怕已没人知道正在"嚼蛆"了。

　　歌唱类节目是今晚的主打作品，民族的、通俗的，本土的、外国的，传统的、时尚的，低沉的、高亢的，雄浑的、婉约的，独唱的、合唱的，成人的、儿童的，红歌类、情歌类，各显神通。有全家登台的，有夫妻合唱的，有父女齐唱的，有母女轮唱的，有兄弟对唱的，更多是独唱。但真正唱得好的不多，若干人唱得都跑了调，甚至完全不在调上。有的唱错了词，有的只唱了开头几句，有的把上段唱成下段，有的把这支歌唱成那支歌。东拉西扯，南腔北调，只有大中小学生和几个年轻人，唱得字正腔圆，旋律优美。两个五岁幼儿班的小女孩，反复去唱《伤不起》，让人捧腹大笑。此时，观众即演员，演员也是观众，无论唱得怎样，一律奉送巴巴掌，有时还伴有尖叫呐喊。唱得怎样不重要，只要登台就好。为了活跃过年气氛，主持人隔三岔五就抛撒红包，小孩儿们一窝蜂上前疯抢。你跑东，他抛西，弄得孩子们跑来跑去。一个包内只有一元钱，完全是个游戏。有的抢到几个，有的颗粒无收。如此三番，那些孩子干脆跑上梯坎，扭住主持人的大腿或衣服要搜衣兜。主持人就从另一衣袋掏出红包，一个一个分发。口中念念有词：不多不多了，下去下去，似有孔乙己分发茴香豆的憨态。待孩子们欢天喜地跑下来打开红包时，里面全是空的。但下几次撒红包时，虚实皆有，全凭运气。孩子抢红包的兴趣丝毫不减。有的大人替孩子着急，也加入疯抢行列，于是梯坎下面又乱成一团。这时，主持人在台上窃喜，或者弓腰甩臀，做夸张而滑稽动作；或引吭高歌，学明星大腕们的作态，逗人发笑。他像一个魔术师，有许多猜不透的点子和把戏，足让人乐就乐翻天，笑就笑背气。但这位本院"幽默大师"也偶有失误的时候，比如晚饭后全体人员集中合影时，他整队出言不逊，就得罪一位小时候非常疼他爱他的伯母，引起小小的不快；唱歌过程中，他强势占据舞台，让两位堂弟迟迟抢不到话筒，而堂弟恰是伯母的儿子，于是发生了口角之争。三兄弟都是打工仔，一个从江苏徐州返回，一个从广东回家，他则是从浙江回乡。在酒精的教唆下，三人同时怒发冲冠，个个暴跳如雷。有的拍桌子，有的瞪眼睛，有的挽衣袖，大有拳脚相向的危险。眼看一场热闹的晚会就要夭折，篝火边的人群迅速冲上舞台，将三人隔开，咋咋呼呼相劝。慌乱中，阳桥被亲兄大桥一耳刮扇去，打得他酒醒了一半。他没还手，也不顶嘴，哥哥打弟弟，打得有理由，打得及时。另两弟兄也被几人劝进自家屋里，我也上去将阳桥推进罗明的屋里，半是批评半是说理，终于将这头暴怒的"狮子"降伏。他申诉的理由是，尽心尽力主持节目，倒遭人误解，感到十分委屈，但伤害伯母的话的确是说错了。伯母对他相当疼爱。尤其是父母去世以后，他说到动情处还掉下眼泪。他说打工在外，弱势就遭别人欺侮，必须强势，若遇打架，该出手时就出手，才能风风火火闯九州。但用这一套来对付堂兄弟，肯定不对。我问他晚会咋办，他把眼泪一抹，说姑爷，你放心，我一定把活动搞完。于是，他重新回到厅口舞台，继续主持下面的节目。他的侄儿媳妇在一旁埋怨道，你刚才发火乱扳乱跳，一拳把我打痛啰！幺叔啷个办？红包都不拿一个！贱相得很。

一场风波平息下来，晚会又继续举行，犹如一台表演安排的上下场。因有附近几家人来观看晚会，出于礼节，主持人热情邀请他们上台献艺。几经推辞，还是有两个小伙子上台亮了嗓子，唱得还相当不错。他们都在涪陵城打工，安家，也是见过世面的人，唱唱歌，实属家常便饭。他们都是内侄罗明的童年朋友，但平时各自为生活奔波，见面也不容易。今天除夕之夜，不如顺水推舟，也借机亮他几嗓子，同样赢得喝彩，沾点喜庆福气。

歌唱类节目犹如橡皮筋儿，可以任意拉长缩短。年轻人爱热闹，纷纷涌上阶檐，或点曲目，或抢话筒，或当粉丝，或补漏洞。我趁机和一些中老年亲友们摆龙门阵。大家一致认为，如今政策好，生活好。首先是自由，打工和种地，任由选择。其次免除农业税后，没人催粮逼款，只要认真种一季庄稼，粮食吃不完。还有饮水通电，修桥补路，种粮种豆，生病住院，政府还大量贴钱……人要有良心，好就是好。国家对得起农民，不能吃好穿暖不知足，还成天说东说西，一辈子拉一副苦瓜马脸。但他们担忧的是两样：一是国家八方花钱，咱又没上税，钱从何来？难道国库里藏了夜明珠？万一钱用完了咋办？听了令人发笑，真是个"地沟海心"——吃地沟油的命，却操中南海的心。二是年轻人抛弃乡村，将来谁来种地？长五间八九户人，原先有几十号劳力经营

第一辑 晴窗

土地，如今只有三五个男人在家，大量肥田沃土抛荒，多数房屋人去楼空，乡村正无可奈何地走向衰败、凋零。这确是实话，我也无法回答。罗家大院房前屋后都有许多祖坟，从残碑断简上推算，罗氏至少在此居住了两百多年。从万字辈以下，如今已传至第六代。近百年来，上几辈几乎没有当官为宦的，比较显眼的只是几位乡村教师。耕读传家是固守的家风。躬耕垄亩是生存之道，读书识字是晓文明理。新中国成立前后，当上乡村教师的几位，最高学历仅是读过县简易师范而已。改革开放后，罗氏后裔开始有了大中专学生，正字辈及其以下，已陆续有中小学教师、法律工作者、国企员工、军人等，其中一位曾获过省级"十大律师称号"。朝字辈已有人出国留学，但绝大多数是农民，守护祖屋，耕田种地，哺儿育女，代代相陈。风调雨顺是他们的理想，繁重劳动是他们的宿命。他们在谷花麦穗中度量丰歉的粮仓，在喂猪养鸡里自办银行。风梳头，雨洗脸，粗茶淡饭，瓦舍能养美女；舞银镰，挥金锄，汗滴禾下，仰天豪吼壮歌。栽秧的酒，舒筋活血浇愁肠；割谷的饭，新谷新米留口香。山道弯弯，留下他们负轭前行的脚步；层层梯田，盛满他们弓腰劳作的身影。耕耘播种，他们收获希望，也收获失望；春花秋月，照亮了青春，也耗尽了青春。祖屋长五间原先也较气派，一正两横，木楼青瓦，长廊花窗，石梯老井，晒坝谷场。屋后苍松翠竹，有核桃、柿、李老树，房前水田弯丘，产稻麦五谷杂粮。右侧横屋，突起一座四层雕楼，鹤立鸡群，有飞檐凌空之势；左边或前面有呈射线状的三条石板村道，九曲回肠，分别通往安镇、同乐、龙潭、太平等乡场。可惜在"文革"期间，罗氏后裔配合破四旧，将雕楼拦腰削去一半，成了拔毛的孔雀，断尾的山楂（鸟）；在历次旧房改造中，先后将木板壁换成土夯墙。近年左横屋在宅基地复垦中被全部拆掉种上了庄稼。一座承载着上百年历史的民居院落遍体鳞伤，格局变样，彻底失去了往日的风光。据《人民日报》报道，近十年中，全国平均每天有三百多座村庄消失，推土机挖掘机的伶牙俐爪正疯狂地蚕食着古老的乡村院落。让人想到乡愁时，既甜蜜又苦涩，既兴奋又失望。

在记忆中，长五间大院居住的三姓八九家人中始终氤氲着一种和睦大气。苦难中的爱和温暖，贫穷中敬意和互助，劳累中的戏谑和达观，构成了一种坚韧的生命活力。阶檐长廊很宽，一排可以安上七八张桌椅吃饭。右首卧有丈余长的两根厚木笨拙矮板凳，既是男人坐着抽烟歇气的地方，更是全院人聚会吹牛的地方。吃饭时，各家男女都要捧上饭碗来到这儿，或坐或站，边吃边摆家常。谁家的饭菜，一目了然。有好吃的，多半会遭众人打劫。每当尝新米、打糍粑、推豆花时，往往是一家人劳作，全院人沾光。送糍粑必送炒面白糖，端豆花必送辣椒调料。至于杀年猪吃刨汤肉，就会家家轮流坐庄办席。若遇红白喜事，更是全院人动员，喜则同喜；悲则同悲。锅碗瓢盆互相调济，瓜果蔬菜互相添补。有时，为鸡毛蒜皮的小事也吵嘴角孽，为田边地角的占有也红脸骂山，但吵时有人规劝，委屈有人申冤，话明气散，雨过天晴，稍后就和好如初。尊老爱幼的传统始终荡漾在日常生活里，我内侄儿牙牙学语时，还是大集体干活，大人都要去挣工分，把满地乱爬的曾孙交给八十多岁的祖奶奶带，她的眼睛昏花，脚腿不便，就用捞松毛的竹刮扒握在手里，静静地坐在椅子里，当小孩爬远时，就用刮扒捞回来，远了又捞回来……那份慈心爱抚，让后代感恩不尽。如今祖奶奶已去世二十多年，大家还记得她的慈容。有人临时走人户，猪牲鹅鸭自有人看管；家有病人，全院人会晨昏嘘寒问暖。长五间的人爱互相取诨名，开玩笑。夜壶、氓二、幺毛、菜脑壳、假知青、细鲫壳、潘驼背、姚点鱼、长寿、岔口、李大汉、蔺大汉、大双、细双、干人、干纠、陈纠、徐老大、阚老大、二娃、罗三、罗四、罗五、罗六、胡七、向八、细幺毛、鱼叫鸡、麻老鹰……每个诨名、小名都有来历或故事。或描形造影，或张冠李戴，或插科打诨，或借题发挥。比如夜壶、氓二，皆因父母怕小儿夭折，故意取丑名，据说阎王爷乱勾阳间人的花名册，名丑的坚决不要；长寿则是走另一极端，把对小儿的祝福大声喊出来，与呼万岁相仿佛；李大汉、蔺大汉并非男人，而是罗家两婆媳，都因身高力壮，干活超过男人，故名；徐老大、阚老大是母子二人，各有姓氏；潘驼背是亲内侄儿，刚会摇晃走路时，正值严冬，穿戴臃肿，本院陈叔（夜壶）直接从电影《抓壮丁》人名中移花接木，张冠李戴，当年的潘驼背如今已是帅小伙；菜脑壳是堂嫂，本姓蔡，年轻时头皮始有荒漠化倾向，常以白帽装饰，小姑子偏揪住她脑壳做文章，菜、蔡谐音，一喊数十年。她是乐天派，大集体时期，每天早晨天不亮即起床边唱歌边煮饭，惊动左右邻舍快快起床，似有公鸡叫早功效，又爱喝酒划拳，后来在公路边开个小店，钱没赚几分，酒量却大增，连上坡干活，也带一两瓶啤酒，想起喝一口，累了喝两口，今年七十有三，已进城带孙娃子去啰！细鲫壳是堂弟媳，结婚时是个小机灵，与水中游鱼一样敏捷，被大姑子一竿子打入鱼群，且是小鱼小虾一类；岔口是堂内侄，小娃时口大顽皮贪吃得可爱，也被心疼他的四孃（喊四爸）打入鱼类；麻老鹰是远房堂嫂，大名郭祖英，人高大清瘦，一点不麻，且面善和蔼，无端地被小姑子们戏称为爱抓小鸡的飞禽；鱼叫鸡本名余绍珍，系陈家媳妇，老实本分。你嫁到长五间来，非给你笼个帽儿不行！其实她和麻老鹰是同病相怜，名字谐音而已。大双、细双是内曾孙，双胞胎弟兄，如今已读高中一年级，但本院的人少有知道他们的学名；干人、干纠是亲姐妹，小时瘦骨伶仃，缺少营养，以干冠名，如今一在福建，一在涪陵，均做人母，且身材丰满，但乳名仍如影随形；假知青是堂兄，读高中时遇灾年削减学生规模，回乡务农，代过小学课，说话文绉绉的，种庄稼实在不行，当城里下来几个知青时，他头上就被戴上"假"字帽，虽同为知青，但城乡有别矣；至于那些按数字排序的一大串小名、代号，并非同辈，且男女混搭，有的跟干爹姓，有的是娘家排行，幺毛和细幺毛各是一家小儿子，二、三、四、五、六则是罗家两辈人四户各自的排序如此等等，不一而足。乡村的庸常日子，劳动繁重，生活清苦，日出而作，日入而息。但有了这些诨名外号带来的幽默讥趣，似乎心情要活泛一些，日子也滋润一些。罗家大院的人多才多艺，除了都会伺候庄稼外，有的会吹竹笛，有的会下象棋，有的会吼山歌，有的擅长舞蹈，其中还有公社文艺宣传队明星队员。分别在青羊、同乐等乡镇登台献艺。还有石匠三人，均患硅肺病先后去世；有车瓦匠两人，现一老一残，有业余杀猪匠一人，专为生产队六七十户宰杀年猪，现农闲时还外出打工；有厨师两人，现其中一人开饭店；篾匠、土匠（筑墙）、改改匠（锯木）、栽秧匠、驾牛匠（犁田）、割草匠、打盆匠（安席）、麻糖匠等，似乎男人皆会；若把吃饭也戏称"车碗匠"，则人人无师自通，个人自学成才也。乡村有一项技术活，颇受人尊重，鄙夷者背后妄称教书匠，当面仍称先生或老师。从世字辈起，罗家三代先后有十多人从此业。有的执教终生，有的半途而废。叔父叔母属前者，老知青、岳父则属后者。岳父先后在几所学校从教，还短暂当过村校头目，"大跃进"年代在书写标语时，被一个削尖脑壳想往上爬的人将口号截头去尾，而指认其为反标，岳父无端成为思想反动之人，被剥夺公职，由教书先生变成普通农民。此后三十多年，过着"书当快意读易尽，客有可人期不来"的落寞生活。晚年乐意为左邻右舍书写春联，生产队凡有红白喜事必请他去贡献书法技艺和当文案写手。此时已无先生或老师之称，本家称大叔、大爷、大祖祖，外姓在前必多冠姓字。他寿年八十有二，一生历三次婚姻，先后有十个子女，但只有一半长大成人。早年乡间还有一种编织草鞋的技艺，主要为自编自用，多的可卖钱，几分钱一双。据说岳母针线活好，草鞋也编得极好。她编的竹麻线耳草鞋紧扎耐穿，鞋尖还有丝线红花，极逗人喜欢。可惜她在三十岁左右就在"大跃进"后的灾年被饿死，随后饿死的还有一双女儿和一个儿子。罗家院子共饿死十余人，岳父一家占四成。我和妻每年春节回家上坟，都要去那片叫马颈子的荒草杂树丛中，给我未曾谋面的岳母以及那惨死的三兄妹点一炷香，放一串火炮，烧一沓纸钱。名人蒙冤，多有披露；小民遭殃，少有关注，那段沉痛的历史，已渐行渐远，老辈人偶尔提起，被年轻人视为天方夜谭。只有沉默的土地，才具有坦诚接纳大众苍生的襟怀。那些有权种祸而无力救灾的人，无论自我膨胀还是别人吹胀，无论是遮蔽阳光还是垄断阳光，在时间面前，都会褪去外装，风干虚胖，成为历史上匆匆过客而已。什么是人间正道？人民心知肚明，谁是乾坤栋梁，百姓自有公平秤。

如今的罗家大院，旧房已斑驳陆离，渐渐破损衰败。生活在这幢老院的人，生生死死，进进出出，枯枝嫩芽，瓜瓞绵绵。仿佛这儿的古井石梯，木柱瓦檐，磨盘风簸，火炉院坝都是有生命的，有灵魂的。它们见证了人间的春风秋雨，也阅尽了历史沧桑巨变，和主人们一道饱览了这儿上演的喜剧、悲剧、正剧、闹剧。甚至和主人一起欢笑歌哭，一起愤怒忧伤。据说，好几家人都在城内购置了房产。其余的人也在东张西望。什么现房、期房、二手房，什么清水、简装、豪华装，他们也略知一二，有人竟耳熟能详。问他们买房原因，一律说为了孩子读书，老的只是沾光。看来，下一代或下几代是不会回来生活了，别离只是迟早不同罢了。

近三十年来，大院的人员结构发生了巨大的变化。万字辈的老祖母，世字辈的岳父母、继岳母、叔岳父，正字辈的老知青夫妇，正龙、正华堂兄，朝字辈的氓二、小华、细幺毛，还有陈氏的两辈三人都先后去世。堂兄正明、正国两家为逃避灾荒远赴新疆落户。堂内弟正宇在成都发展，跃进在长沙安家，小姨正琼远嫁福建，堂姐正容嫁往重庆，其余正梅、正德、平亚、越庸、卞敏、正义、正碧、朝兰、罗五、罗明、罗勇、二娃、罗三、罗燕、大桥、阳桥、罗蓉、罗英等多居涪陵城乡，各自安家创业。陈祥辉一家三代已落户涪陵。居住老屋的人越来越少，由此带来的部分田土荒芜已成不可逆转之势。

那么，春节天各一方的人为什么不远千里风尘仆仆地赶回来，还要举办这样一场虽然水平不高，但欢乐异常的联欢会？估计还是内化为心，且剪不断理还乱的乡愁在起作用吧。都说打断骨头连着筋，万里漂泊魂绕根。故乡永远是生命的底色，它无处不在，不能忘怀。据说远在大洋彼岸的墨西哥有一种风俗：每有婴儿降生，要将其脐带埋在家门口的大树下，这样待到成人后，就不会惶然找寻而不知方向，因为他的根已经埋在家乡的泥土里。中国流传叶落归根的古训，无论是浪迹天涯的游子，还是身居庙堂的高官，老了，或死后都想回到故乡。落叶归根，入土为安，大约是他们一致的心愿。我是农民的儿子，虽然离开故乡，但骨子里还是农民。生活中的爱与憎，性格中的木讷与愚钝，情感中的正义与狭隘，感恩与冷漠，都是原生态土地的滋养，是无法再造的本色与天然，也可说这是一种宿命。我爱听乡亲们质朴的倾述，也喜欢置身于田野阡陌，看庄稼拔节，听淙淙流泉。或许，这就是我为什么要来体察一场院坝春晚的原因。

底层民间，哪怕是一幢日渐衰败的乡村小院，也可以触摸到当今农民这个庞大族群的肌理，感知时代轰然前行的足音。

时间的橡皮筋儿在不知不觉中拉长到某个节点上，突然鞭炮猛烈炸响，五颜六色的礼花照亮夜空，歌声戛然而止，老少男女都欢腾起来。再次相拥握手，互道珍重祝福。熊熊的篝火映红了每一张笑脸，百十号人携手并肩，齐步跨入马年的门槛，丰神异彩走进一个充满希望的春天。

第一辑 晴窗

岩蝉声声

各种鸟声闹翻了一个世界，也闹翻了一个季节，那就是春天。所谓"春暖花开，百鸟争鸣"是也。鸟声或清脆悦耳，或凄婉深沉，或鸱噪闹心，或应时醒人。

可昆虫就不同了。我相信昆虫们也像鸟一样，大多数也是可以发声歌唱的，只是它们有些羞涩，有些胆怯，它们的交流，靠说悄悄话、私房话类的方式以及肢体语言来完成，一般不会引起人们的注意。其中当然也有例外，比如我们比较熟悉的是蟋蟀，春天夜深人静时，可以听到"唧唧唧"的声音，不甚悦耳，似有却无，因而没人在意上心。蜜蜂的声音大家耳熟能详，"嗡嗡嗡"一个频率，没有起承转合，一韵到底。还有夏天讨厌的蚊子，它们发出尖细的轰鸣，让人胆战心惊，就像战争年代敌人的战斗机飞临上空一样，这声音是告诉你，它们要吸你的血浆充饥。谁让你的血既甜蜜又补身呢？即使你在床上挂了蚊帐，它们也会见缝插针偷袭你一口，让你防不胜防。大多数时候，它们无从下嘴，就围在帐外咬牙切齿地骂你一通。

其实蜜蜂和蚊子的声音都不是喉咙在歌唱，而是翅膀飞翔时与空气摩擦时产生的声音。原是一种歌唱的假象。真正称得上昆虫歌唱家的，大约首推蝉了。蝉的种类繁多，夏天是它们的欢乐季节，在山林野箐、田畴村舍、溪桥竹苑、崖畔洞前，都能听到它们的纵情歌唱。

一般的树蝉，俗称知了，我们家乡那一带，叫嘀啦子，大约是象声词吧。鸣叫有起承转合，三段式声音递次传来，然后再重复往返。歌唱方式多是独唱，即使有几只蝉同时欢歌，它们之间也隔老远的距离。天气晴朗时，它们叫声越清晰动听。一旦乌云压顶，山雨欲来，它们就集体噤声。这种蝉，手指尖粗细，通体浅黑色，翅膀有暗纹。此蝉《本草纲目》有载："名蚱蝉，又叫蜩、齐女。崔豹《古今注》说：'齐王后怨王而死，化为蝉，故蝉名齐女。'形大而黑，五月便鸣。俗云：五月不鸣，婴儿多灾。李时珍说：蝉，诸蜩之总名，其蛹蟕变为蝉，三十日而死。方首广额，两翼六足，以胁而鸣，吸风饮露，溺而无粪便。夏月始鸣，大而色黑者为蚱蝉。"蝉下籽到土壤内，蝉籽变为幼虫，经过七年至十五年，才会变成蛹，蛹再变成蝉后，留下蝉蜕，为治疗风热的一味中药。我孩童时，常在竹林中、树枝上捡到蝉蜕，把玩一番便丢了，并不知其为药也。后在中药铺中见的确有一味药叫蝉蜕。乳白泛黄，薄薄的一层，乡民们不叫蝉蜕，直接叫嘀啦子壳。

在武陵山大裂谷，有一种声音洪亮的大蝉，当地村民叫作岩蝉，个头比蝉（蚱蝉）大得多。大约十多年前，我于夏末秋初之时去武陵山乡连坑九社踏访。一到獐子堡，就初次领略这种奇特的蝉鸣；过天门洞，翻两头望，鸣声越响；下谷底，声音越来越宏大。简直就是蝉声的一部雄浑交响曲，山鸣谷应，气势恢宏，震耳欲聋。那年遇夏旱，旱地野苗禾稻枯焦，森林防火形势严峻，到处都有防火警示语，让人心里有些发毛。唯独武陵山大裂谷，森林植被完好，山风洗尘，空气清新，顿觉进入另一个清凉世界。而万千岩蝉同时合唱，简直有山呼海啸之势，又有空谷回音之妙。原来这清凉世界并非清静世界，而是一个喧嚣热闹的世外仙界。岩蝉叫声，也是一韵到底，中间没有起伏跌宕。一只岩蝉一次的叫声，大约持续半分钟，但成千上万只岩蝉一起高歌，就让这种叫声如洪波巨浪般连接起来了。几个小时中，几乎没有声音的空隙。太阳偏西后，岩蝉的大合唱就谢幕了。

我走过一些名山大川和高原深谷，却从未经历过这种奇特的自然景致。岩蝉的声波巨浪，完全掩埋了那各式各样的鸟鸣，仿佛这个峡谷的音乐舞台都由它们来主宰了。每只岩蝉的歌喉大约都是男高音歌唱家帕瓦罗蒂才有。粗粝中有浑厚，激越里有深情。同是餐风饮露，同是化蛹成蝉，声音与常人熟悉的知了完全不是一个等次和量级。或许只有鬼斧神工的大裂谷，才孕育了岩蝉部落，而岩蝉合唱团又给大裂谷的夏天献上了别开生面的音乐盛宴。村民告诉我，这些岩蝉都躲藏在青树翠蔓间，要想抓住一只，却不容易。它们都畏光怕人，一般不会在石头崖壁上落脚。它们要靠树叶竹林遮荫，还要靠在湿漉漉的植物上补水气。人一靠近，它们就飞跑了。这小家伙，狡猾得很哩！此次踏访，给我最深的印象，就是岩蝉的大合唱。回来，写了篇小文，发表在《涪陵日报》上。

今年初夏，我和几位文友一道上山公干，趁午间休息，再次到天门洞一带走了一段，至步仙桥止，未下谷底。如今武陵山大裂谷旅游景区开发已初具规模。道路景观已发生了变化。天门洞一线已架铁索桥，远近游人也逐渐多起来。我们再次听到岩蝉的叫声，不知是季节未到还是游人惊扰，岩蝉的叫声规模小多了。时断时续，音量不高，如一条奔腾咆哮的大江变成了涓涓细流，由黄钟大吕变成了浅吟低唱。难道岩蝉真的怕人？往时的岩蝉数量是减少了吗？果真这样，那庞大的岩蝉群落又迁徙到何方？令人感慨，令人遐想。

蝉声歌唱，一般只在夏天，且在一天中最热的时候。但因地势高低差异和森林植被不同，武陵山大裂谷蝉声可延至初秋。往后就逐渐式微了。在文学作品中，蝉的身影却无处不在，晚唐诗人李商隐在《霜夜》中写道：

> 初闻征雁已无蝉，百尺楼台水接天。
> 青女素娥俱耐冷，月中霜里斗婵娟。

大雁南飞，鸣蝉无影，只有那些不畏霜寒的小精灵还在活动，像高天冷月中的婵娟一样在互相比美。诗人描绘了一幅水乡登楼赏月的清丽画面。蝉只是时令形象，并无深意。初唐四杰（王勃、杨炯、卢照邻、骆宾王）之一骆宾王的《在狱中咏蝉》最为有名。

> 西陆蝉声唱，南冠客思深。
> 不堪玄鬓影，来对白头吟。
> 露重飞难进，风多响易沉。
> 无人信高洁，谁为表予心？

该诗前有序云："余禁所禁垣西，是法曹厅事也。有古槐数株一焉。虽生意可知，同殷仲文之古树，而听讼斯在，即周召伯之甘棠。每至夕照低阴，秋蝉疏引，发声幽悬，有切尝闻……声以动容，德以象贤。故洁其身也，禀君子达人之高行；蜕其皮也，有仙都羽化之灵姿。候时而来，顺阴阳之数；应节而变，寄藏用之机。有目斯开，不以道昏而昧其视，有翼自薄，不以俗厚而易其真。吟乔木之微风，韵姿天纵，饮高秋之坠露，清畏人知。仆失路艰虞，遭时徽纆。不哀伤而自怨，未摇落而先衰。闻蟪蛄之流声，悟平反之已奏；见螳螂之抱影，怯危机之未安。感而缀诗，贻诸知己。庶情沿物应，哀弱羽之飘零；道寄人知，悯余声之寂寞。非谓文墨，取代幽忧云耳。"

骆宾王这首在狱中完成的五律诗并序，用蝉的高洁，来比喻自己的不肯同流合污的品德。满腔悲愤，一泻而出。后来，他替徐敬业起兵反对武则天临朝，写下《为徐敬业讨武曌檄》，为后世称颂的千古名篇，收入《全唐文》《古文观止》等多种文集传世。据说该檄文被武则天看到后，生气之余，她极赏骆宾王的文采。说：这样的人才而让他沦落不遇，是宰相的过失。由此可见骆宾王檄文的确水平极高。能让被讨伐对象认可并欣赏的文章不多，还流露相见恨晚的叹息。当然她把过失推给宰相，也暴露出历来威权者揽功诿过的一贯伎俩。徐敬业兵败被部下杀死。骆宾王亡命不知所终。一说被杀，一说出家为僧。有《骆临海集》传世。

蝉在中国文学作品中最早出现在《诗经》，《诗经·豳风·七月》："五月鸣蜩"，蜩即蝉。其后《史记·屈原贾生列传》："蝉蜕于浊秽，以浮游尘埃以外。"唐诗、宋词、元曲等多次出现蝉的意象。但我们古今文人对蝉的了解，都不如法国昆虫学家法布尔（1823—1915）的观察研究蝉那么深入细致。法布尔在其200多万字的巨著《昆虫记》中，就有两章专门写蝉的。我国许多科普读物《昆虫记》，仅是一些（译者按自己取舍的）选本，多为40万字以内，非《昆虫记》全貌。法布尔对蝉的洞穴、食物、形体大小、生活习性、蜕变、声音等都有生动细致的描写。其中说到蝉这种昆虫，要在地下生活整整4年，才能为成虫拱出地面，爬上树枝，蜕变为有双翅、六足、方头、双眼的昆虫，而且对温度、湿度、阳光等非常敏感。环境不适合，它们不会轻易爬出地面蜕变。而蜕变成蝉后，一般只能存活4个星期，就寿终正寝了。

如此看来，蝉的叫声，是它们对生命的歌唱，既是生命的壮歌，也是生命的挽歌。它们要抓紧时间享受有阳光的生活，要抓紧时间繁衍下一代，为什么不放声歌唱呢？你想，它们的生命轮回如此奇特，生存环境如此艰辛，为什么不放声歌唱呢？

化卵成虫后，这些细如沙粒的小生命要潜入树根地下约15～20厘米深的地方，挖掘小屋把自己掩埋起来，靠吸食树根的汁液，来补充水分和营养。没有光线，空气极其稀薄；也没有视力，眼睛尚待慢慢发育，因而所有轻微蠕动，完全是"瞎子摸象"；它们的消化系统，仅有一个类似"水袋"的腔囊，因而无固体排泄物堆积；快满4年时，它们会慢慢挖掘出口隧道，而"水袋"中的液体可将挖掘的松土拌和成类似人类建筑用的"水泥砂浆"，把隧道四周糊牢，否则洞壁会垮塌；待这个生命出口大功告成时，它们要多次爬上洞外，体察洞口温度、湿度、空气、有无天敌、有无洪水、有无山火、有无毒气……这期间，它们还要作化蛹成蝉的一切准备。双翅、六足、眼睛、羽毛、嘴巴、肠胃、尾巴都在静悄悄发育生长、成熟。而那个腔体"水袋"也在变大变肥，因出洞以后，一遇天敌，它们唯一的自卫武器，就是从"水袋"中射出液体，据说这液体有异味，可以迷惑对方，然后拼命逃离。若干地面的虫鸟是吞食蝉虫的饕餮鬼。它们或是守株待兔，或是跟踪追击，因而地下4年的修炼，多数瞬间毙命，成活者十不及一。

蝉的蜕变，是在树枝上完成，因蜕变过程，需要一定的风，否则，蝉难以从壳中脱离。蝉从壳中蜕变而出，只需半小时。蜕变后，身体湿漉漉的，透明、沉重，并不会飞。它们在阳光和空气沐浴中变化，身体的颜色也在改变，翅膀变黑，羽毛变干，眼睛变黑，大约两个小时后，它们就飞走了，开始它们纵情歌唱的生活！

啊，地下黑暗中的漫长4年，地上难得30余天！这种自然界独特的小精灵，我们是多么熟悉，从童年玩耍知了算起，已是数十年时光，而对它们认知，又是多么陌生。其生活范围之广，文献记录的时间之长，都是祖奶奶的先祖那种级别。从中国到西欧，从《诗经》到唐诗宋词，再到明清小说，到处都有它们的身影。从古希腊的寓言作家伊索，到法国17世纪的寓言作家拉封·丹，从法国童话作家佩罗的《小拇指》《小红帽》，到法国16世纪小

第一辑　晴窗

说家拉伯雷的《巨人传》，都写到蝉。比如《巨人传》主人公卡刚都亚坐在巴黎圣母院的钟楼上，从自己巨大的膀胱里往外撒尿，把巴黎成百上千的闲散的人淹死，还不包括妇女和儿童，否则人数更多。这种灵感，会不会从蝉的"水袋"自卫中得到的启发呢？

岩蝉只是蝉类大家族的一脉，我不知它的科学名称，但它们那种齐声合唱的气势，那种声波的震荡，使武陵山大裂谷的夏天，不同凡响。除了险峻的山，深切的谷，神秘的洞，斗折的路，茂盛的树，斑斓的花，葳蕤的草，清新的风……之外，又多了一道独特的自然景观，给远道而来的客人洗去尘埃，增添游趣。也许岩蝉声声，在歌唱生命，歌唱劳动，歌唱青春，歌唱爱情，歌唱土地，歌唱生活……

劝君莫打三春鸟

　　阳春三月，繁花似锦，乳雀啁啾，在这最美季节，一种叫 H7N9 的病毒突然袭来，立刻令人胆战心惊，仿佛 10 年前的 SARS 病毒袭来一样，举国骚动。据称，H7N9 是禽流感病毒的一个变异亚种，此前人类尚未发现。世界卫生组织与我国疾控专家立即联手应对，国家每日发布权威信息，相关部门指导预防、控制、治疗工作正在疫区紧张进行。

　　禽流感即是乡村叫的"鸡瘟"。首次于 1878 年在意大利大规模暴发，导致海量鸡禽患病死亡。1955 年，科学家证实该病毒为甲型流感病毒。1981 年正式命名为禽流感，对人类有潜在威胁。但 100 多年过去了，人类至今没有完全掌握预防以及治疗方法，每当病毒出现后，疫区仓促采取隔离、消毒、大量扑杀禽畜以防止蔓延。自诩"可上天揽月，可下海捉鳖"的人类，面对肉眼看不见的病毒，往往谈虎色变，人人自危，生命相当脆弱。14 世纪欧洲暴发的"黑死病"，就疯狂吞噬了两千多万人的生命，其元凶即是黑鼠皮毛内由跳蚤携带传播的鼠疫病毒。今天已知的一些病毒，如狂犬病毒、艾滋病毒，尚为无解之病毒。而未知的病毒，还在不断发现，例如 H7N9。

　　地球上的生命历史，一直是生物及其周围环境互相作用的历史。科技进步越快，环境受破坏越烈，一些物种消亡，一些病毒产生。这本是自然现象，但人太贪婪，在利欲熏心的当下，不少人已忘却了对自然的敬畏，对生命的敬重。如活熊取胆，超密度养殖家禽家畜，大量使用催肥剂、除草剂，大量使用化肥、农药，大规模采矿冶炼，导致江河、土地、空气皆被污染……所谓改造自然的一些"壮举"，都可能导致生物物种的基因变异，让各种新的病毒产生。少数人贪口舌之欢，饕餮各种动物，什么毒蛇、昆虫、穿山甲、果子狸、梦羊（胎中羊）、乳鸽等，真是残酷至极，暴殄天物。

中国自古就有"劝君莫打三春鸟"的环保意识。敬畏春天，因为春天是一个与生命成长相关的季节；珍视生命，因为人只是地球上无数生命之一。儒家主张："山林非时不升斤斧，以成草木之长；川泽非时不入网罟，以成鱼鳖之长；不麛不卵，以成鸟兽之长。畋猎唯时，不杀童牛，不夭胎。"道家也认为："射飞逐走，发蛰惊栖，填穴覆巢，伤胎破卵"都是罪恶行径。若说那些格言警句离我们太遥远，那么家乡也有特例。在涪陵龙潭河黑塘以上石壁上，有一方摩岩石刻，为清嘉庆八年（1803）涪州知州张一鹤禁止毒鱼的告示："……查有无知贪婪之辈，竟用巴豆这种最毒药物，遍撒溪涧，鱼虾一触其毒，辄浮水面，争相捞取，以为其法甚逸。无赖毒药入水，鱼虾大小尽绝……或过经之人误食其水，导致中毒。生民所圈，不同儿戏，岂可徒食？多有人置病苦生死不问，殊为危害四方，除饬差查拏外，合行示禁于此。"题壁右方还有警示标语："从此以上至水爬岩禁止药毒江河。"巴豆是大戟科，常绿灌木和小乔木，产于云南、四川、重庆、广东、台湾等地，越南、印度、马来西亚等地也有出产。虽入药，主治寒结便秘、腹水肿胀等症。但有大毒，须慎用。乡间多用以毒杀鱼虾。虽然社会在飞速发展，但人们的环保意识却在退化，那种"醒时明月，醉后清风"的环境已离我们远去。在祖宗面前，我们这些不肖子孙难道不汗颜吗？

让我们敬畏自然，敬畏生命吧！

记住乡愁

　　"让居民望得见山，看得见水，记得住乡愁。"如此通俗而精深的话语，出现在中央城镇化工作会议中，触动了无数人内心深处的柔情，也戳中了一些地方城镇化发展的软肋。乡愁，是每一个"少小离家老大回"的游子共同的心灵寄托，也是经历劫波或享尽荣华之人回望来路时那烟水迷茫的温馨驿站，更是人生苦旅中梦萦魂牵的精神家园。建筑大师吴良镛说："青山绿水才是美丽的家园，千疮百孔的村庄，污水横流的大地，怎能唤起人们的乡愁？"农业部长韩长赋说："城镇化不是消灭农村。如果农村文明消失了，那么城镇化将是单调的。"文化学者冯骥才说："留住乡愁，不能靠临终抢救；记得住乡愁，要保护乡村文化。"这些肺腑之言，都是对前段时期城镇化过程大拆大建，破坏自然生态环境、践踏乡村传统文化的反思和警醒。

　　记住乡愁，更是文学工作者神圣的职责和道义担当。乡愁是一杯烈酒，醇厚、热烈；乡愁是一盏清茶，芳香、淡雅；乡愁是一口山泉，纯净、甘甜。诗人余光中感叹："给我一瓢长江水啊长江水，酒一样长江水，醉酒的滋味，是乡愁的滋味。"作家蒋韵说："有炊烟升起的地方，让我心动。"2012年伦敦奥运会开幕式导演丹尼·博伊把乡村色彩作为首个节目推出，希望该作品呈现英国的文化内核。他说："田园牧歌是我们曾经的过去，也是我们的现在和未来。"18世纪英国浪漫主义文学几乎代替了人类的爱而成为文学的主题，华兹华斯为首的湖畔诗人的作品尤其明显。山水之于他们就像其父母，滋养成就了他们的作品。美国诗人惠特曼，印度诗人泰戈尔，我国唐代诗人王维、孟浩然、李白、杜甫等，他们的不朽诗章中，总有大地、山川、草木气息，山水既是自然具象，也是心灵梦乡。乡村情感和自然山川成为那些流传千古的伟大作品的精神内核，从而使其作品荡漾着永不枯竭的人间温暖和思想光芒。我国当今的茅盾文学奖、鲁迅文学奖的获奖作品中，乡村题材作品约占70%。从一个侧面反映了这类文学作品分量。作家、诗人们俯下大地，走向民间，聆听时代足音，感悟人民的苦乐，从而获取精神营养，几乎成为创作优秀作品的不二法门。鲁迅先生总结成功作品的两大内容为"乡愁"和"异域情调"。茅盾强调作品中应有"特殊的风土人情"。周作人提倡文学作品要含"土气息，泥滋味"。文学评论家丁帆总结乡土文学的美学特征是"风景画，风俗画，风情画"。其间饱含"自然色彩、性情色彩、流寓色彩、悲情色彩"。乡土的美其实就是自然的美，风俗的美，人性的美。这些都是超时空的，超地域的。它是人类审美不可或缺的部分，不可随生活方式的改变而消失。据媒体透露，最近10年，我国每天消失的村落80多个（亦说300多个）；最近30年，我国4万多个不可移动的文物消失！片面的城镇化，正在迅猛蚕食我们祖先创造的传统文化，不能不令人痛心疾首！

记住乡愁，我们应立即行动。留住乡愁，文学大有可为。

清明悼国殇

　　清明在二十四个节气中最为特殊。它是唯一的具有双重意义的时令节点，既是气候节令，又是民俗节日。

　　"清明前后，种瓜点豆""桃红柳绿，百鸟啁啾""清明茶，两片芽""清明要明，谷雨要淋"。这些谚语格言，与农事相关，显然是气候节令方面描述。"清明时节雨纷纷，路上行人欲断魂""南北山头多墓田，清明祭扫各纷然。纸灰飞作白蝴蝶，血泪作为红杜鹃。日暮狐狸眠冢上，夜归儿女笑灯前。人生有酒须当醉，一滴何曾到九泉。"则是清明祭祖扫墓，慎终追远的民俗活动画面。此外，清明节民俗活动众多，各地稍有差异，如蹴鞠（古代踢皮球）、荡秋千、踏青、放风筝、拔河、插柳、拜城隍等。其中祭祀祖先、悼念亡灵、扫墓挂青是清明节最核心的内容。据传此俗起于周代，至今已有两千多年。北宋诗人黄庭坚的《清明》诗：

　　　　佳节清明桃李笑，野田荒冢只生愁。
　　　　雷惊天地龙蛇蛰，雨足郊原草木柔。
　　　　人乞祭余骄妾妇，士甘焚死不公侯。
　　　　贤愚千载知谁是，满眼蓬蒿共一丘。

作者由百花盛开的春光美景，想到荒丘野冢孤魂亡灵，进而追问人生价值，生命意义，不仅仅是凭悼亡灵，更是在警醒世人。充盈深邃的哲理和现实的感喟。同时代的苏轼在清明节也写过一首词《江城子》：

　　　　十年生死两茫茫，不思量，自难忘。千里孤坟，无处话凄凉。纵使相逢应不识，尘满面，鬓如霜。
　　　　夜来幽梦忽还乡，小轩窗，正梳妆。相顾无言，唯有泪千行。料得年年肠断处，明月夜，短松冈。

　　这是清明时节悼念亡妻之作。苏轼19岁与王弗结婚，夫妻琴瑟调和，恩爱有加。谁知十年后王弗亡故，归葬家乡。而苏轼却在千里之外的密州做官，清明时梦见亡妻，遂写下此词。幽冥两隔，柔肠寸断，梦中夫妻相顾无言的情景，最为动人。唐代诗人白居易的《寒食野望吟》：

　　　　乌啼鹊桑昏乔木，清明寒食谁家哭。
　　　　风吹旷野纸钱飞，古墓垒垒春草绿。
　　　　堂梨花映白杨树，尽是死生别离处。
　　　　冥冥重泉哭不闻，潇潇暮雨人归去。

　　诗人状写清明旷野上坟后的肃杀之气，读来顿生幽古之感。清明上坟祭奠亡灵是民间薪火相传的一种真挚的情感自然流露，是大众深沉的思想基因延续和感恩怀抱的庄严仪轨。它不因岁月流逝而淡漠，也不会因社会变迁而消亡。近年，国家顺应民意，确定清明节为法定假日，让大众回乡扫墓挂青，慎终追远。一些机关、学校、团体，还在清明前后，举行公祭，为民族英雄和革命烈士献上鲜花，寄托哀思。设立本土的人伦节日，是弘扬优秀的民族传统，凝聚民心的最好文化形式之一。因为一年一度周而复始的重要人伦节日，可以加深人们对自己的文化体验和根脉认同，进而成为深入生命基因的文化记忆。

2015年的清明节，尤其具有特殊意义。中国抗日战争暨世界反法西斯战争胜利70周年的纪念活动隆重举行。这是"二战"结束以来中国人民和世界爱好和平的人民回顾历史，面向未来的时间节点。清明悼念国殇，祭奠为国捐躯的英烈，应是当今的重要内容。古人云：兵者，国之大事，死生之地，存亡之道。一个具有知常守道文明传统的民族，更应铭记惨痛的历史，珍视为国尽忠，为民尽孝的抗日英烈。

长期以来，我们的抗战历史遮蔽了许多重要内容。一些所谓宏大叙事，往往只注重巨人风采，而忽视普通士兵；只写元帅、将军，而忽略草根平民；只写游击战、地道战的局部战史，而忽略正面战场的惨烈状况和扶大厦将倾的历史作用……当然，近年来，这种状况有所改变，纪念抗战胜利60周年的大会上，胡锦涛代表中央政府肯定国民党军队正面战场的历史地位。一些民间人士发起搜寻牺牲在缅甸的中国远征军遗骸回家的行动，南京大屠杀遇难者同胞的名单的搜寻活动在政府和民间联手进行中。2013年4月12日，任丙扬等在抗战中阵亡的陕西籍国民党军队士兵被陕西省政府追认为革命烈士。中国近代史专家、西北大学校长方光华表示，不管是国民党士兵还是共产党士兵，在抗日战争中牺牲都是为了中华民族独立做出了重要贡献，授予革命烈士也是尊重历史，彰显民族血性。2014年7月3日，新华社报道，民政部重申：将原国民党抗战老兵纳入相应的社会保障，要求当地党委、政府在政治上、生活上对他们予以关心和照顾。

著名美术家韩美林说：上帝给每个人发一份证书，这份证书就是尊严。一位儿子参加第二次世界大战的母亲说过令人感伤也令人警醒的话："对世界，你只是一个大兵；对母亲，你却是整个世界。"德国飞行员豪斯曼特说过:"战争是否正义,取决于战争的决策者,普通军人的责任是尽责。可是生命的离去是相同的,亲人所承受的痛苦也是相同的。"刘伯承元帅晚年拒绝看一切战争影视片。他说:"牺牲一位战士,他的全家都要悲伤啊。同样,一个国民党士兵死了,也会殃及整个家庭。他们都是农民的子弟,一场战争要损害多少家庭啊!"一位身经百战的老帅,有如此悲悯情怀,令人感动,也令人深思。

血与火的抗日战争硝烟远去,我们安享和平的阳光。可是那些在战争中牺牲的3500多万同胞亡灵需要我们隆重祭奠。八路军、新四军牺牲的烈士有详细的名单吗?国民党正面战场殉国的官兵有个人墓碑吗?所有罹难的爱国将士、平民百姓有准确的个人档案吗?我们这些不肖子孙是有责任的,愧待先烈是最大的不孝。而犹太民族在"二战"中惨遭纳粹杀害600多万人,战后收集整理受害者名单的工作一直在政府和民间进行,且持续了半个多世纪,哪怕是母亲怀抱中的婴儿也一一记录在案。人员的籍贯、出生地、殉难地、职业、年龄、家庭成员、性别、姓名等一律进入国家档案。英国除了在本国建有多处纪念"二战"阵亡官兵墓园外,1992年10月25日,首相梅杰还远赴北非,在纪念阿拉曼战争50周年的典礼上,为阵亡英军将士献上象征纯洁的雪绒花,慰问从英国远道而来的战争寡妇。

时间无情流逝,草木一岁一枯荣,大自然选择遗忘,我们却面对重生。中国人民在抗战中的血泪书写的光辉历史,我们岂敢遗忘?中华民族的伟大复兴,其中包含着铭记苦难的历史,激发强壮的民魂,书写光辉的未来。在纪念抗日战争胜利70周年的清明节,笔者草成小文,权当为死难的每一个同胞,献上心香一瓣,洒上泪酒一杯。有道是:

谁知此夜春风里,谁向忠魂唱挽歌?

走进新妙

2013年盛夏酷暑，我们应邀到涪陵江南重镇新妙采风学习。

天公发威，骄阳似火。青山叠翠，田野碧禾。小溪潺潺，百鸟放歌。主人热情，气氛热烈，两天行程，收获颇多。走进这个昔日革命老区的旱码头，一股热浪扑面而来。白鹤工业园区的骨架已经搭就，道路管网铺设有序，入驻企业各显身手：有的建厂房，有的忙安装，有的进材料，有的平货场……到处一派繁忙景象，这些企业有的来自重庆，更多的来自浙江。这个重庆市级小企业基地，近年来异军突起，充满了勃勃生机和创造活力。无工不富的历史正在开始改变，以工强农的愿景正在成为现实。长达2.5公里的迎宾大道，宽阔大气，正在栽植行道树，安装灯饰。新建大街，规划有序。高楼大厦，拔地而起，几个休闲广场，巧手布置。在镇中心地段，建起了大型农贸市场和百货超市，并引进了包括重庆新世纪百货、永辉超市等五家商业巨头入驻。无商不活，避免城镇空心化，为更多人提供就业机会，加快商品流通，也是新妙决策者们超前谋划的重头戏。边建边招商，建好即入驻，让商业设施尽快产生集聚人气，培育商机的综合效益，这也是一种机遇意识、速度意识的表现。学校、医院、广播电视、文化娱乐、养老保障等民生工作，新妙镇党委政府也一刻不敢放松。久违了的广场露天电影也让我们大开眼界。一个重庆市级中心镇正在涪陵西部拔节上长，一个后发乡镇正以崭新面貌吸引着世人的目光。江南高速公路的通车，将历史性改变其相对闭塞的交通环境，为新妙镇的腾飞带来更多机遇、条件和发展活力。

我一直认为，一个地方的快速发展变化，必须具备两个核心条件：人有风骨气节，地有文脉底蕴。新妙这片热土，两者皆具。

且不说具有300年历史的那条1000多米长的老街，虽落寞破败，但风韵犹存；也不说白象村的夫妻紫薇老树的连理交枝，形似拱门；亦不说木鱼山的高峻，五堡山的绵长，更不说小垭村黄桷树下在缝中冒出的白色烟雾，时隐时现，神奇玄妙，单说新妙这地名就别具一格。一般地名，多以名词为尾缀的偏正结构，"妙"为形容词，怎么会成地名呢？这与该镇的来由有关。

元、明时期，在新妙这片大地上，相继出现过太平场、徐家场、柳马场、围场、彭家场等10余处场镇，但因多种原因，加上建政迁移频繁而始终没有形成人流聚集、文化商贸繁荣的固定场镇和集市。清道光八年（1828）以彭家场三王殿为起点，先后建起四座大庙和上下两条石板街，共设5个寨门围起来形成集市，因庙多而被命名为新庙子场或新庙场。清光绪三十四年（1908）改新庙子场置新盛镇，下辖10个场；宣统三年（1911），涪州分设九镇九乡时，新庙子为三分区，下辖三镇一乡，即新盛镇、君子镇（蔺市）、同乐镇、龙潭乡共28个场（简称四镇乡）。民国二十一年（1932），改新盛镇为新妙镇，"庙"与"妙"同音义转，地名沿袭至今，而辖地多次变化。现新妙镇幅员面积138平方公里，人口4.8万。新妙因新庙而来，与庙多相关。从清道光年间起，新庙子场上先后建起东狱庙、禹王宫、万天宫、万寿宫四座大庙和崇善堂、普善堂两处心缘圣地，场镇东面1公里处的普陀寺，更是著名的川东名刹。寺庙始建于明崇祯末年（1643），初名白云庵，1865年改为白云寺，1926年更名绍宗寺，后又改名普陀寺。普陀寺占地300多亩，独立于长弯形岛状山上，建筑面积达 25000 平方米，主要建筑为天王殿、观音殿、韦驮殿、大雄宝殿、藏经楼、罗汉堂、钟鼓楼、香房、客堂、斋堂等 10 多幢。另有六个花园、五座亭阁、5 道石垒寨门，1 个水域较宽阔的放生塘，1 个桃园，1 个茶园，1 口大水井，多处花园草坪。整座灵山古木参天，花香四季；林中禅院金碧辉煌，庙像庄严；亭台楼榭错落有致；暮鼓晨钟，深邃幽远。住寺僧人 100 多名，长工 10 多名。普陀寺常年佛事繁忙，朝山拜佛的信众人流如潮，传经受戒的僧人络绎不绝。这么大的佛地洞天经费从何而来？除了信众捐功德收入外，山下还有 300 多亩良田庙产，靠收 28 户佃客每年交租谷田税。另有榨油厂、打米厂、香烛作坊等企业收入，源源不断地为寺庙提供有力的经济支撑，使一座声名远播的古刹能够在几十年间可持续发展。新妙之"妙"，其来有自。这是一片有心灵归依，有信仰敬畏的乡野，也是一片有文化传承，有灯火炊烟的大地。

再说此地的桥。油江河上的一阳桥、延寿桥，羊石溪上的广济桥，老街油房沟上的双龙桥，弋阳国民师范校旁的皓月桥，都是清代修建的石拱桥代表作品。有单孔桥，也有三孔桥。巨石桥基，券拱承重，精美雕刻，诗意桥名。大的桥拱下，都悬挂青铜宝剑；精石两端，都有石质龙头龙尾。延寿桥基座上有佛像。一阳桥基座上有环保告示，桥拱下方有阴刻楷书："皇清道光二十三年癸卯岁立廿二日从善建造一阳桥"字样。这些石桥修建时为人行桥，现多数已改成公路桥。经百载风雨洗礼，承万钧货载重压，顶千叠巨浪冲刷，依然屹立，风骨嶙峋。斑驳而不失内蕴，沧桑而更加挺拔。拜谒这些古桥，感慨良多。想到如今许多气壮如牛的所谓重点工程，轰轰烈烈地开工，喜气洋洋地竣工，很快就成为楼歪歪、桥垮垮、路烂烂的豆腐渣工程，实在让当代人汗颜。那时建桥，非财政拨款，一律由乡绅出面，集资兴建，每一文钱都要花在刀刃上，极少有贪污受贿或浪费现象发生。

如果你再仔细一点儿，会发现新街后面的陈氏花礅坟，甘家入川始祖墓，普陀寺竹林掩映的僧人灵塔等陵寝，不仅有新妙人慎终追远的虔诚，也有清代精湛的墓园文化，还有家族兴衰的鲜活记忆。那段石板老街的地漏，礅凳和石柜台都是工艺品；拱形石板铺成的街道笨拙实用，暗藏下水设施，充满机巧；前店后居，活动板门，四合天井，穿斗房架，青瓦粉墙，深巷石梯……无不保留明清时代川东居民的风格和款式。那个连接农耕文明根脉的铁匠铺，依旧炉火熊熊，铁匠师傅正在操作半机械化气锤锻打镰刀等农具。那条叫狗儿崖的石板古驿道，曾经是新妙、石沱、酒井等地去重庆的陆路大通道。那深深凹陷的石板足印、残存的清代摩崖题刻、山垭口的土地庙以及路边的拴马桩，无不在顽强地诉说着岁月的沧桑。今天，红尘滚滚，物欲横流，很多人忘了祖宗的来路，却一律削尖脑壳，收纵腰身，拼命往钱眼里钻，对传统连回望的兴趣也没有了。殊不知今天从昨天走来，未来从现在起步，一个活蹦乱跳的婴儿，血液里流淌着母亲的营养，尽管脐带剪断，母子肉身分离，但精神气脉，生命基因得以传承。

近百年来，新妙这个地方，涌现了许多叱咤风云的英雄人物，在历史大变局中，也有许多外乡人在这里写了壮丽诗篇。

晚清是一个风雨飘摇的时期，也是一个风云际会的时期，当时的青年知识分子纷纷觉醒，他们企图为一个沉睡多年的民族，打开一扇透气通光的窗口，睁开眼睛打望这个五光十色的世界。刘纯熙、李蔚如、高亚衡、郭香翰、周光南、刘漱南、汪锦涛等人在1902—1904年先后留学日本，成为孙中山先生组织的同盟会早期成员。他们追随孙中山、黄兴等同盟会领袖，在海外发展组织，创办进步报刊，与立宪派展开论战。制定"驱除鞑虏，恢复中华，建立民国，平均地权"的革命纲领。后返乡成为涪州推翻清朝统治的中坚力量，高亚衡、李蔚如都先后成为涪州新政权涪州军政府的司令长官。后来，吴玉章指派地下党员喻凌翔介绍李蔚如加入中国共产党，领导了轰轰烈烈的四镇乡农民革命运动，成为大义凛然的革命烈士。李蔚如一门英烈，弟弟李仙舟、儿子李庆赤、外甥陈寿珉、表侄女婿田鹤鸣、姨表弟李野渔、李野樵等都先后为革命牺牲。其余几位同盟会员在辛亥革命、护法斗争、从事法律教育、兴办实业等方面各有建树，书写了不同人生华章。稍晚一批的潘其昌、高兴亚、陈钧、张镇宇、喻凌翔、田鹤鸣、戴北星、陈寿珉、李仙舟、陈然、廖井丹、李亦民、甘在仁等，或是黄埔军校学员，或是地方军队高官，或为地下共产党骨干，或是弋阳国师范翘楚，或是血洒沙场的烈士。他们都是有远大理想、有道义担当的铁血儿男。其中陈然是红岩英烈中家喻户晓的烈士，廖井丹是中共中央宣传部副部长，戴北星是兰州军区空军政治部宣传部部长……刘伯承元帅早期革命活动在新妙留下印痕，并在生死关头得到新妙人民的保护，得益于新妙民间组织健旺，民风既淳朴又剽悍，既勇敢又善良。其中关键人物既是宗教法师，又是袍哥会首的普陀寺住持戒绍法师，俗名陈凤林，字海清，新妙人。他早年入天宝寺从性无法师学法，因聪敏敦厚，用心专一，后成为重庆罗汉寺方丈，主持川东佛教事宜。他与熊克武、刘存厚、杨森、邓锡侯等实力人物相交甚密，并与刘湘结为干亲。1910年回乡在原白云寺、绍宗寺旧址上花巨资兴建普陀寺，历时8年竣工，使其成为川东名刹。1916年刘伯承血战酆都受伤后，辗转从长寿来到新妙，先后隐藏在油房沟、普陀寺、玉皇观，戒绍法师陈凤林发挥保护刘伯承的关键作用。此前一年，刘伯承奉川军名将熊克武之命，前来新妙秘密组织讨袁护国军时，得到川东特区严防办主任、团练首领陈礼耕的大力支持。陈礼耕是熊克武的至交好友，又是陈凤林的侄子，凭他在社会上的声望，推荐自己得力助手团练分队长陈海堂参加筹建秘密武装工作。开明士绅和袍哥首领纷纷响应。仁号大爷李实藩、德号大爷陈树屏以及驻军首领王立山、乡绅王贡三、李次安、李树珍、朱栋成、李九师、尹定章等主动报名参军，使刘伯承领导的护国军迅速从300多人发展到1000多人。在攻打酆都战斗中，涪陵仁号大爷何元干联络袍哥会的成员并携带枪械参加战斗，助刘伯承攻下酆都城，后遭到清乡军逮捕。没有民众的积极参与，刘伯承当年的革命寸步难行，几十年后，刘伯承对新妙人民对他的支持和保护仍然铭记在心，念念不忘。1950年，刘伯承、邓小平主政西南局住重庆，他在一张曾给邓小平的旧照片背面题词："一九一六……我在四川酆都县反袁战斗中脑顶受伤，右眼残废。此为前一年所照之相，历三十六个年头了，始获之。置之座右，可博一粲。刘伯承敬赠一九五〇年十月。"这一年，刘伯承还给当年在玉皇观养伤时给予他悉心照顾的尼姑定成亲笔写感谢问候信，第一次就寄了五十元钱，表示慰问。以后还继续寄信寄钱，直至定成尼姑去世为止。这时，戒绍法师陈凤林已在普陀寺圆寂十年了，据说送葬和尚500余人，三宝弟子3000余人，群众6000余人，葬礼之隆重，川东前所未有。一个方丈，广结善缘，普度众生，既和熊克武、刘湘、邓锡侯、杨森、石清阳、范绍增、孔二小姐等达官显贵是朋友，又敢于冒险保护讨袁护国军将领刘伯承，多次掩护、保释中共地下党干部赵金权等。新妙人的风骨气节，人文传统，民风士气，从此可一斑窥豹。

在一个世纪的时序里，新妙这片土地上涌现的各类杰出人才，何止万千，军界、政界、学界、商界、文艺界、宗教界、科技界、教育界……三教九流，士农工商，庙堂江湖，荒村华屋，栋梁干城，野草闲花……如果我们以一种平实心态，以一种平视目光来打量那些人才，就会发现他们的人生具有鲜活的质感，具有生命的重量，具有家国情怀，具有道义担当。

新妙人以海纳百川的襟怀接纳外地人来此开展革命活动，如熊克武（四川井研人）、刘伯承（重庆开县人）、张俊臣（四川邻水人）、喻凌翔（江北人）、邵平阶（武隆人）、刘祥书（綦江人）、廖井丹（长寿人）、皮斌（重庆沙坪坝人）、任锦时（巴县人）。抗日战争时期，下江人不断涌入重庆，一批共产党员随难民潮来新妙中心小学任教，他们是彭海如（东北人）、廖淑惠（湖北人）、郑黎明（湖南人）、崔健飞（北平人）、巫春美（北平人）、王翠华（湖北人）、陈然（河北香河人）等。陈然于1944年至1945年在石沱、新妙一带以教书为业，积极开展地下斗争活动。1947年7月在中共南方局领导下，编印《挺进报》并担任《挺进报》特支组织委员，后任书记。1948年遭叛徒出卖，被国民党特务逮捕。1949年11月28日被杀害于重庆渣滓洞附近野地，牺牲时年仅26岁。新妙这个旱码头，那时曾是一个开放的革命圣地。新妙人张镇宇19岁时去上海明星影片公司做演员，1927年考入上海复旦大学，1930年参加十九路军，1949年5月参加"民革"，组织民军川东特区纵队，张镇宇任司令员，配合中国人民解放军第十一军解放涪陵，经整编后，这支地方部队为中国人民解放军涪陵县武装大队。张镇宇等人，一生追求进步，先从艺，后从军，先入国民党，又从国民党中分裂出来，组建新的革命团体，书写了不平凡的人生华章。代表了那个时代新妙进步人士的心路历程和前进方向。

今天，具有光荣革命传统的新妙人，又在新的征程上扬帆起航了。有巍峨的木鱼山、五堡山拱卫，有蜿蜒的油江河、羊石溪滋润，有四合竹海的清露流泉，有两汇古今的社火炊烟，更有万难不屈、向善尚美的雄心豪情，一定会有志竟成，无坚不摧。我们衷心地祝愿新妙人，以更加开放的胸襟、更加务实的作风，更加坚定的步伐，建设一个美丽富饶的现代化新妙镇。

晴窗话鸟

小 引

　　"春花闻杜鹃，秋月看归燕。"这是元代散曲作家吴西逸的小令句子。古代文人写景抒情，多把花和鸟融入情景中，往往会勾描出一幅美丽山水画图，世景风烟。借以抒发作者的爱恨情仇，喜怒哀乐。"年年岁岁花相似，岁岁年年人不同。"一方面是感叹年华易逝，春光易老；另一方面，时过境迁，人的感觉也会起变化。甚至同一种花，在不同人的眼中，感觉也会不一样。典型的最数梅花，陆游的《咏梅》词："驿外断桥边，寂寞开无主。已是黄昏独自愁，更著风和雨。无意苦争春，一任群芳妒。零落成泥碾作尘，只有香如故。"陆游一生力主北伐抗金，爱国壮志未酬，词中以梅花自喻，流露出怀才不遇的落寞和感伤。毛泽东读陆游此词，反其意而用之，写出《咏梅》词："风雨送春归，飞雪迎春到。已是悬崖百丈冰，犹有花枝俏。俏也不争春，只把春来报。待到山花烂漫时，她在丛中笑。"完全是另一番热情乐观的豪情表达了。鸟却与花不同。人们对鸟的情感，则相对比较固定，虽有差异，但极少颠覆性印象。鸟能够引起人们的关注，固然是因为它们是人类的朋友，和我们的生产环境、居住条件、气候节令、生活习俗、文化传统息息相关。但最初赢得人们的喜爱、亲近或遭到疏远、扬弃，则与它们自身的某些特征、习性相关。比如体态玲珑，形状优雅，羽毛绚丽，鸣声悦耳，报春知秋，饮食习惯益于人类等等。因而人类又将它们分成益鸟和害鸟两大类。按今天的环保标准，即使是害鸟，也是自然界动物食物链中的一环，人类不得妄加捕杀。其中一些数量急剧减少，甚至濒临灭绝的鸟类，已列入国家保护动物。有些鸟类是我们传统文化中不可或缺的文化元素，它们的美好形象，从古到今都没有根本变化。本文试举几例，略作佐证。

仓 庚

仓庚，鸟名，亦叫仓鹒，鸧鹒。此鸟是《诗经》中出现的鸟之一。由于《诗经》所描绘的社会生活，是西周和春秋中期以前，其中最古老的，接近三千年了，所以仓庚鸟进入文学作品，也是最早的鸟名之一。《诗经·豳风·七月》中有"春日载阳，有鸣仓庚"句。仓庚是什么模样，大小如何，毛色怎样，我们都不得而知。只有一点可以体会到，就是叫声明亮，而且是在春暖花开时，阳光明媚下，尽情舒展歌喉的。不然，不会引起人们的重视。《诗经》总共305篇，分成"风""雅""颂"三大类。"风"的内容，含十五国国风。这部分最能够反映当时民间习俗，生产生活状况。据称其内容是周王室派专人到各地民间搜集整理的。按今天的时髦语言，可称源于生活，又高于生活。那么只读《诗经》，这仓庚鸟的详细情况不得而知。是不是这种古代的鸟如今已消逝了呢？带着这些疑问，查阅相关书籍、资料，原来，这仓庚鸟就在我们身边。它们不仅活在大自然中，也活在历代诗词歌赋里。这小精灵和我们人一样，也有小名、学名、笔名、艺名。披上马甲，让我们雾里看花。除了上述三个名字同音异字外，其实就是耳熟能详的黄莺、黄鹂。《辞海》："黄鹂，鸟纲，黄鹂

第一辑 晴窗

科。体长 25 厘米，雄鸟羽毛金色而有光泽，头部有通过眼周直达枕部的黑纹，翼和尾中间黑色。雌鸟羽色黄中带绿。树栖，鸣声婉转。常被饲作观赏鸟。"原来之所以两千多年前就进入了《诗经》，具备了两个基本条件，一是羽毛美丽，二是叫声悦耳。黄莺的羽毛美丽，《诗经·小雅·桑扈》有记载："交交桑扈，有莺其羽。"《毛传》："莺然有文章。""文章"即色彩斑斓。莺的歌喉悦耳，古人称之为"莺篁"，即黄莺叫的声音像笙篁奏出的声音一样悦耳。如此看来，黄莺算得上鸟类中唱歌的明星大腕，如不是上过央视的"星光大道"，至少是经过地方台的"超女""超男"或"中国好声音"类的海选。因而其"粉丝"之多，自然就排队成行。这些"粉丝"，有的是暗恋，隔山隔水引颈倾望；有的是明喊，现场手舞足蹈声嘶力竭。当然历代粉丝中，以文人居多。试以唐人为例。

金"粉"金昌绪在《春怨》中写道："打起黄莺儿，莫在枝上啼。啼时惊妾梦，不得到辽西。"这是写一个征夫的妻子，日思夜想在辽西征战的丈夫。春日里偶听黄莺清脆悦耳的叫声，更增添了她的离愁别绪。因而要呹走黄莺，免得惊断我的美梦！其诗画面清新，情景感人。虽有打的动作，其实只是驱走而已。

杜"粉"杜甫在《绝句》中也写到黄鹂："两个黄鹂鸣翠柳，一行白鹭上青天。窗含西岭千秋雪，门泊东吴万里船。"诗中的一对黄鹂在春天嫩柳上引颈高歌的形象，清丽自然，与一行白鹭对举，春天美景跃然纸上。

韦"粉"韦应物的《滁州西涧》诗："独怜幽草涧边生，上有黄鹂深树鸣。春潮带雨晚来急，野渡无人舟自横。"也写春天景象，重点落在水边野渡无人的清幽状态。

钱"粉"钱起的《赠阙下裴舍人》诗："二月黄鹂飞上林，春城紫禁晓阴阴。长乐钟声花外尽，龙池柳色雨中深。"写皇宫帝苑的春雨到来景象，黄鹂成了静景中可爱的动态形象。

杜"粉"杜牧的《金谷园》诗："繁华事散逐香尘,流水无情草自春。日暮东风怨啼鸟,落花犹是坠楼人。"此诗中的啼鸟,仍指黄鹂。诗咏春景而兼吊古人。其中有故事。金谷园故址在河南洛阳县西一处山沟里,环境清幽,景色佳美,是西晋富豪石崇的别庐。石崇自己在《金谷诗序》中说:"余有别庐在河南,界金涧中,清泉茂树,众果柏药物备具。"《晋书·石崇传》:"崇有妓曰绿珠,美而艳。孙秀使人来求之不得,矫诏收崇。崇正宴于楼上,谓绿珠曰:'我今为尔得罪。'绿珠泣曰:'当效死于君前。'因自投于楼下而死。"杜牧此诗正是凭吊"坠楼人"绿珠的。石崇何许人也?按今天的标准,属贪官巨富。官当到侍中这种副部级高位,侍从皇帝左右。早在荆州刺史任上,他以劫掠客商敛财成为巨富。曾与贵戚王恺、羊琇等斗富,用蜡烛代替薪柴,作锦布障五十里。王恺虽得晋武帝支持,但在花费钱财方面,仍然败下阵来。就是这么一个奢靡烧钱的家伙,养个小三却对他忠贞不贰,以死殉情,这可能是触动晚唐诗人杜牧心中最敏感的神经。五百年后,仍触景生情,写下《金谷园》诗悼念绿珠。

至于元曲小令中写春天常将黄莺和春燕连在一起的句子比比皆是。如白朴《天净沙》中"啼莺舞燕,小桥流水飞红",乔吉《天净沙》中"莺莺燕燕春春,花花柳柳真真",张可久《落梅风》中"秋千院,拜扫天,柳荫中躲莺藏燕",等等。宋词中写黄莺的也多,如韦庄《菩萨蛮》:"琵琶金翠羽。弦上黄莺语。"《荷叶杯》:"惆怅晓莺残月。相别。从此隔音尘。"寇准的《踏莎行》:"春色将阑,莺声渐老。红英落尽春梅小。"柳永的《定风波》:"日上花梢,莺穿柳带,犹压香衾卧。"晏殊的《破阵子》:"池上碧苔三四点,叶底黄鹂一两声。"黄庭坚的《水调歌头》:"溪上桃花无数,花上有黄鹂。"《清平乐》:"春无踪迹何知?除非问取黄鹂。"秦观的《望海潮》:"正销凝。黄鹂又啼数声。"《行香子》:"正莺儿啼,燕儿舞,蝶儿忙。"

第一辑 晴窗

晏殊的《踏莎行》:"翠叶藏莺,朱帘隔燕。",等等。

仓庚黄鹂,金声华羽。众里寻它千百度,原是新朋旧侣。

鸳　鸯

鸳鸯属鸟纲,鸭科。多巢于树洞,栖身于内陆湖泊溪流中。常结成小群,偶尔也有短暂的单独活动,但雌雄偶居不离,因而古称"匹鸟",也即成双成对的鸟,且特指鸳鸯。能够享有一个古代的专词,这当然是鸳鸯家族的荣幸。《诗经·小雅·鸳鸯》中有"鸳鸯于飞"句。《毛传》:"鸳鸯,匹鸟。"郑玄注:"匹鸟,言其止则相耦,飞则为双,性驯耦也。"后因此鸟习性以比喻夫妇恩爱形影不离。鸳鸯飞行力极强。在我国内蒙古和东北北部地区繁殖,越冬时迁往长江以南及华南西南一带。平时以植物性食物为主,兼食小鱼和蛙类;繁殖时期则非常注重营养保健,以昆虫鱼类为主食。这种食物习惯,有点儿像 20 世纪 60 年代乡村被严重饥饿困扰时,领袖号召广大人民公社社员"忙时吃干(饭),闲时吃稀(饭),平时半干半稀,杂以薯类,瓜菜"一样,不浪费消耗食物,有将好钢用在刀刃上的美德,鸟的某些灵性,不亚于人也。

鸳鸯逗人喜欢,就是雌雄双飞偶居不离的性格。据传一对鸳鸯中只要一只死去,另一只也活不长。有点儿殉情决绝的任性品格。初唐诗人卢照邻在其《长安古意》中写道:"得成比目何曾死,愿作鸳鸯不羡仙。"杜甫在其《佳人》诗中写道:"合昏尚知时,鸳鸯不独宿。"李白在其《长干行》之二中写道:"鸳鸯绿蒲上,翡翠锦屏中。"在《长相思》中写道:"赵瑟初停凤凰柱,蜀琴欲奏鸳鸯弦。"孟郊在其《烈女操》中写道:"梧桐相待老,鸳鸯会双死。贞妇贵殉夫,舍生亦如此。"白居易在其《长恨歌》中写道:"鸳鸯瓦冷霜华重,翡翠衾寒谁与共?"宋词中以鸳鸯为比喻的题材意象的也很多。如温庭筠的《菩萨蛮》："水精帘里颇黎枕。暖香惹梦鸳鸯锦。"李珣的《南乡子》："乘彩舫，过莲塘。棹歌惊起睡鸳鸯。"贺铸的《半死桐》："梧桐半死清霜后，头白鸳鸯失伴飞。"吴文英的《风入松》："惆怅双鸳不到，幽阶一夜苔生。"元曲中，文人接唐诗宋词余绪，继续在其作品中歌咏鸳鸯。如杨果的《小桃红》："采莲人和采莲歌，柳外兰舟过。不管鸳鸯梦惊破。"徐琰的《蟾宫曲》："喜时节，闰一更差甚阴阳，惊却鸳鸯，拆散鸾凰；犹恋香衾，懒下牙床。"卢挚的《蟾宫曲》："飞鹜鸟青山落霞，宿鸳鸯锦浪淘沙。一曲琵琶，泪湿青衫，恨满天涯。"乔吉的《水仙子》："闷葫芦铰断线儿，锦鸳鸯别对了个雄雌。"刘致的《醉中天》："水底双双比目鱼，岸上鸳鸯户。"查德卿的《普天乐》："鹧鸪词，鸳鸯帕。青楼梦断，锦字书乏。后会绝，前盟罢。"在生活中，历代婚嫁的陪奁器物，必有鸳鸯枕、鸳鸯被、鸳鸯帕、鸳鸯鞋等，用以象征爱情美满，祝颂生活幸福。画家的水墨丹青，书家的题笺题联，剪纸的题材选取，几乎都有鸳鸯的身影出现。

在万千种鸟中，鸳鸯可称一夫一妻的楷模，如果也在鸟类中评选婚姻道德模范，可能获人类的点赞，远比鸟界的选票还多。不过，要说雌雄相依为命，还有比鸳鸯更奇特的，那就是比翼鸟。

比翼鸟

比翼鸟，古鸟名。《尔雅·释地》："东方有比目鱼焉，不比不行，其名谓之鲽；南方有比翼鸟，不比不飞，其名为鹣鹣。"传说此鸟仅一目一翼，不比并不飞。这是郭璞的注释中说的。这种鸟太奇特，只长一只眼睛，一只翅膀，必须两只鸟并在一起，才能飞翔。且必须生右目右翼者在右，生左目左翼者靠左，否则，根本不能飞翔。作为鸟类，除了极少数被人饲养，比如鸡、鸭、鹅等家禽以外，绝大多数要靠飞翔才能生存，（南极的企鹅和非洲的鸵鸟例外），若说鸳鸯是偶飞同居，形影不离，但它们个体是健全的，偶尔也可以单独行动，而比翼鸟就完全要依靠对方才能行动了。想来它的身体有残缺，行动不方便，应向残联或民政部门申请困难补助才行。然而它们不仅生活得很好，而且也和鸳鸯一样，成了人们学习的榜样，羡慕的对象。人们把比翼鸟比喻成模范夫妻、忠贞恋人或铁杆朋友，褒奖有加。古代宣传力度很大。比如伟大的晚唐宣传员白居易先生在其千古名篇《长恨歌》中就有："在天愿为比翼鸟，在地愿为连理枝"的佳句，歌颂杨贵妃和唐玄宗的爱情。另一位杰出的宣传员是汉末曹植先生，他在其《送应氏》诗中写道："山川阻且远，别促会日长。愿为比翼鸟，施翮起高翔。"属于送别铁杆朋友的真情流露，其他粉丝上网跟帖的作品就蜂拥而来，可谓洋洋大观矣。

在中国的传统文化中，由比翼鸟这种意境生发开去，展开想象，人们发现，既然天空有比翼鸟，那么地上就有连理枝，水中还有比目鱼。此三者，都可象征形影不离的恩爱夫妻。连理枝指两树枝条连生一起。除了白居易上述诗句外，还有比喻同胞兄弟的，如张羽《送弟瑜赴京师》诗："愿言保令体，慰此连理枝。"那意思是说，你出远门到京师要注意保重身体哟，身体是革命的本钱嘛！你做到了这点，就是对我这个亲哥哥的最大安慰哩。关于连理枝，东晋干宝的《搜神记》还有段神话传说："战国时，宋唐王舍人韩凭之妻何氏美，康王夺之。韩凭自杀，何氏也投水而死，遗书愿合葬。康王怒，使里分理之，两冢相望。宿昔之间，有大梓木生于两冢之端，旬日而合抱，根枝交错，又有雌雄鸳鸯相宿树上，晨夕不去，交颈悲鸣。宋人哀之，因称其木为相思树，连理枝。"至于比目鱼，水中确有，不是神话。查其家谱，属硬骨鱼纲，鲽形目鱼类的总称。包括鱼鳒科、鮃科、鲽科、鳎科、舌鳎科鱼类。林林总总，丁口繁盛。进入文学作品，除了历代诗词歌赋外，清代剧作家李渔写过《比目鱼》传奇剧。其故事为：书生谭楚玉同戏曲女艺人刘藐姑因相爱受阻而双双投江，得神助化为比目鱼，后复生结合的故事。其缠绵悱恻、生死不渝的爱情故事，曾拨动了多少人的敏感神经，换得多少青衫湿、红巾泪。

比翼鸟在生物学谱系中我没找到确切的记载，但在历史典籍中，却有言之凿凿的记载。据先秦典籍《逸周书·王会篇》所载：

> "（周）成王大会诸侯于东都，四方贡献方物，氐、
> 羌以鸾鸟，巴人以比翼鸟，蜀人以文翰，卜（濮）人以
> 丹砂，夷人以㯉木。"

周成王是周武王的儿子。当年大会宾客的地点在东都洛邑，四方诸侯都带着地方珍贵特产来奉上贡品。这样庄严盛大的场合可开不得玩笑，弄不好，不仅有失诸侯国颜面，还可能奉送者掉了脑袋也未可知。因此各个诸侯方国必定绞尽脑汁，选择拿得出手的方物珍品，以求得周天子的青睐厚爱，才能确保一方平安。巴人贡献比翼鸟，肯定是当时巴国最珍贵的灵异动物。这种灵鸟就生活在巴国这片土地上，枳地为巴国国都，因《华阳国志·巴志》有"巴王陵墓多在枳"的记载。因此可以推断，比翼鸟就出产在古地枳，即今涪陵这片土地上。比翼鸟为诸侯国国宝级的灵鸟，其生活栖息之地的森林植被、气候土壤、信仰风俗等都有其奇特之处。无论比翼鸟所象征的忠贞爱情，还是它暗示的神秘地标，都充满着历史的温馨和人间的暖意。值得今天的涪陵人珍惜和挚爱。

山 胡

苏轼为涪州留下两首诗作，一是《荔枝叹》，坐实"永元荔

枝来交州，天宝岁贡取之涪"，发出"我愿天公怜赤子，莫生尤物为疮痍"的感叹。另一首是《涪州得山胡次子由韵》，写的是当地一种善鸣的小鸟。对其"终日锁筠笼"的命运充满深切的同情。

荔枝是水果上品，不然杨贵妃怎么会馋涎欲滴要飞马传送呢？涪州长江沿岸到处都有荔枝林，其状其味老幼皆知。山胡是一种什么鸟，居然引起文坛大家苏轼哥俩的注意，本地人未必知形知声，说出子午卯酉。

北宋嘉祐四年（1059）十月，二十三岁的苏轼与其弟二十一岁的苏辙回四川老家眉山，服母丧期满后，和时年五十岁的父亲苏洵再度出蜀，前往京师开封。这是后人号称"唐宋八大家"的三家，苏氏父子三人最后一次同行远足。之后的白云苍狗，命运跌宕，再无机缘同行往返蜀中故乡了。从眉山到开封，最便捷的行程是水路乘船顺长江东下，到荆州后折向北行。船过涪州，正是深秋时节，江水澄澈，山花斑斓。得山胡鸟，善鸣。苏辙先作五律《山胡》云：

> 山胡拥苍毳，两耳白茸茸。
> 野树啼终日，黔山深几重。
> 啄溪探细石，噪虎上孤峰。
> 被执应多恨，筠笼仅不容。

弟弟写了诗，兄长苏轼立即写诗和之，他的《涪州得山胡次子由韵》云：

> 终日锁筠笼，回头惜翠茸。
> 谁知声嗷嗷，亦自意重重。
> 夜宿烟生浦，朝鸣日上峰。

故巢何足恋，鹰隼岂能容。

　　两诗都入《全宋诗》《四库全书》等多种版本。但山胡是什么鸟？后来者也不甚了解。冯景《苏诗续补遗》卷下题解作《涪州得山胡》，查慎行《苏诗补注》卷一作《黔中得山胡》。其实考诸苏氏父子赴京路径，前者应是对的，他们乘船过涪州，并未去黔中一带。但作为一种鸟群，其生活范围应该比较广阔，既然涪州有山胡，黔中未必无山胡。只是一个"得"字说明，苏氏父子过涪州时，上岸休息，可能有朋友送给山胡鸟供其欣赏把玩。这种鸟的毛色、动态，两诗几乎一样，关键是善鸣。声音清脆悦耳，有如今天的画眉。两诗都写了筠笼，一种竹编的囚鸟笼子。苏轼的诗以理趣见长。由囚鸟想到人生的诸多囚笼，自然生发内心感慨。苏辙的诗句"被执应多恨"也挑明了这种心结。即使此次到京师，求学求职，前景似乎都阳光灿烂，凭他们的聪明才智，又青春年少，应该说信心满满。但宦海沉浮，官场凶险，一旦身陷官场，便会失去人身自由。就像山胡鸟终日被锁筠笼一样，前途堪忧。

　　对苏诗，注者多多，其中对山胡鸟的考释，则语焉不详。如《历代咏鸟诗品评》对山胡鸟的考释："山胡子，亦称'山胡'，古籍中鸟名。羽色青翠，善于鸣啭；产于西南地区的丘陵地带。今为何鸟，未详。"其实古代注家对山胡鸟有所说明，只是今时注者偷懒罢了，以"未详"了结。最是省心省事。

　　北宋人邹浩《山鹕》："大如青菜小如乌，色亦苍然二者俱。嗣岁不惟催布谷，可人尤是劝提壶。巧兼琴弄端谁使，追得年光赖尔乎。萱草堂高欣属耳，筠笼随我入东吴。"此诗把"山胡"鸟称作"山鹕"，对其形状大小，羽毛颜色，声音清脆，逗人喜爱，都作了生动描写。并且可以装进筠笼，到达东吴即今江西、安徽、浙江等地。

明代杨慎《罗甸曲》其六"林间山胡鸟,声声啼我前。何似故园里,花亭闻杜鹃"。罗甸,在贵州中部。杨慎《滇载记》中有诗句:"珊瑚勾我出香闺,满目潸然泪湿衣。"两诗中把山胡、珊瑚称同一种鸟,而地域扩展至云南、贵州了。其叫声与啼血杜鹃鸟相似,可以引起诗人无限惆怅之情,甚至到了"满目泪湿衣"的程度,足见此鸟叫声不同凡响。

明代曹学佺《蜀中广记》:"黔中有山胡鸟,善鸣,一作山呼。"曹氏是蜀中地理学家、诗人,说此鸟生活在贵州一带。特别点明"善鸣"。

清代屈大均《广东新语》卷二十《禽语·山鹧、画眉》:"山鹧青紫,画眉红绿,形色小异,而情性相同。……画眉性燥,山鹧性静。一名珊瑚,珍之也。"这段文字又将山鹧和画眉进行了比较,指出两者形状和色泽差不多,但性情却不同,一个性情急躁,一个性格温顺沉静。但两者都是人们珍爱的飞禽。

清代《广东通志·物产志·鸟》"山乌形如八哥,一名山鹧,又名珊瑚。能作种种禽兽音,教之能学人语。"该文把"山胡"叫"山乌",像八哥一样可学人语,难怪逗人喜欢,其名叫山乌、山鹧、珊瑚,其实就是同一种鸟。

清代蜀中才子、文学家、戏曲理论家李调元《南海竹枝词》其二:"自是繁华地不同,鱼鳞万户海城中。人家尽蓄珊瑚鸟,高挂栏杆碧玉笼。"李调元曾任广东学政,以诗词作品记叙广东风物。他又将山胡鸟生活地区扩展到广东、广西甚至海南一带去了。似乎这一带家家都喜养此鸟,并且用绿色囚笼将其挂在栏杆上欣赏。

清代《钦定鸟谱》卷二"珊瑚鸟"条:"珊瑚鸟亦作山鹧,一名山乌。……形如百舌,赤目黑睛,黑嘴尖喙,顶有帻,黑颊,颊前有白毛一片,通身至足细而黑纤爪。"这段文字更是将山胡鸟的形态,毛色作了十分细致而生动的描述。作为皇上钦定的鸟谱，应该具有相当的权威性和科学性，非细致观察，写不出如此细致准确的文字来。

同是清代的《闽书》也有对山胡鸟的记载："山鹧鸟大如鸠，苍色，两腮有圆点，黑白相映，翔跳不定，声清调如莺，人笼而畜之。"此文又将此鸟生活范围扩大至福建省。状写形态大小和鸠相比较，声音和莺相比喻，甚至细到两腮有圆点，黑白相间也记录在案。尤其是它的行动是"翔跃不定"，一会儿是飞，一会儿是跳，非常生动传神，如在眼前。

和《闽书》相同时代的《粤志》，对此鸟的描绘也细致传神："山鹧，一名山乌。其铁脚者，眼赤而突者善斗；胸间有黑毛一片，圆而小长者善鸣。雄尾长而雌尾短，雄音长而雌音短。喜栖水自调其声，与流波相应。嘴爪最利。东安人笼畜之以斗胜负。一名珊瑚，珍之也。"这段方志更详细，对雄鸟雌鸟尾巴和声音都有比较说明，尤其是善斗善鸣的特点，十分传神。更精妙的是该鸟鸣时在水波边自调其声，与水波相应，这有点像人间的交响乐团的演奏家演奏前调整乐弦音阶，以及歌唱家们演唱前和乐队们配合发声一样。山鹧的聪明才智由此可见一斑。并有对东安人养山鹧鸟斗胜取乐的地方风俗描写。

《辞海》对山鹧的释义为鹈鹕。《中国动物志·鸟纲》对其认定为"黑喉噪鹛"，并说世界上有六个亚种，其中三个分布在我国境内。《中国鸟类图鉴》也称其为"黑喉噪鹛"，分布在我国西南及南海广大地区。栖于雨林下的灌丛、竹树间。以昆虫和植物种实为食。

苏轼兄弟九百年诗中的涪州山胡鸟，追寻起来有那么多知识和趣味。说不定山胡就在我们身边，叫声如故，翔跳不定。只是我们不太熟悉罢了。

鸟语拾趣

"丽日和风春淡荡，花香鸟语物昭苏。"这是清人李斗《扬州画舫录》中的诗句。鸟语一词，大概出于此。

资料显示，目前已知世界上的鸟类近万种，我国有近两千种，可谓一个庞大的动物物种家族。鸟和人类在远古应是近亲，都属脊椎动物，都是用肺呼吸，心脏具两心耳两心室，都有四肢。只是在漫长的进化过程中，在某一岔道口两类生命物种分道扬镳，一支由猿变人，一支展翅高飞。鸟的前肢变成了翅膀，后肢变成瘦脚，嘴巴变成长喙，食管后段膨胀成素囊。绝大多数鸟靠飞翔生存。这一技能成为人们羡慕的对象。而鸟的叫声，更是五花八门，各具特色。有的清脆悦耳，有的高亢嘹亮，有的低沉含混，有的尖厉椎心。尤其是春季，是鸟雀们孕育生命的时节，也是它们最欢乐的时光。因而才有"百鸟争鸣"的说法。

鸟的叫声，其实就是鸟的语言。一万种鸟，就有一万种语言。它们在自己族群中，也要互相交流，表达欢乐、痛苦、亲昵、爱抚、惊惧、愤怒、恐慌、哀怨、仇恨等情感，只是我们难以听懂而已。鸟语也是有语言而无文字，就像人类中一些古老的氏族，靠口耳相传，一代一代沿袭下来，直至今日。有生物学家说，鸟叫仅是一种生理现象，比如公鸡啼鸣，暮鸦噪晚。我认为，这话虽对，但似乎只说准一半。鸟的某些叫声，绝不仅仅是生理反应，比如我见母鸡呼唤小鸡崽啄食，伴有若干示范动作，将谷米啄起又吐下，咯咯咯地反复传授雏鸡吃食技艺，恐怕就不能单以生理现象来解释了。那种做母亲的亲昵、爱抚、慈心、责任，和人类似有共通之处。除生理反应外，也应该有心理活动，情感表达。

人类发展到今天，可上天揽月，可下海捉鳖，可到地心采油取矿，但和自然界的鸟类相依相伴的习俗，似乎没有根本改变。如果真是"千山鸟飞绝，万径人踪灭"，那才是人类真正的巨灾大难。而"两个黄鹂鸣翠柳，一行白鹭上青天"为什么成为千古绝句，"晴空一鹤排云上，便引诗情上碧霄"为什么引起文人诗兴大发？无他，有鸟儿自由飞翔、放声歌唱，天空是如此明净，大地是如此丰腴，生活是如此美好。叫人怎能不欢愉、歌唱呢。"鸟鸣空山"是孤清之景，"燕子呢喃"是春晖之景，"俯观鱼戏水，坐听鸟谈天"是清幽之景……

也许，鸟语是我们人类无法真正听懂的。但我们会凭着生活经验，调动形象思维，结合大自然丰富多姿的景色以及神话故事、民间传说、乡风民俗等，赋予某些鸟语特定的含义，借以浇灌胸中的块垒，抒发彼时彼地的人间情感。

我的童年，是在各种鸟声中度过的。

最初的印象，是鸡们的各种喧闹。公鸡殷勤司晨，只有大人们才警觉，新的一天就要开始了，该煮饭的煮饭，该下地的下地；我这种娃娃，顶多翻个身，又迷迷糊糊地睡着了，直到日上三竿，才起床。母鸡们下了蛋后，绝不做无名英雄，都要高声叫喊："咯——咯——嗒——""咯——咯——嗒——"。我寻声赶到鸡窝边去拣蛋时，祖母往往要丢一把苞谷籽给鸡们以示犒赏。她口中总是唠叨："啥子个个大嘛，大细都是蛋，是蛋可卖钱。勤快生蛋就行啰！"她老人家心疼鸡们，但对母鸡喜欢自我表扬的作派也略略表示了不满。鸡们得到吃食，就争先恐后疯抢，大有"一鸡生蛋，大家光荣"的幸福感、荣誉感。它们边吃边咯咯咯地低声议论感叹，似乎还有对主人的感谢之情。那个真正生蛋的英雄，也忘记了自我宣传，加入了抢食行列。八九只母鸡，每天生蛋不过三四枚，但祖母已很知足，那是我家开的小银行，一家人的零花钱全靠它们积极储蓄。那时我还不懂事，但对母鸡们一天中几次虚张声势的叫嚷"咯——咯——嗒"虽有点讨厌，却爱锲而不舍地率先冲到鸡窝边捡蛋，因而留下深刻的印象。后来读书，学了点生物知识，略知点儿皮毛，得知鸡是鸟纲，雉科家禽。远古时期也是一种鸟。

麻雀总爱叽叽喳喳地乱叫。小家伙们总爱在房檐、竹林、地坝、果树丛中乱飞，一天到晚都是欢乐的样子，蹦蹦跳跳，追逐吵闹。有时趁人不备，飞到院坝吃粮食，还爱在空中解便，将灰白色的排泄物滴落在簸盖上或人头上，令人生气。你生气也没办法，它们似乎还在偷着乐呢。我爱抄起扫把追赶它们，或捡起石子拽它们，不过都是徒劳。它们任性得很，你赶它骂它都无济于事。大人们还告诫我，千万莫去捉麻雀，捉了手要抖，以后读书时写不好字。后来我的字一直写不好，大约与小时捉了麻雀相关。全民除"四害"（老鼠、麻雀、苍蝇、蚊子）年月，老师要我们每天交多少战利品，麻雀就遭灭顶之灾。"四害"之中，麻雀遭遇最悲惨。城乡总动员，老少齐上阵。我们用弹弓打，用毒药杀，用网捕，用火药枪射，捣毁麻雀窝等多种方式消灭麻雀，田间地头，房顶路边，山上河畔，到处都是捕杀麻雀的人群。有的敲锣打鼓，有的呐喊助威，有的举枪乱射，让麻雀们无处落脚，无处栖身，直至累死，摔死……其残忍程度一言难尽。此后二十年间，几乎见不到麻雀的身影。麻雀的哀鸣、愤怒、惊恐至今还历历在目。那种滥杀生灵的负罪感久久难以忘怀。记得小时候春天某日傍晚，几十上百只麻雀群集在屋前竹林中，拼命叫喊。爷爷就说，天要下雨了，麻雀"炸林"了。果然，第二天就下起雨来。麻雀"炸林"为什么能下雨，至今不知原因，但它能提前预报天气，以它们的语言和集群方式，还是十分有趣的。它们义务为中央气象台作天气预告，虽语言难听，却预告精准。应算是当今专事天气预报的宋英杰、王蓝一等男女明星名嘴们的祖师爷呢。

无独有偶，斑鸠也会预报天气。它们若叫："谷——姑——古"，我听大人们说，这是叫的"晴——天——宝"，必要久晴，可以放心晒麦豆等粮食；若是叫的"姑姑——古古"，那是提醒人们，天要下雨啦，斑鸠们喊的是"掏沟——堵水"，你别说斑鸠这两种叫声，真是灵验，晴天和下雨，果然尾随而来。这种叫声，多半在暮春或初夏时节。这往往是斑鸠们生儿育女的时候。那时候，我们一伙调皮蛋，最爱去洗劫斑鸠窝去偷斑鸠蛋。斑鸠蛋指拇尖大小，蛋皮有麻斑，用嫩南瓜叶包了弄到火塘烧起吃，味道好极了。斑鸠窝垒在竹子枝丫处，只有很稀疏的一层草，建筑工程极其马虎。属于典型的豆腐渣工程。因而斑鸠被我们称为"懒婆娘"，斑鸠窝也是我们很瞧不起的一种鸟巢。据说斑鸠肉很"补人"，但那时我从未吃过。只有玩火药枪的猎人，才能享此口福。斑鸠的形体矫健，毛色浅灰，声音粗壮，会报晴雨，给我留下深刻的印象。

窝筑得牢靠又精致的首选喜鹊。它们选择高大的树尖部分垒巢，并且垒得又大又好。喜鹊们先嘬来干枯的树枝搭建外层骨架，然后以小枝丫穿透里层，再以绒草铺垫编织最里层，很像今天人们建的框架结构房屋。既遮风挡雨，又坚固美观，还留下门洞，透光通气，可算最好的安居工程。远远望去，只见黑乎一团。如果将其拆散，那些干树枝可以装满一个大背篼。北京鸟巢建筑的创意，多半是从喜鹊那得到的灵感。喜鹊属留鸟，不像候鸟那样南北迁徙，因而对筑巢特别用心。《太平御览》引《庄子》："鹊上高城之垝，而巢高榆之巅。"这是对喜鹊生活习性最早的记载。据说喜鹊垒巢十分重视环境，不仅选择高树安家，还要选择附近住有勤劳敦厚、温柔重义的人家。大约鸟类也懂得环境友好对生存发展的重要意义。学过《论语》："里仁为美。"喜鹊黑白羽毛相间，形态姣好。人们称它们为喜鹊，据说它们会给人类带来好运。我们叫喜鹊为鸦鹊，并非土话，因喜鹊在鸟类中为鸟纲、鸦科，完全是科学术语。离我家两百米外的磨子屋基谢家拥有十多棵五百年树龄的高大青杠树，上面常年垒有三五个喜鹊窝。因而我和鸦鹊有较亲密的接触。鸦鹊的叫声总是"喳喳喳"三个音节，并不悦耳动听。我不知为什么大人们一听到这叫声，总有好感。比如说："鸦鹊叫，贵客到。""鸦鹊叫，运气好。""喜鹊登枝，百事顺利。"印象最深的是一首儿歌："鸦鹊闹喳喳，多谢主人家。红糖泡米籽，白糖蘸糍粑。"描写客人对主人热情招待，又吃米籽，又吃糍粑的感谢之情，其间充满乡间浓浓的温馨。乡村人家嫁女，往往会在嫁妆的枕头上、被盖上绣"鸳鸯戏水"或"喜鹊登枝"的吉祥图案，以示对新婚生活的祝福。

而同属鸟纲、鸦科的乌鸦，就遭到人们的唾弃或辱骂。乌鸦浑身黑色，飞起来一团阴影，又爱聒噪，给人一种不祥的感觉。谚语有"鸦鹊叫唤天要晴，老鸹叫唤要死人"。鸦鹊即喜鹊，老鸹即乌鸦。乌鸦的叫声的确不美，属哀悼声，给人不祥的预感。柳宗元在《唐故衡州刺史东平吕君诔》一文中说："余居永州，在二洲中间，其（乌鸦）哀声交于南北，舟船上下，必呱呱然。"老鸹叫声为"呱——呱——呱——"每当听到这种哀鸣，仿佛就预示着有某种灾祸发生，或者附近某家要死老人。人们的心情就阴郁沉重。有的青皮后生，会立即捡起石子拽那栖身树尖或竹林的瘟神，口中谩骂道："呱——呱——呱，剐你的幺妹来蒸鲊。"借以发泄对老鸹的诅咒。我当时是掏鸟窝的能手，但从不知乌鸦在什么地方垒窝，更没有见过乌鸦蛋是什么样子，但对乌鸦的憎恨却与日俱增。后来又听大人们说过，乌鸦是阴曹地府刽子手变的，阎王爷派它到人间报凶信，穿黑衣，戴黑帽，因而飞起来也是一团黑影。更叫人毛骨悚然。乌鸦的不受人待见，还体现日常用语之中。比如人的嘴爱乱说，称为"乌鸦嘴"。称无组织无纪律的群体，为"乌合之众"。《宋史·杨时传》："今诸路乌合之众，臣谓当立统帅，一号令，示纪律，而后士卒始用命。"乌合之众指像乌鸦般仓促聚合的群众。自然属于贬义词。

和我们生活相近是燕子。燕子是鸟纲，燕科。体型娇小，尾翼尖长，呈叉状。有家燕和金腰燕两大类，我们常见的是家燕。

家燕是人类的亲密朋友，它们把窝垒在房梁上或屋檐下，和主人朝夕相伴，又飞食空中的虫子，故称其为益鸟。"旧时王谢堂前燕，飞入寻常百姓家。"是描写亡国惨痛之词。"无可奈何花落去，似曾相识燕归来。"是感叹年华易逝之句。"落花无语，梁燕双飞"是惜春怀人之语。"燕垒雏空日正长，一川残雨映斜阳"是孤苦无依之词。"棒打鸳鸯""劳燕分飞"是恋人被逼离别之语。在传统诗词歌赋中，以燕子为比赋意向的作品俯拾皆是，可谓洋洋大观。燕子在我国大部分地区属候鸟，秋去春回。只有在台湾、海南一带属于留鸟。据说燕子这小家伙通人性，它们会选择贤惠人家栖居。若主人行为猥琐，环境肮脏，衣着邋遢，它们是坚决不去的。落户之前，它们要进行侦察和比较，因而你看见墨燕在房前屋后翻飞，并不急于入户，多半是在进行明察暗访，搜集信息，选定地点，准备诗意栖居。记忆中，在我家插队落户的燕子，既不在房梁上，也不在屋檐下，而是直接飞进灶屋饭桌左上方一根楼枕下沿垒巢。那时家里穷，筑土墙时已安上楼枕，但一直无钱买楼板来安上，因而只有孤零零的几根横梁。母亲会点儿篾活，不知什么时候用篾片编了一块印子底见方那么大一块篾巴笆，用细绳捆在楼枕下方，使其呈水平状，给燕子垒窝带来极大的方便。入户燕子当然高兴昏了，叽叽叽地表示感谢。那只花猫是捕鼠英雄，见燕子疯癫癫地乱飞，就跳上跳下想去追赶。被祖母一巴掌扇过去，打得晕头转向，并教训它说，那是贵客，莫要伤害哟！瞎眉闭眼的东西，看我要了你老命。猫儿果然就消停了。过后那些天，就见一对燕子飞进飞出，不断衔泥来垒窝。那窝不断膨胀变大变肥，渐渐成了一件艺术品，像一只侧倒的茶壶状，留有一个口子，刚好可容燕子进出。燕子的叫声既不嘹亮，也不清脆悦耳，只是比较细软和谐而已。后来，燕子孵化出一窝崽崽。我们只见两只燕子飞进飞出不断给孩子们衔来食物，叽叽叽地喂它们。燕窝口伸出一些小嘴嘴，可爱极了。汉语的生动丰

第一辑 晴窗

富之处，是能够为世间万物准确描影造影。"呢喃"一词，就是有古人专为燕子创造的。《辞海》："呢喃，燕鸣声。"刘秀孙《题饶州酒务厅屏》诗中有"呢喃燕子语梁间，底事来惊梦里闲"句。后来，呢喃也用于形容声音多而低沉。《聊斋志异·于去恶》："兄于枕上教《毛诗》，诵声呢喃，夜尽四十余行。"能够乐享一个专词，是燕子的殊荣，也是人类疼爱自然界娇小生灵的深情流露。

最富有解读空间的鸟语是布谷鸟的叫声。布谷鸟是春天的明星歌手。它以其声音清亮、四声一度，反复咏叹，给人们无限的遐想。布谷鸟属鸟纲，杜鹃科，学名叫四声杜鹃。我家乡的人叫苞谷雀。它们栖身于山地或平原森林间枝叶深处，人们很难见其真容，却把叫声传得很远很远。一般解读布谷鸟的叫声就是"布谷布谷"。似乎在催耕催种，提醒人们不误农时。但各地方言有别，民俗不同，听出的内容千差万别。比如我国的历史学家、历史地理学家、民俗学家顾颉刚先生是江苏苏州人。在其晚年的 1964 年 5 月 5 日的日记中就写道："怀念江南之春，不胜神往。""藤萝花近日大开，朗园中不悲寂寞也。"5 月 19 日又写道："始闻布谷鸟声，委婉可听。此鸟所鸣，苏州有'家家布谷''家家造屋'两说。徐州有'家中摆供，烧香拜佛'之说。"而我们西南则不同。川北一带有"花开要落，哥哥要说"的说法。小河（乌江）一带的人则听出是"多多播谷，锅中煮肉（音rǔ）"。南川一带的人解读为"哥哥要哭，坡坡长谷"。我们家乡一带的人则说布谷鸟的叫声是"薅草苞谷，枷担牵索"。我当石匠时还在野山坡上听师傅们解读为"瓜果正红，师傅最穷"，还有说"哥哥太穷，幺妹脸红"。"多种苞谷，堆满装屋"……总之，布谷鸟的叫声，与农事相关，与心境相联。怎么谐音，就怎么解释。无对错，有趣味。一种鸟语，牵动了多少人的乡村情感啊。现在才知，四声杜鹃才是真正的"懒婆娘"，它自己不筑巢，将卵产于苇莺巢中。借巢产卵生崽，真是懒得可以。

在百鸟婉转中，阳雀的歌喉是最清丽和深情的。"归——归——娘"或"贵——贵——娘"。一声比一声热烈，一声比一声凄切。相传阳雀是人死后转世的鸟。很久以前，有一对互相爱慕的青年男女，不知何故被棒打鸳鸯散。他们约定以死殉情，死后化成鸟儿在一个叫青滩的地方相见。真是十个男儿九粗心，小伙子将"青滩"误记成"青山"。因而每当春暖花开时节，阳雀总是到万木葱茏的青山上深情呼唤他的恋人。无奈，这南辕北辙的地点怎么呼唤也总是徒劳。但它千年万代地呼喊下去，其真诚和坚贞的精神令人感叹，真有杜鹃啼血之痛惋。人们听到阳雀的歌哭，就会想起那个凄美的爱情故事。进而会追怀自己苦涩的青春，也追思初恋的情人。也许不论男人还是女人，此刻的心会变得柔软，春日会变得温馨而绵长。草民心事也柔韧深邃，当被某种特殊情景触动时，那深埋心底的敏感神经就会被轻轻触动，有丝丝惆怅，也有缕缕温婉。家乡还有一种说法，每年春天听到第一声阳雀叫唤时，不能躺在床上，躺着要生病，究竟是什么病，抑或是相思病，没细说。若是相思病恐怕有人愿意躺着，甚至长时间躲着，也未可知。

端阳雀是最有趣的歌手。我不知它们的学名，却记住了它们的歌声。它们的歌唱可以称为男女对唱，也是真正的鸟儿问答。声音响亮，音节分明。一般在初夏时节开始登台表演。有点东北二人转的风采，或许是笑星"本山大叔"的祖宗。我不知第一声是雄鸟还是雌鸟，第一声是五个音节，第二声只有三个音节。请听：

今——天——过——端——阳——

明——天——哟——

它们就这样一问一答，反复咏叹，锲而不舍。它们的歌唱把秧苗拉青，把桃李拉红，把豇豆拉长……端阳节就一天天靠近了。

大端阳（五月十五）过节后，端阳雀的叫声就悄悄淡出舞台，不知所终。我也从没见过端阳雀的模样。常听大人们说，端阳雀在叫哟，粽子在香啰！

还有一种鸟儿，我仍不知名字，叫声也非常奇特，它们用复式句子，唱的内容也非常含混，你怎么翻译，似乎都不准确。请听：

儿——没——得——饭——吃——（吃发音 qi 期）

女——偏——阳——失——分——

这两句叫完后，是一阵急促的叽叽叽叽声，像是人们嘻嘻发笑，过后又是上述叫声的重复。这叫声很尖亮，悦耳动听。其实人听不懂有什么关系呢？只要鸟儿快乐幸福，这世界就多一份美好。

鸟语三题

"感时花溅泪，恨别鸟惊心。"这是杜甫《春望》中的诗句。

杜甫的诗，以沉郁悲愤为主调，号称唐代现实主义诗歌的杰出代表。他忧国忧民，才华横溢，但仕途屡屡受挫。天宝年间，他写下《奉呈韦左丞丈》这首自传性质的长诗，其中暗含自荐信的味道，和李白《与韩荆州书》相仿佛，都热盼得到高官的推荐步入仕途。后来终于引起玄宗皇帝的关注，使其待制集贤院，授右卫率府胄曹参军。让他有个名正言顺的小官当当。安禄山之乱瞬间爆发，长安陷落，玄宗逃到四川，杜甫被贼所捕，困长安城中。《春望》即在此中困境中所作。所谓花溅泪，实是人在流泪，鸟惊心，实是人在伤心。他把国破山河在，城春草木深那种忧伤写透了，真是声声带血，字字含泪。花鸟入诗入画，是中国文学艺术作品取材传统手法。杜甫《春望》中的花和鸟没有确指，留下许多想象空间。

大多数作品中，花是什么花，鸟是什么鸟，是有确指的。本文指涉鸟语，弃花不谈。

鸟语纷繁多姿，入耳的感受也因人而异。有的清脆悦耳，有的聒噪烦人，有的婉转深情，有的合辙押韵……千百年来，人们喜欢在鸟声中寻觅知音，寄托梦幻，表达愿景，抒发感情。比如杜鹃、鹧鸪、鹦鹉。这些至今在武陵山中栖息的鸟儿，各自以声音的奇特，深度介入人们的思想星空中。它们从远古走来，还向未来走去。鸟声应时百啭，余音绕梁千年。

鹧　鸪

鹧鸪体型较肥硕，羽毛多黑白相杂，尤以背上和胸、腹部眼状白斑更为明显。足部呈橙黄色或赤褐色。常栖息于生有灌木丛和疏树的山地。杂食性，既吃谷粒、豆类及其他植物种子，也食蚱蜢、蚂蚁等昆虫。雌性温和，雄性好斗。分布于中国南部，武陵山区盛产。属鸟纲，雉科。体长达30厘米，留鸟，少了随季节气候变化而长途迁徙之苦，自然安贫乐道，亦有点儿占山为王的土豪习气。叫声奇特，且为复调，给人较为空旷深邃的想象空间。

南宋辛弃疾在其菩萨蛮《书江西造口壁》词中写道："郁孤台下清江水。中间多少行人泪。西北望长安，可怜无数山。青山遮不住。毕竟东流去。江晚正愁予。山深闻鹧鸪。"辛弃疾为南宋豪放派词人，其作品多写家仇国恨，尤其是亡国惨痛。作者来到赣州东南的郁孤台，见清江水北去，远眺被金军强占的北宋长安，生发无限痛惋之情。而此时，山中鹧鸪声传来，更增添了孤独凄清的感觉。宋代罗大经在《鹤林玉露》中，对辛词的解读中说："盖南渡之初，虏人追隆祐太后御舟至造口，不及而还。幼安（辛弃疾）自此起兴。'闻鹧鸪'之句，谓恢复之事行不得也。"唐代诗人李涉有《鹧鸪词》诗："唯有鹧鸪啼，独伤行客心。"而李白也有诗句:"总为浮云能蔽月,长安不见使人愁。"可见辛弃疾的词和后二者诗句感情一脉相通。听到鹧鸪的啼鸣,引发伤时忧国的苦痛情怀。

那么,鹧鸪的叫声究竟是怎样的,能唤起古代诗人词人的联想呢?辛弃疾在《贺新郎》词中,还有"绿树听鹈鴂。更那堪,鹧鸪声住,杜鹃声切。啼到春归无寻处,苦恨芳菲都歇。算未抵,人间离别"。唐代诗人皇甫松的《竹枝词》有"槟榔花发鹧鸪啼,雄飞烟瘴雌亦飞"。北宋词人谢逸的《千秋岁》中有"情随湘水远,梦绕吴峰翠。琴书倦,鹧鸪唤起南窗睡"。元代诗人陶孟恺的《竹枝词》有"唱断竹枝人不见,山头月落鹧鸪飞"。清代诗人王夫之的《竹枝词》中有"生受鹧鸪啼夜雨,化成江兔拜秋风"。一种鸟鸣声反复出现在历代诗人词圣作品中,必有原因。清代诗人王正笏在《秭归竹枝词》中道破天机:"三农朝起辨阴晴,牛角兴云雨暮倾。鸟语哥哥行不得,曲传人意一声声。"其中,"鸟语"句,正是鹧鸪叫声的拟意。据《本草纲目·禽·鹧鸪》:"鹧鸪性畏寒,怕霜露,早晚稀出。夜栖以木叶蔽身。多对啼,其鸣曰'行不得也哥哥'。"上海古籍出版社的《唐宋诗词三百首》亦有类似的对鹧鸪的叫声拟意注释。

一声"行不得也哥哥",多少人间柔情意。丈夫负气远出,妻子一声"行不得也哥哥";恋人分手离开,女性一声"行不得也哥哥";男人驾舟冲浪,前程凶险难测时,女人有一声充满担忧的提醒"行不得也哥哥";男人浪迹天涯,忘掉妻室儿女、父母高堂时,忽接鱼传尺素,一声"行不得也哥哥";男人贪赃枉法、捉科犯奸时,女人及时提醒"行不得也哥哥";男人逞恶斗狠、杀人越货时,女人一声"行不得也哥哥";男人遇事业受挫,或情感纠葛而无颜见江东父老,寻求自行了断时,有一声女性断喝"行不得也哥哥"……如果上述男人在各种危难之时,听清了、听懂了、听从了女人们的这声深情呼唤,人间会增添多少美好!

QINGCHUANG GUANYUN

晴窗观云

当然，历史上那些良知泯灭的独夫民贼，阴险狡诈的奸臣污吏，嗜血成性的剪径大盗、草菅人命的流氓屠夫等，是听不进忠言好话的。莫说你喊一声哥哥，你唤他亲爹老爸、列祖列宗，他们也会一意孤行的。历史那些丑行恶行，阴谋阳谋，杀戮流血，任性斗气，践踏公理，亵渎人伦的种种下作现象，都与此相关。

也许是人心向善，人品向上，人间静好，为人民大众的美好愿景吧，鹧鸪声声才能以正能量的音符，嵌入我们的生活，进入千百年的诗词作品中。

杜　鹃

在中国历史语景中，一种鸟和一个人相纠缠比赋，甚至合而为一者，首推杜鹃了。虽然有庄周化蝶，梁山伯与祝英台化蝶的美丽传说，但蝶是昆虫，不是鸟。岳飞据传是大鹏变的，他的字也是鹏举。多流行于演义传说之中，暂可聊备一说，但不及杜鹃久远。蜀王杜宇死后化为杜鹃的故事则流传了近三千年。

王实甫《西厢记》第五本第四折："不信呵去那绿杨影里听杜宇，一声声道不如归去。"唐李涉《竹枝词》写巫山十二峰："十二峰头月欲低，空聆滩上子规啼。孤舟一夜东归客，泣向东风忆建溪。"此处子规即杜鹃。宋苏轼《竹枝词》："自过鬼门关外天，命同人鲊瓮头船。北人坠泪南人笑，青嶂无梯闻杜鹃。"宋黄庭坚《梦李白诵竹枝词三叠》小序："余既作《竹枝词》，夜宿歌罗驿，梦李白相见于山间，曰：'予往谪夜郎，于此闻杜鹃，作《竹枝词》三叠，世传之不？'予细忆集中无有，请诵三叠，乃得之。"其一，"一声望帝花片飞，万里明妃雪打围。马上胡儿哪打听，琵琶应道不如归。"此叠将望帝杜宇的故事和明妃王昭君相比赋，实则表达王昭君远嫁匈奴思归不得的痛楚。其二，"竹竿坡面蛇倒退，摩围山腰胡孙愁。杜鹃无血可续泪，何日金鸡赦九州。"此叠实写黄庭坚谪居彭水（黔州）上摩围山触景生情，以杜鹃泣血故事自拟，表达盼望朝廷赦罪的苦闷心情。其三，"命轻人鲊瓮头船，日瘦鬼门关外天。北人坠泪南人笑，青壁无梯闻杜鹃。"此叠借用苏轼诗句结尾，意境相通。宋孙嵩写三峡诗："峡路阴阴无四时，寒云鸟道挂天危。荒亭败驿此何处，望帝江山号子规。"望帝即杜宇，传说死后变为杜宇鸟，杜宇鸟即子规。清代顺治戊戌科进士熊赐履《竹枝词》："白帝城边月转低，巫山凄断杜鹃啼。扁舟直下黄牛峡，一夜风吹到鄂溪。"唐白居易《琵琶行》："其间旦暮闻何物，杜鹃啼血猿哀鸣。"清代无名氏《竹枝词》："细雨斜风春满林，万山啼作杜鹃声。可怜口口声声血，都是思归一片心。"清进士刘家麟道光年间任过长阳县知县，他在《竹枝词》（十首）之八中写道："一曲商歌唤奈何，杜鹃血泪染山阿。儿童不解伤心事，笑说邻家爆竹多。"元代张可久的《喜春来》曲："落红小雨苍苔径，飞絮东风细雨营。可怜客里过清明。不待听，昨夜杜鹃声。"元代任昱《小梁州》曲上阕："落花无数满汀洲，转眼春收。绿荫枝上杜鹃愁。空拖逗，白了少年头。"元代杨朝英《水仙子》曲下阕："隔云山千万重，因此上惨绿愁红。不付能博得团圆梦，觉来时又扑了个空。杜鹃声又过墙东。"元代刘燕歌《太常引》曲："故人别我出阳关，无计锁雕鞍。今古离别难，兀谁画蛾眉远山。一尊别酒，一声杜宇，寂寞又春残。明月小楼间，第一夜相思泪弹。"

　　杜鹃即子规，杜宇即蜀王，蜀王死后化杜鹃，杜鹃声声引凄凉。其间的故事，意境为什么能够入诗、入词、入曲、入戏？查《蜀王本纪》和《华阳国志·蜀志》，可寻找到源头。"（蜀）王曰杜宇，教民务农……七国称王，杜宇称帝，号曰望帝。会有水灾，其相开明决玉垒山以除水害。帝遂委以政事，法尧、舜禅让之义，遂禅位于开明，帝升西山隐焉。时适二月，子鹃（子规）

鸟鸣，故蜀人悲子鹃鸟鸣而思望帝也。"另一传说：杜宇死，其魄化为子规，故子规又名杜宇、杜鹃。《说文》注："蜀王望帝（在开明上山治水时）淫其妻，惭，亡去为子鹃鸟。"看来蜀人怀念杜宇，一是他教民务农，发展生产；二是学习尧、舜明君，主动让贤，将王位禅让给能治水的国相开明，自己却隐于西山，凄凉死去，化成杜鹃鸟。按此说，望帝属于高大上的明君。但《蜀王本纪》和《说文》的记载，又给杜宇光辉形象泼了点污水，说他趁开明去决玉垒山治水时，与其妻有染。好在杜宇通过学习，提高了觉悟，善于在灵魂深处闹革命，羞愧之情油然而生，自己上西山了断了性命，化成了一只杜鹃鸟，春天二月总是凄凄切切地呻吟鸣叫。其叫声为："不如归去。"因用力过猛感情太深，往往叫到口吐鲜血，因而又有"杜鹃啼血"之说流传下来。"杜鹃啼血"后来成为爱之深，痛之切，以至坚贞不屈的比喻。比如历代忠臣贤相为国家社稷稳固，人民安康，不断给皇上提出军国大计，皇上不听；再上书，叫作文死谏，甚至冒着杀头危险，自备棺材抬棺死谏，也叫杜鹃啼血。好在开明君的确开明，他没有为妻子有外遇而耿耿于怀，而将治国安邦的历史重任担当起来，且子孙相继，瓜瓞绵绵，蜀江后浪推前浪，开明氏居然把古蜀国王位传了十二世，直至公元前三百一十六年为秦所灭为止。如此看来，开明也是一位了不得的高大上人物，能够把一个内陆小国治理好，且延宕了两三百年。但他不学尧舜和杜宇禅让帝位，搞的是下传子、家天下那套老把戏，其政治道德也好不到哪里去。当然我们不能以今天的标准去衡量古人，苛求古人。但谁也没权力垄断思考。

杜鹃的叫声："不如归去。"不知是在名贤面前自叹不如，还是犯了生活作风错误，有羞愧之心，均不得而知。这叫声总有点凄凄惨惨戚戚。后人引用这个典故入诗、入词、入曲、入戏，多半从杜宇是位高大上的道德楷模方面着眼的，那么既然是主动让位，选贤让能，那悲又从何而来？

鹦鹉

鹦鹉又叫鹦哥。能够和人类称兄道弟的鸟不多，不用说这窝吃货必有逗人喜欢之处。《辞海》："鹦鹉，鸟纲，鹦鹉科。种类甚多。头圆，嘴强大，上嘴弯曲，基部具蜡膜。足部外趾可向前转动，适于攀缘。羽毛色彩多华丽，有白、赤、黄、绿等色……舌肉质而柔软，经训练，能模仿人言的声音。属留鸟。为国家二级保护动物。"俗称"鹦哥"，这可算一匹"哥"。《辞海》还给我们介绍了另一匹"哥"，即"八哥"。它的学名叫鸲鹆。鸟纲，棕鸟科。体羽黑色而呈光泽；喙（嘴）和足黄色。鼻羽呈冠状，鼻羽有白斑，飞时呈"八"字形，故称八哥。雄鸟善鸣，经笼养训练，能模仿人言的声音。

看来鹦鹉和八哥虽都称"哥"，实则此"哥"非彼"哥"。但又有共同特点，经训练，可模仿人言的声音，人言的意义它们是永远不懂的。这两匹"哥"由于有口舌功夫，都一样逗人喜欢，供人驱使，给人间带来快乐，难免有时也给人们惹下祸患。古今中外，都有它们逢场作戏的记载，喜剧悲剧都演得出神入化。演喜剧时，让人忘掉惆怅烦恼；演悲剧时，可引人泪水涟涟。

北宋钱塘高僧文莹所著《玉壶清话》中记一则故事："一巨商姓段者，蓄一鹦鹉甚慧，能诵《陇客》诗及李白《宫词》《心经》。每客至则呼茶，问客人安否寒暄。主人惜之，加意笼养。一旦段生以事系狱，半年方得释，到家，就笼与语曰：'鹦哥，我自狱中半年不能出，日夕惟只忆汝，汝还安否？家人喂饮，无失时否？'鹦哥曰：'汝在禁数月不堪，不异鹦哥笼闭岁久。'其商大感泣，遂许之曰：'吾当亲送汝归'。乃特具车马携至秦陇，揭笼泣放，祝之曰：'汝却还旧巢，好自随意'。其鹦哥整羽徘徊，似不忍去。"这鹦哥的确聪明，善于抓住争取自由的机会，以情动人，仅一句"汝在禁中数月不堪，不异鹦哥笼闭岁久"便打动了主人，获得归放回巢，重享自由生活。主人将鸟囚禁笼中精心饲养，目的只是给自己增添乐趣而已，却从不考虑笼中鸟的痛苦感受，说明人是冷酷无情的。当然多数被困的笼中鸟，觉悟不高，认为每天主人给它吃香的喝辣的，就懒得去争取自由而冒风险，幸福感自然指数与日俱增。

还是白居易老先生心地比较善良。他在《鹦鹉》一诗中写道："竟时语还默，中宵栖复惊。身囚缘彩翠，心苦为分明。暮起归巢思，春多忆侣声。谁能拆笼破，从放快飞鸣。"

印度《鹦鹉故事七十则》有一则故事说，一男子外出经商，委托鹦鹉和乌鸦照看妻子。妻子耐不住寂寞，欲外出偷情。乌鸦直言相劝说此事行不得也。主人恼羞成怒，乌鸦差点被掐死。而聪明的鹦鹉每天给女主人讲动听的故事，将主人留在家里。一连讲了七十夜，直至她丈夫回来。可见鹦鹉比乌鸦略胜一筹，任务完成得尽善尽美。乌鸦是正面开火，鹦鹉是曲里拐弯；乌鸦是赤膊上阵，鹦鹉是巧关围栏。同样为主子效力，却功业相反。

苏联有一则政治笑话：一莫斯科男子不小心将心爱的鹦鹉弄丢了，那是一只会骂人的鹦鹉。主人平时爱发牢骚，抨击时政，鹦鹉全记住了，且学得惟妙惟肖。该男子立即在报上发表声明："本人遗失鹦鹉一只，但本人不同意它的政治观点。"

在中国语境中，鹦鹉学舌是一个充满贬义的成语。《景德传灯录》卷二八："僧问：'何故不许诵经唤作客语？'师曰：'如鹦鹉只学人言，不得人意。经传佛意，不得佛意而但诵是学语人，所以不许。'"后来，"鹦鹉学舌"比喻跟着人家搬嘴说话，没有自己的独立思考。比如端木蕻良《曹雪芹传》二十三："太监们不解皇上的意思，只是鹦鹉学舌一般，也重复着说：'回来。'一字不多，一字不少。"

法国诗人阿波利奈尔写过小说《阿姆斯丹的水手》。讲述一个无辜水手莫名其妙地陷入一桩绑架凶杀案。他是一个正直的人，非常在意自己的德行操守。但无法自证清白，于是不得不自戕以死。法官也还负责，在寻找相关证据时，发现水手的鹦哥不断重复着死者最后一声辩白："我是清白的，我是清白的。"为此桩冤案提供了一个佐证材料。在现实生活中，恐怕自证清白没那么简单。比如"文革"中含冤而死的老舍，吴晗、傅雷夫妇等大批文艺家，恐怕家中未曾养过半只鹦鹉，为死后申辩几声吧。

其实在自然环境中，鹦鹉也是鸟类大家族的一员，它们学会模仿人言声音，也没有什么大错。说好说歹，都是人类给强加的。社会生活中有人要鹦鹉学舌，要当奴才，要取悦主子，鹦哥有什么办法呢？何况，商品大潮汹涌澎湃，骤然间仿佛所有的人和事都归结到利益权衡和金钱法则上。鹦鹉学舌似乎也在乘风破浪，大有兴盛之势。那是人的悲哀而不是鸟的过错。扪心自问，我们谁没有一点鹦鹉基因，谁没有学舌经历？人间静好，社会安宁，人民幸福，才是我们的奋斗目标。百花齐放，百鸟争鸣，其中有鹦哥的声音，这世界更加丰富多彩，有何不好。

石柱印象

己丑仲夏，赤日炎炎。重庆市作家协会主席黄济人率30余位文友应邀赴石柱采风，受到县委书记盛娅农、县长冉茂忠等县四大家领导同志热烈欢迎。随后几天马不停蹄地上山下乡，手记笔录，进村寨，访企业，寻古迹，观文物，察民情，问风俗……虽说走马观花，且多一知半解，但在这片神奇美丽的土地上徜徉，真有清风扑面、爽心悦目的感觉。石柱虽为涪陵近邻，但我从未涉足，顿生相见恨晚之叹。这儿千山叠翠，万壑竞秀，十里同天，五里殊俗，土家人上千年的民族传统，多民族孕育的非物质文化遗产，都给人留下了深刻的印象。石柱人的旷达乐观，石柱人的开放胸襟，石柱人的勤劳智慧，石柱人的古道热肠，都令人敬仰和感佩。兹录下几则感受，难免盲人摸象，贻笑大方。

武石柱

到石柱，你首先会被那位巾帼英雄秦良玉俘获。她和花木兰、穆桂英等女英雄不同，她是唯一上过国史的女界精英。秦良玉出生于忠州一个贡生家庭，自幼随父兄学词翰、习兵法、练骑射。嫁与石柱宣抚使马千乘为妻后，助夫整饬土政，训练军队、并随夫出征。丈夫死后，按土司制度，秦良玉袭任石柱宣抚使职位。

她一生精忠报国，除暴安良，曾率白杆兵两轮在四川平叛，三次北上勤王，战功卓著，受到明朝两任皇帝熹宗、思宗的嘉奖。明天启元年（1621），秦良玉万里请缨，领兵到沈阳一带抗击金兵，大胜。回川即平叙永土司奢崇明叛乱，收复成都、重庆。熹宗加封良玉为一品夫人，授都督佥事兼任总兵。明崇祯二年（1629），秦良玉再次挥师北上抗击清军，到北京时崇祯立即在平台召见，并赋诗四首彰其功绩。其第四首诗曰："凭将箕帚扫胡虏，一派欢声动地呼。试看他年麟阁上，丹青先画美人图。"最值得纪念的是，她从1634—1644年这十年间，五次率兵在奉节一带阻击张献忠西进，其中三胜两负，大大推迟了张献忠进犯四川的时间。虽然张最终占领全川，但从未占领石柱。尽管张献忠建立"大西"政权，对四川人大开杀戒，斩杀全川60万人中的50余万，但秦良玉退守石柱后，立即颁布《固守石柱檄文》，派精兵严守四境，不让张献忠军越雷池一步。不仅实现了在石柱保境安民的大计，而且对忠县、酆都、万县等地逃难来石柱的人，给予安抚和救济。据史家研究资料显示，石柱是全川唯一未受到张献忠滥杀无辜侵害的乐土。300多年来，秦良玉一直受到人民的敬慕。郭沫若1944年赋诗赞秦良玉是"石柱擎天一女豪"。

我们参观万寿寨、秦良玉陵园、三教寺等遗迹遗址，但见苍山依旧，松涛阵阵，玉带河流水潺潺，两岸野花灿烂。历史的烟云把多少人间世象风干，但秦良玉的忠魂英气却长留天地间。使石柱这座小城声名鹊起，风骨嶙峋，雄姿伟岸。

石柱尚武，民风剽悍，多侠肝义胆，敬铁血儿男。这刚烈世风由来已久，绝非偶然个案。石柱土家人为远古巴人首领廪君后裔与其他民族融合而成的少数民族。《巴族史探微》载："廪君族发展线路之一，是由夷城（恩施）、夷水（清江）上行……过七曜山，循龙河，过石柱，直到古代丰民州（酆都）。"巴人自来尚武，《华阳国志·巴志》："巴师勇锐，歌舞以凌殷人。"

石柱山高谷深的自然环境，弱肉强食的自然法则，盗匪烽起的社会现实，造就了石柱人勇敢坚定，万难不屈的大无畏精神。两千多年来，这片土地常有战争阴云笼罩，血与火的考验，刀枪剑戟的搏杀，英雄虎胆辉映，烈士丈夫联袂，史不绝书。东汉大将马援、刘匡、马武的征南，宋代的马定虎节制九溪十八峒，明末张献忠入川，清代石达开破城，民国年间川军与黔军抢占地盘，都充满刀光剑影、战火狼烟。石柱人爱和平安宁的生活，但战争锻造了石柱人的铁血性格。路见不平一声吼，该出手时就出手。或斩木为兵，揭竿为旗；或占山为王，杀富济贫；或毁家纾难，保境安民……石柱全境的寨堡之多，令人吃惊。较著名的有万寿寨、龙骨寨、峒山寨、十堡寨、木鱼寨、狮子寨、马桑寨等数十上百个。这些寨堡全是战争遗址，每个寨堡都发生过不知多少次战争血火。城郊猫圈坡曾驻扎过贺龙率领的红三军指战员，当年的红军背夹仍在。位于桥头乡的大寨坎门联为："御暴乃为关，险隘新增蜀剑阁；避秦原有路，入门便是小桃源。"

尚武，成了石柱人的传统；尚武，也渗透到石柱人的血脉。

文石柱

石柱上古为梁州之域，西周、春秋属巴国之地，战国时先后为楚黔中地及秦黔中郡，两汉为临江（忠县）南境和涪陵县（彭水）北境，隋为临州武宁县，唐初置南宾县，为石柱建县之始。宋、元置石柱安抚司、石柱军门府。明初置石柱土司，清中期废；旋置石柱直隶厅，直属四川省。风雨数千年，文光射斗牛。志士仁人，代有人出；烈士丈夫，史不绝书；俊彦硕儒，英气勃勃；草庐黔黎，雁次成行。石柱文化既和中原文化同根同脉，又顽强保留着巴文化、楚文化以及边地少数民族文化传统，是一片相对封闭又多元并存的文化沃土。

土家人多聚族而居，宗祠成为人们认祖归宗的祭祀场所，族长为同一姓氏中最高领袖。民国时期，石柱县有 40 多个姓氏，在 36 个乡镇中建有 125 座宗祠。族长主持春秋两次合族男丁集体祭祀祖先，气氛庄严肃穆，是民间最隆重的礼仪。各姓都有严峻族规、家法，违者严惩，官府也不得过问。家、国同构的理想是中华民族延续了数千年的思想根基，你可以在石柱民间发现最原始、最鲜活的思想因子。家非常具体，而国却相对空灵遥远。对乡民来说，家族人丁兴旺，财产丰盛就是最切实的理想。我们在悦崃镇古城坝见到的马家祠堂，现虽改建成小学校，但《马氏源流碑记》尚存一壁墙上。当年的古柏、石梯、天井、廊道均在，只是有些破败。大门楹联为"世系传之汉朝将军门第，苗裔遗于石柱巨族之家"。为清乾隆五十三年（1788）的作品，依稀可见宗祠文化的遗绪。

　　石柱土家人过小年，过牛王节；吃酸鲊肉，喝阴米茶；敬白虎神，还人头愿；忌食猫肉、蛇肉，逢戊忌动土，春分不进林等习俗，如今有的还如影随形，有的已渐行渐远。而唱山歌，跳摆手舞，喝咂酒的风俗却日益发扬光大。啰儿调《太阳出来喜洋洋》以其欢快的旋律，质朴的语言唱响神州大地，唱出了土家人对生活的热爱，对劳动的赞美，对未来的信心。我们在千野草场的岩口宾馆和鱼池镇干部群众一起跳摆手舞，时值晚风送爽，月隐星稀的时刻，宾主翩翩起舞，歌声婉转悠扬，让我们真正领略了摆手舞的乐趣。其舞姿多与土家人的劳动相关，简洁明快。而在黄水镇合饮咂酒，又是另一番风味。咂酒从远古走来，以其清冽醇香名闻遐迩，如今石柱的"马大哈"牌咂酒已进入大都市超市，成为礼宾尚品。不过我还是喜欢乡间那种集体会饮的方式。大家围着酒坛，各自含着吸管伸进坛中痛饮，真有酒不醉人人自醉的惬意。据传太平天国翼王石达开当年攻占石柱厅后，和官兵乡民一道痛饮咂酒后，欣然赋诗一首："万颗明珠共一瓯，王侯到此

QINGCHUANG GUANYUN

晴窗观云

也低头。五龙捧着擎天柱，吸尽长江水倒流。"我想，吟唱咂酒的诗歌此章当为上品。石达开不是一介武夫，是我早年在涪陵读到《翼王石达开告涪州城内四民训谕》时的印象。该篇本属官样文告，但文采滋茂，情真意切，很是感人。此件文物今藏中国历史博物馆，为国家一级文物。石达开一路孤军西征，喋血沙场，能够被石柱咂酒醉倒赋诗，已属文坛佳话，战场趣闻。一百三十多年前，石达开给石柱咂酒义务打过广告，我们有什么理由不痛饮呢？

　　石柱的文物景点颇多。龙河的岩棺墓葬至今仍有 130 多处，具有古墓葬化石标本意义；佛教圣地银杏堂为原川东古刹，与梁平双桂堂齐名；西沱镇为全国首批历史文化名镇，核心建筑为依山而上多达 1100 多级台阶的云梯街；悦崃古城坝为明代石柱宣抚司旧址；"川盐销楚"古道逶迤绵延在崇山峻岭之中；碉楼、古寨、关隘、古桥、驿站散布在 3000 余平方公里的四面八方……境内许多地名考究，内蕴丰富。悦来（现为悦崃）镇取自《论语》"远者悦近者来"之意；南宾县取自"南境宾服"之意（因该县处临州之南，又从怀德、武宁析出），临溪镇以其地势"五峰临溪"而名，诗意盎然；沙子关因"峥嵘沙子，通鄂渚之咽喉"而状此古关隘；绕城而流之水称玉带河；三多桥含多福、多寿、多子之意……

　　且不说石柱清代就涌现了甘大儒、冉永淦、刘庆余、秦时英、马培初、向弟瑜等进士，冉永焘、冉永炼、马光勋、彭时清、崔四奇、马汉章、张福臣等举人，也不说民国时期乡贤陈守泽、崔铁、徐汝玉、熊福田等先后赴日本、苏联留学，单是大律师熊福田敢于在国民党白色恐怖的 1929 年，上法庭为中共四川省委代理书记张秀熟等 20 名共产党员辩护，敦促当局无罪释放一事，就可知石柱人的正义文胆，光昭日月，浩然英气长留人间。

　　石柱是一部文化大书，人文兴县指日可待。

第一辑　晴窗

苦石柱

石柱盛产黄连，名闻中外。其产量占全国的 60% 以上，占全世界的 40% 以上，是名副其实的黄连之乡。

黄连为草本药材，早在 2000 多年前的《神农本草经》中就有黄连记载。该书将已知 365 种药材按其药性含毒量分为三种：无毒的称上品为"君"；毒性小的称中品为"臣"；毒性剧烈的称下品为"佐使"。而黄连被列为 120 种上品药之一，可见古人对其珍视程度。黄连根茎入药，性苦寒无毒。入心、肝胆、脾胃、大肠六经，有泻火、解毒、清热、消炎、燥湿功效。有史料载，唐天宝元年（742），石柱曾上贡朝廷"黄连十斤，木药子百粒"。北宋地理总志《太平寰宇记》（卷一百四十九）已记载石柱县产黄连："……南宾、桂溪，土产苦药子、黄连……"《石柱厅乡土志》记述："黄连为厅境大利，薮产黄水、双河等处。一年种子，一年支棚，栽苗越六七年，后者为佳。茎高数寸，叶作细飘逸，形如芫荽，头分数种：有鸡爪、味连、金钩之别，性与雅连相埒。"

我们来到黄水药用植物园参观，才第一次领略到这一珍贵药物的生长形态，了解到黄连耐寒喜阴怕阳光直射的特性。20 世纪 80 年代，一吨黄连（精连）在国际上的售价已高达 20 万美元，当时可兑换钢材 12000 吨！1985 年，石柱黄连已被编入《中国土特产辞典》。石柱黄连产地集中在黄水山原和七曜山中山区，对气候、土质、环境有特殊要求，移植别处，则有橘南枳北之异。我想，上天厚爱石柱人，将这一珍贵植物馈赠石柱，古时让石柱乡民依靠黄连养家糊口，今日使石柱人靠黄连脱贫致富。最近，石柱县有"打造苦文化之乡"的口号，我想，其核心内容也是依靠黄连吧。黄连味苦，苦彻肺腑，石柱人种植黄连的经年劳作，付出的辛劳和汗水，怎一个苦字了得！

其实，在石柱这片土地上，带苦味的植物还多，如苦荞、苦葛、苦蒿、苦芹、苦菜、苦茶、苦瓜等。在人间，苦难、苦痛、苦力、苦味也如影随形。

　　我们在西沱镇云梯街，就遇到一位70多岁的老人，他是60年前下苦力的背脚子。据他回忆，云梯街是古代"川盐销楚"长江南岸的起点，成百上千的运盐力夫背上背夹，负重150～250斤盐不等从江岸码头起步，哼着号子艰难爬坡。上云梯街，翻楠木垭，经青龙场，过石家坝、黄水坝、万胜坝，到冷水溪，再翻七曜山，抵达湖北利川汪家营，再转运至利川、恩施等县市。全程300多公里，且多是曲折险峻的山路。他说，往返一次，草鞋都要磨烂几双。背脚子们肩上、背上多要磨起老茧；路上歇幺店子时必得烫脚，否则第二天难以上路。尤其是连续十里八里上坡路，一颗汗水洒成八瓣，那种苦力真是刻骨铭心。千百年来，那条石板道被草鞋、布鞋、打杵和马蹄磨成了深浅不一的凹槽，耗尽了一代又一代苦力们的生命。有的穷人孩子十三四岁就开始下苦力求生，一直到背不起走不动为止。有的一家几辈人同时在这条古道上负重前行，背夹里压上的是全家老小的生计……石柱山高谷深，下苦力的不仅仅是川盐古道上的苦力们，还有庄稼汉、樵夫、轿夫、邮差、石匠、篾匠、土匠、棕匠、烧瓦匠、木匠、补锅匠……他们出门必爬山，生存必吃苦，透支体力，消耗生命。也一个苦字浸透骨血。

　　而苦难却不仅仅是艰辛的劳作，还有生命的毁灭和心灵的创痛。近代以来，石柱兵祸连结，匪患不绝，天灾频仍，人祸陡降。1862年石达开攻打石柱厅，300多守军成了刀下鬼。辛亥革命时石柱厅捕役李瑞庭趁机摘了厅印，自立军政府。省谘议局议员西沱绅士杨应玑等兴兵讨伐，秦友恒率乡团攻县城不克，败走时纵火烧毁衙门口、线子市、横街民房130多家。李瑞庭报复，追击民团至菜地坝，又放火烧毁张良珍等60多户房屋。1923年的八德会起义，1926 年的神兵造反，1928 年的平民军攻打石柱，等等，都给石柱人民的生命财产造成损失，给社会造成动荡。

石柱的苦难史，也是民族苦难史的组成部分。列宁有言："忘记过去，就意味着背叛。"我们铭记痛史，是为了杜绝悲剧重演。

甜石柱

两列大山方斗山、七曜山似乎从远古就约好，以同一种姿态由东北至西南奔涌而来，呈平行状态纵贯石柱全境。我们两次翻方斗山，一次上七曜山，多次在两山之间丘陵中穿行。我惊异于它们安闲、优雅的姿态，自信而雄浑的气度以及包罗万象的精神。季节的完美和缺陷，植被的畅茂和伤残，气候的温情和奸诈，动物的肥硕和饥瘦，川流的怒吼和沉默……它们都海纳百川地包容着，隐忍着。面对日升月落、风刀霜剑、严冬酷暑、地震火山，它们都岿然不动。它们没有索取，却默默地把大地的乳汁，鲜花的芬芳、五谷的琼浆馈赠给人们，让他们休养生息，让他们低吟痛苦，高歌欢乐，让他们思索历史，让他们拥抱现在，让他们梦想将来……在生生不息的生命轮回中，体察大山的宽厚和天地的仁慈，体味生活的沟壑和心灵的褶皱，体验用勤劳智慧战胜困难从而创造光辉灿烂的未来。

当历史掀开新的册页，当人们从百年迷梦中醒来，当改革的春风吹进古老的山寨，当新中国已走过六十年，我们真切地发现，石柱的山门早已洞开，石柱的人民已经上路，石柱 50 万各族儿女已经跃马扬鞭，在科学发展观的指引下，万众一心奔向未来。

是的，黄连极苦，靠苦味畅销世界；莼菜嫩滑，凭营养远走东瀛；红椒吐艳，辣醒大雅君子；啤酒含芳，醉酣四海宾客……今天的石柱人羞谈"老、少、边、穷"县，而是理直气壮宣称：石柱是全国黄连之乡、辣椒之乡、长毛兔基地，全球最大的莼菜基地。把土产变成特产，把品牌变成名牌，让土特产、名优品走出大山，行销世界，这是市场经济的魔力，也是石柱人聪明才智的闪光。

如今的石柱，交通状况正在发生天翻地覆的巨变，沪蓉高速公路即将贯通全线，渝利铁路已动工兴建，渝汉南线高速公路、万州至黔江高速公路也已动工或即将动工……几年后，石柱将是几条铁路、几条高速公路的交叉接点，成为渝东重要交通枢纽和渝鄂边贸口岸。石柱丰富的矿产资源和旅游资源将得到深度开发和利用，必将吸引众多海内外客商前来投资兴业，休闲观光。更多的石柱人将告别故土走出大山，其生存环境甚至人生命运将会改变。一个欣欣向荣、富裕文明的新石柱正向我们走来！

到那时，太阳出来喜洋洋的歌声将更加嘹亮，土家摆手舞将跳得更加欢快，土家咂酒将饮得更加豪放，土家人的生活将更加甘甜。

火炉　火炉

　　恕我孤陋，对火炉最初的印象，是从二十多年前的一道吃食开始的。

　　在涪陵西城杨柳巷、南城三横街，突然兴起吃羊肉汤锅的生意。这两处都属本城比较偏僻的小巷，杨柳巷是中山西路上人民西路一条巷子；三横街则是三抚庙下南门山石梯街道名。真是应了"好酒不怕巷子深"的俗语，羊肉汤锅这道吃食，生意异常火爆，小店人满为患。尤其是冬天，往往从中午到晚上，吃客络绎不绝。高峰时，甚至要排轮站队。人们在滚沸的汤锅中烫羊肉片，喝老白干，猜拳行令，大呼小叫；狼吞虎咽，大快朵颐；脸红心跳，大汗淋漓……碗是土碗，不须另加油碟；筷是长筷，便于吃客海底捞月；汤是红汤，除麻、辣外，还有多种鲜香草药提味。这道吃食，一时成为食界新宠，小城的达官显贵，趋之若鹜；红男绿女，呼朋引伴；贩夫走卒，也不甘人后，岂止潇洒吃一回两回？后来知是武隆羊肉汤锅，武隆火炉羊肉汤锅，火炉张家羊肉汤锅。据说当年省委书记来武隆考察工作，时值冬季，乡镇领导以农家风味羊肉汤锅招待。品味后他赞不绝口。于是这家汤锅开进武隆县城，开进涪陵，开进重庆、成都以至更远的地方。因羊肉汤锅，我记住了火炉，且心向往之，但从未踏足过。最近受武隆文友相邀参加万峰林海文学笔会，才第一次拜访火炉。虽说照例是走马观花，对这方圣土了解肤浅，但毕竟脚踏实地，眼见耳闻，饱览了古镇的山川风物，体验了浓郁的乡俗民情。总体印象，火炉是一处有火热时代气息，又具深厚历史底蕴的地方。

火炉是乌江右岸最具影响的旱码头。若说江口、巷口、土坎、羊角这些临江重镇曾是因水而兴的话，火炉则是因路而旺。因其地处千年古驿道上，自古以来都是人员聚散，商贸繁荣，文化勃兴之地。虽处后山，并不偏僻。古驿道为官道，相似于今天的高速公路。今天流行"要想富，先修路"之说，在古代也适用。可见交通对一个地方的发展，是多么重要。官府设驿道传递公文，供官员商贾通行，军队邮差往返，始于秦代。经火炉的古道始于何时，史料记载较少。战国时，彭水一代为"楚西南徼（警戒巡逻）道"。官道走向不明。《西南交通史》推测始于唐代，本地州、县方志认为始于汉代，说法不一。至于乡民习称的"大塘路"，则始于清代康熙六十一年，政府裁撤驿站，新设塘铺，塘路即驿道。《涪州志》称涪（州）黔（州）大道，起点为涪陵，终点为彭水郁山镇。其中的重要驿站有九铺一楼。铺，即古代驿站。顾炎武《日知录·驿传》中有"今时十里一铺，设卒以递公文"之说。在武陵山区，铺与铺之间的距离不等，少则二三十里，多则四五十里。比如山窝灯盏铺到木根铺就有 50 里，而凉水铺到复兴场只有 20 里，白果铺至火炉铺则是 35 里。

涪黔古驿道的走向是：从涪州城麻柳嘴渡过乌江，上凉塘，经抵塘上两头望山顶，下凉水铺；经新场，过麻溪，上山窝，到灯盏铺；上舒家店翻牛皮坝，经太阳坳，下木根铺；经黄泥、老场，抵钻天铺；经瓦窑湾，到百果铺；经官桥、万峰，至火炉铺；下梦冲塘，到沙台铺；涉木棕河，抵达彭水县境的牛牵铺；再往东抵达羊头铺；折向东北，过保家楼，经平天坝抵达郁山镇（古黔州）。当时涪州至黔江直至酉阳州全程 500 余里，其中涪黔大道上的驿站有九铺一楼。有关民歌唱九铺一楼：

第一辑 晴窗

上山喝凉水，（凉水铺）

灯盏照弯路。（灯盏铺）

木根煮苞谷，（木根铺）

钻天拔云雾。（钻天铺）

杨水洗白果，（白果铺）

火炉烤衣服。（火炉铺）

梦冲沙台矮，（沙台铺）

鹿鸣牛牵出。（牛牵铺）

山边挂羊头，（羊头铺）

河坝起高楼。（保家楼）

　　这九铺一楼只有六个驿站设在乡场上，而火炉铺正处于涪黔大道的中间节点上，不仅有乡场，而且是武隆县乌江北岸最大的旱码头。南来北往的客商云集，也是粮食、山货、水果、药材、桐桷、木材、生漆、茶叶等货物集散地。往来于途的有官员、商贾、邮差、士绅、工匠、乡民。于是坐轿的、乘滑竿的、骑马的、吆驮马的，挑夫、背脚、背包挂伞、扛木料的各色人等络绎不绝。一到逢场天，街上的人更是摩肩接踵，热闹非凡。有人流、物流，就有资金流、信息流，文化兴盛也在其中了。

　　或有人问，本有一条乌江水路，为什么要辟一条陆路？据《涪陵市志·交通》记载，在机动船未出现之前，涪陵至龚滩的木船航行平水期一个航次往返须22天，涨水期要70天。有时遇特大洪水，乌江会全线停航。一般情况是，古代官员、客商选择下水乘船，返回行旱路。旱路虽然辛苦，但不受天气变化影响，何况达官显贵们可以骑马坐轿，何乐而不为呢？更重要的是，这条陆路通道不仅是涪陵通往酉、秀、黔、彭的，而且是四川通往鄂、湘、黔边地的省际大通道。乌江水路只能通达至龚滩，到龚滩以后，也只能行陆路。而陆路的空间距离比水路短得多，单程大约四五天即可行完涪陵至郁山镇全程，时间比行水路快捷得多。当然大宗货物还得靠水路。最佳交通是水陆两便。火炉兴旺有其历史必然性。

火炉的兴盛还与行政区划设置相关。清末光绪三十四年（1908），涪州在此设福来乡，自有深意在焉。可惜福来乡只存在二十多年，属涪州第五分区。民国元年至民国十八年（1912—1929）福来乡属武隆分县。次年（1930）改福来乡为火炉镇，辖十多个保。据《武隆县志》《武隆地名录》，因该场四面高寒，中间低暖，得名火炉铺。火炉应是古名。始于何时，无考。同时在此置涪陵县第二十区。民国二十年（1931）改二十区为涪陵县第十区，辖八乡一镇，火炉从此成为区、乡（镇）两级政府所在地延续下来，最大辖境含东至桐梓、后坪，西至双河、木根的广阔地域，幅员面积八九百平方公里。从1908年置福来乡以来，到1964年，这40多年间以火炉为镇、区、乡变化达15次之多；此后分分合合，又变化了多次。行政区划的频繁变化，折射出社会剧烈震荡的历史波痕。其中有的变化是合理的，符合当时的政治生态；有的变化，则是当局主政者的急躁心态反映。比如民国二十五年（1936），将火炉一带并入涪陵县第五区，区署置羊角碛，这就给武隆江北广大地区民众和官员办事带来诸多不便。又如1955年将桐梓区并入火炉区，1957年又分置桐梓区，不仅干部变动频繁，百姓也缺少归依感和认知度。每次区划调整，都会或多或少带来公职人员的思想波动，升迁去留，身不由己；宦海沉浮，坐卧不安。结果总是"几家欢乐几家愁"。真正能够去留无意、宠辱不惊的人，恐怕也是少数。

火炉镇因一条千年古道，开化较早；又因多年成为政治中心，文脉深厚。雄奇而美丽的自然山水，铸就了火炉人的松柏精神，云水襟怀。在改革开放的历史大潮中，火炉人万众奋起，趁潮扬帆，正在以闪光的智慧，脚踏实地的吃苦耐劳精神，万难不屈的勇气，日新月异地改变这片古老的山川大地。

在万峰林海，北部周家山至高处海拔 1660 米，南部东山箐，主峰 1605 米，众山丛绕，绿树成荫。是一处正在规划打造的天然森林氧吧，休闲圣地。在砚台石山峰下，发掘出一节古树化石，经权威考古专家用科学仪器测定，这棵树化石，居然是两亿多年前的古树，实属罕见。万峰林海中，还有"五棵树"的景观和许多美丽传说故事。如今，万峰村已成为全国生态文化村。置身其间，松风鹤韵，花香鸟鸣，令人心旷神怡。真有"大翼垂天九万里，长松拔地五千年"的壮阔情怀。在林海中度假消夏，自然有观海听涛，鹤寿松龄的雅致。对那些蜗居水泥森林的城市远客，具有相当大的吸引力。

在徐家村的"圣水三潮"和龙坝"梦冲塘"，我们真切地体验了大自然中神奇的间歇泉奇观。"梦冲塘"的水据说每年农历二月十九，六月十九，九月十九日三次猛烈消涨，气势雄奇，轰然有声。由暗河涌出的洪水，将洞中残渣冲洗干净，此后又恢复常态。岸边立有石碑，记述有关神奇故事。"圣水三潮"更是武隆八景之一。《同治重修涪州志》有记载："信水在武隆司东二十里峡口，其泉如沸，日三涨，每至高丈余。"清《四川通志》："信水在武隆，其泉如沸，日有三潮，每至高丈余。"我们去时，恰逢上午十一时许，潮水如期而至，清澈洁净的泉水从洞中涌出，飞珠溅玉，莹白如雪。我们惊喜异常，纷纷捧水或以瓶接水畅饮，甘甜沁心。涌泉持续约一小时，后渐小，以至干涸。突闻洞中轰然有声，涌泉结束。其左壁有阴刻"三潮灵水"大字。此处入景步道已修好，建议从文化方面扩大其影响。可以征诗（格律体）征联征故事，选其中优秀作品题壁或另置碑铭。世间同类景点颇多，如涪陵丛林乡老龙洞，石夹沟的"母猪笼"等都是间歇泉，但火炉这处更具规模，更有特色。应精心打造，扩大宣传，吸引游客。比如彭水八景中，也有"圣水三潮"，他们规模不及火炉，但古人留下一首七律（结句），抄录于后，供火炉镇参考：

西山亭树枕潭开，（李昌等）

风起声疑出地雷。（胡曾）

泉进幽音离石底，（李郢）

朝宗江汉接阳台。（李群玉）

香生桃浪飘红雨，（高适）

暖逐渔蒿漾碧苔。（钱起）

自觉无家似潮水，（罗邺）

暮潮归去早潮来。（韦应物）

只有注入文化，自然景观才有灵魂。

火炉岩溶洞穴较多，地下泉水丰富。有一处暗河，隐于路边竹林藤蔓下，沿湿滑梯步下，水声咆哮，如梦如幻。乡民将我们引入暗河溯水而上，须以电筒照明，道路泥泞，其他景色并不奇特。游人进暗河游观，实有摔倒的安全隐患。即使不摔倒，但鞋子必陷于稀泥内，出洞来，几乎人人都花一段时间来清除鞋上污泥。若再延伸洞中的照明设施，花费又十分巨大。按我肤浅认识，此处景点打造，应换一种思路。即只把道路修至深谷底，置上护栏即可。这儿有一束阳光直射进洞中河畔，我们去时，大约是午后三点多钟，可能因季节不同而有所变化。但这束阳光在洞中极美，长长的光束，让洞中人沐浴金辉，可拍摄许多照片，可编许多充满幻想的故事，完全用不着将游客往泥泞的上游引去，除非洞中有非常奇观。另一处干洞，有"水滴石穿"的遗迹，倒是可以深入参观，要在导游词中多投入点精力即可。

火炉的街道整洁，管理有序，几乎看不到老街古巷痕迹，令人怅然若失。建议在临街门面上置入楹联，请书法家精心打造。

在适当的广场或街口，竖一块醒目石碑，将古镇的历史人文，镌刻于上，让其成为新的文物，历史地标。此事花钱不多，费事不大，却是传承历史的重要举措。火炉人自古重视文化传承，今天的火炉职中，校舍宏阔，古树苍苍。新建校舍井然有序，窗明几净，校内居然有2000多学生。在乡村学校多数衰败的大形势下，相当了不起。学校是文明传递的灯塔，哪里有学校，哪里就有琅琅书声，哪里就有助推社会前进的明灯。而且这所学校相当重视校园文化，有规模巨大的《火中赋》（似应为火炉中学赋）。有孔子塑像老子语录和其他德育标语或警句。这是火炉镇最亮眼的一个人文景点，值得珍视，值得参观。

火炉的新农村建设如火如荼，我们所到之处，到处都是推土机挖掘机在紧张劳作，或修路，或建房，或挖渠。农业专业合作社众多，以村为单位，或以产业为链条的合作组织方兴未艾。那个脆皮桃产业园的主人，花二十年时间艰苦奋斗，自费到山东高等学府深造，刻苦钻研桃树培育技术，现已初具规模。已带动几十户乡邻加盟，并且注重品牌意识，勇闯市场。他是火炉新农村建设者的典型代表，获过重庆市和全国"五一劳动奖章"。我们住宿的凉水井生态农庄，其设施设备堪比城内的星级宾馆，干净整洁，环境优美。其中一家主人杨东，竟然是一位业余书画家，室内文房四宝俱全，书橱茶案占据两层屋。进得室来，真有"雅量含高远，诗书见古今"的感觉。二楼书案宽大，让客人挥毫泼墨，似觉有"墨研清露月，琴响碧天秋"的雅致。晚上，我们的笔会讨论就在他家茶室展开，大家口吐莲花，笔落珠玉，边品茗边交谈，直至深夜，大家也不愿离去。真是"窗竹影摇书案上，野泉声入砚池中"。据说在古代，火炉铺一带的人热情好客，又注重文化育人，有"春酒熟时客常醉，夜灯红处课儿书"的说法。火炉人既重情重义，侠骨柔肠；又耿介剽悍，抱团取暖。玩火龙敢赤膊上阵，吼山歌威震山川。薅草锣鼓中，有远古的余音，文艺演出里，有生活的甘甜……

　　如今的火炉镇党委政府，在抓经济建设的同时，着力抓文化兴镇工作，这是很有见地的举措。我们笔会期间，谢书记全程陪同，虚心听取各方意见。其实他本身也是文化人，在县委机关工作多年，见多识广，胸藏锦囊，巧手布局，深谋远虑，指点江山。此前，火炉已成为重庆新诗研究会创作基地，著名诗人傅天林、李钢一伙诗界精英，已先期到访。二楼那家羊肉汤锅，红汤鼎沸，麻辣生鲜，不知醉倒过多少英雄好汉！

　　火炉、火炉，一个既有历史温热，又有时代激情的地方。看到今天火炉人的精神面貌，我们坚信火炉这方古老而年轻的土地，一定会有更加光明美好的未来。

第一辑　晴窗

幽谷明灯

有时我也认为，人是有宿命的。比如在你的生命历程中，不知要走多少地方，见过多少景点，有的声名赫赫，如雷贯耳，当你真正见到时，也不过尔尔，经时间一冲刷，很快就模糊或淡忘了；有的小景小品，或许不太醒目，以致大多数人匆匆而过，它却让你眼前一亮，过目不忘，甚至在你人生苦旅中，躲不开，逃不掉，即使时过境迁，它也会时不时从你记忆屏幕中闪现，仿佛枝叶相牵，如影随形。

在我的有限经历中，至少有两三处景点，给我留下难忘印象。一是布鲁塞尔市政广场旁一条小巷墙壁上那尊铜质卧像，二是巴黎西奈岛广场上那颗"地心之石"，三是武陵山大裂谷中的灯杆石。

武陵山大裂谷也可称为石头部落。雄伟的山峰，以石为骨架；刀劈式的绝壁，以石为剖面；幽深的洞窟，以石为穹庐；而川户至梨树堡、水晶湖一线的谷底，则堆满大大小小形状各异的石头。这些石头用"一川石头大如斗"的古诗句显然难以描述其貌，大者壮如楼宇，小的细如鹅卵，蹲者，卧者，斜倚者，倒立者，横斜者，千奇百怪。于是有"石夹门""万卷书""舍身崖""韩婆石""犀牛望月""雌雄巨猩""乌龟石"等各种称谓。这些都是古人根据其状貌发挥想象而附会的，本是自然之石，是大地运动造成的自然奇观。而真正具有历史人文和民俗信仰的则是那墩灯杆石。

灯杆石位于大裂谷中段谷底，其貌不扬，高不盈丈，呈不规则长方体形，表面也凹凸不平，不太引人注意。就是这普普通通的石面上，残留下一个人工凿洞，此洞是石夹沟先民们用来插木杆悬挂灯笼的。始于何时，无考。但原武陵山乡连坑九社、十社的村民，人人皆知灯杆石。他们告诉我，灯杆石洞中插一木杆，木杆上吊灯笼，每当天快黑时，就有人去将灯笼添油点火，天亮时，灯油燃完，灯就自然熄灭了。在石夹沟一带，自古为蛮荒之地，人烟稀少，道路崎岖，无论是通往角梆寨上寨歇马台，还是到大山堡，去下寨老寨门或田坝村，还是到龙塘场街上，其道路都是上坡下坎，斗折蛇行，险象环生。尤其是鸡冠啄一线，真是步步惊心，稍有不慎，就会命赴黄泉。白天都行路艰险，何况晚上。而且常有野猪猛兽出没。点灯的目的，就是为夜行人撑腰壮胆，驱除暗夜带来的恐惧，也驱走暗夜中的猛兽。据说，豺狼虎豹都怕火惧光，一见灯火，就逃之夭夭。在乱石嶙峋的荒沟野箐，在前不见村后不靠店的跋涉途中，在山风怒号、暮鸦悲鸣的孤清时刻，任何人都会产生孤独感、恐惧感、无助感。这时，前面有一盏灯光闪烁，有一柱火焰燃烧，立刻会给行人带来惊喜、希望、温暖和力量。这团小小古朴的灯光，伴随石夹沟山民度过多少月黑风高的暗夜，传递着多么宽厚仁慈的深情啊！

后来，我多次路过灯杆石，都要关注这处具有淳厚乡风民俗的遗迹，从乡民口中了解到一些相关的细节。灯杆石由石头、木杆、灯笼三部分组成。石头是自然之石，选取古道边的位置，有一定高度，便于点灯人往返即可。木杆就地取材，松木、柏木、杂木、青枫都不论。灯笼外层或以竹篾薄片，或以铁丝编织成圆的、方的骨架，外面蒙上油纸或纱布，以防风吹。油灯底部由油壶和灯柱组成。燃料是桐油。民间信仰这种油料可以驱邪避灾，能够驱逐世间的乱力怪神。而插木杆的凿洞却很有讲究，一般碗口粗细。木杆是圆形，则洞口凿成方形；木杆是方柱，则洞口凿成圆形。这是遵循"天圆地方"的古代对天地的认知理念，也是讲究阴阳平衡的经验使然。木杆经风吹雨淋多年后腐朽，可以更换，而石头却可以永久利用，因而灯杆石成为这段幽谷一处地标，一代接一代沿袭下来。在偏僻幽深的石夹沟，并非只有一处灯杆石，而是每隔三五里或七八里就有一处。目前已知的灯杆石已发现三处：一处是上面提到的在石夹沟岸左；一处是水晶湖岸右，原刘光祝院子前；一处是大灯土又居石夹沟岸左，且是半山。这种看似无意的布点，实则也有深意。首先，在方位上一左一右，是一种平衡；其次是水晶湖处与下面一处在凿洞上是一圆一方，又是一种平衡；第三，两处在谷底，一处在半山，这是高低平衡。当然，这些灯杆石的设置，以方便夜行人为最根本、最适用为出发点和落脚点，而深厚的传统文化基因却渗透其中。民间的智慧不是写在书本上，是氤氲在山川大地里，散落在日常生活中。

那么，是不是武陵山一带只有石夹沟才有灯杆石这类设施呢？作为一种岁月深处的乡风民俗，绝不是孤立现象。它一定会以某种形式向外洇散、扩张，延伸。我的目光往外搜寻，果然在石夹沟以外的地方找到一些类似的遗迹。老山窝古驿道上有灯盏铺，焦石镇场后有灯杆堡，武隆白马镇江右山顶靠近涪陵角梆寨一侧的灯盏窝等地都有这类设施遗址。说明这一带比较偏僻的地方，都有设灯照明，方便夜行人的公益性道路设施。这些设施都不是官府所为，而是民间力量自发创造。处于社会最底层的民众，最知社会冷暖，最能体会自助他助的重要。可以说，灯杆石那一束灯光，是民间智慧和情感炽烈燃烧而放射的光芒。

世间的任何现象，皆有因果。都说太阳是黑暗下的蛋，而山沟野地那盏灯，则是悲苦生活的光。它把人性辽阔而仁慈的深沉的底蕴，以一种古朴而笨拙的方式向大地苍天昭告。只要有人生存的地方，都氤氲着人间温暖，都传递着蓬勃的护佑生命的力量。如果说华丽的宫灯、彩灯是烘托喜庆气氛，营造节日庆典环境，是锦上添花的话，那么这幽谷明灯则真正是为悲苦生活中的山民雪中送炭。其文化含量不可小觑，其历史意义不可低估。它有如海上的灯塔，为夜航船指引方向。佛教认为，灯能指明破暗，因以喻佛法。晋人习凿齿的《与释道安书》："若庆云东徂摩尼回曜，一蹑七宝之座，暂现明哲之灯。"唐人刘禹锡的《送僧元暠东游》诗："传灯已悟无为理，濡露犹怀罔极情。"可见石夹沟灯杆石上的那盏灯，既有实用价值，又有象征意义。因灯能够指明破暗，故古代先哲有言："与其诅咒黑暗，不如点燃灯火。"主张积极有为的人生态度，反对消极遁世的思想行为。

　　巴黎西奈岛广场上那颗"地心之石"，位于巴黎圣母院右边，只有碗口大，嵌于地面，球形顶只高出地面几寸，并不起眼。但巴黎人认为这儿就是"地心"，是广袤大地的中心位置。因而具有灵气，游人都愿意和这颗石头亲近，或观赏，或踏一只脚拍照留影。据说可以祈福，保佑你一生平安。你可以认为这是法国傲慢文化的表现，也可以认为巴黎人坐井观天，但你无法否定它是巴黎城市千年建城史的见证，至少是巴黎城市的地理中心。一千余年来，巴黎城市不断膨胀，扩大，皇宫圣殿、古堡街区、大学校、图书馆、博物馆、纪念馆、影剧院、商场鳞次栉比，各种现代化建筑星罗棋布，但有一点值得注意，这座城市所有通衢大街的规划建设，都以"地心之石"为起点地标，呈放射状往外延伸，越往外越开阔。即使有许多十字交叉，但车辆通行不现拥挤，堵车现象并不严重。当然现在的巴黎也膨胀了若干倍，有"地心之石"功能的远不止一处两处。比如以雄狮凯旋门为中心就有呈放射状的12条街道。而我国的城市，古代多是四方形，四边有城墙城门，是一个封闭系统，当时出于安全御敌考虑，也许是正确的。但给现代城市交通留下一道难以破解的现实难题。现代城市扩张，多是以旧城为中心，绕城新修环道，一环套一环，如北京已套了七八圈。但堵车始终困扰着人们。于是头痛医头，脚痛医脚，治标不治本。什么分单双号行车，什么限制城市车辆购置，什么改造旧街道扩路……似乎什么方法都想尽了，而效果并不明显。而很少有人从文化观念上找根本原因。即使一些完全新建的城市，也很少以一点为中心，呈放射状规划街道社区，仍然固守四方城市传统，再次落入井字形重叠的陷阱，让人感慨良多。时人多讲"开放"二字，但在城市规划上，"开放"二字仍是纸上谈兵。本来一道平面几何题，难倒多少英雄汉！我对巴黎"地心之石"的认识，主要是这颗小小的石头所焕发的文化张力。其实我国也有类似的"地心之石"，它就在北京天坛祈年殿前面的祭台上，它的哲学理念有和巴黎"地心之石"相似的地方，将天地连接在一点上，让人有归依感，自豪感，通灵感，成就感。但北京城市布局则与它没发生任何实质上联系，且此"地心之石"与巴黎"地心之石"相比晚了好多个世纪。如此看来，世上某些小景点，却有大乾坤。是无字天书，有形人文。

布鲁塞尔市政广场是一处历史荟萃、文化聚集的地方。它犹如放大了庭院，四周都被高大恢宏的建筑团团围住，国王居所、钟楼、市政厅、工会大厦、马克思恩格斯住过三年的旅馆、法国大作家雨果住过十多年的酒店、幸福女人铜像雕塑、天鹅咖啡馆、草屋剧场等，而给我印象最深的却是广场一条小巷内嵌在墙壁上的一尊铜质睡姿塑像。塑像只有一米多长，离地面不足两米处，因而人人伸手可及。这是十四世纪时埃特拉达修女的圣像。埃特拉达生活时期，正遇到疯狂肆掠欧洲并夺走两千多万人生命的"黑死病"鼠疫蔓延。一时哀鸿遍野，死尸相藉，一个一个城镇、村庄的男女老幼都在痛苦中相继死去，出现"千村薜荔人遗矢，万户萧疏鬼唱歌"的惨烈景象。这场巨灾被后人称为"上帝的惩罚"。由于该病传染性极强，人们一见病人马上躲开，让那些病人在痛苦中挣扎死去。只有年轻、美丽、善良的修女埃特拉达不顾自己的安危，全力救护病人，给他们施药、喂水，悉心安慰，尽量减少病人的痛苦，让患者有尊严地死去。她以自己的仁慈给病人最诚挚的爱、无私的关怀和温暖。不幸，她也染上病毒，在极度孤独痛苦中离世。灾难过去后，人们为了缅怀她的大恩大德，为她塑了这尊铜像。如今，几个世纪过去了，这尊铜像却留了下来。任何路过的人，都会怀着崇敬的心情，伸手抚摩这铜像。据说可以祈福消灾。我发现铜像虽在昏暗处，却熠熠生辉。这是人性之光，爱心之光，生命之光。当我的手触摸到铜像时，似乎有一股电流传遍全身，激动、痛惜、哀挽、崇敬、追怀等情感五味杂陈。我发现雕塑家在创作这件作品时，抓住了埃特拉达去世的瞬间，她仰望天空，仿佛在向上天发问；安详的神色中隐含痛苦，那种痛苦既来自身体的病痛，更来自对冷酷社会的失望。她的身边还有一只娇憨的小狗和一只忠实的小羊陪伴着她。修女本是宗教神职人员，属天主教、正教中离家参加修会的女教徒。按教规，入会时要发三绝大愿：即绝财（不置私产），绝色（不嫁男人），绝意（不持私念）。而她却和世俗保持如此亲密的关系。她是人类生命苦海中的一盏明灯，也是天倾地覆似的大灾大难中傲然挺立的脊梁。任何有良知的人对她都会心生敬意，哪怕她身份卑微，仅仅是一位年轻的修女。也许她没有著作，没有演讲，没有财产，没有金戈铁马，没有叱咤风云，她的英雄形象却在布鲁塞尔一条小巷内，留下人类对灾难的永久思索和记忆。我们从历史中走来，知道许许多多的人世悲欢。世上很多自我膨胀，骄横跋扈之人生前都希望自己不朽，死后却很快速朽。倒是在平民百姓中，有人做出了不平凡的事迹，却让众生怀念。

上述三处小景点被我记住和重提，皆因以小见大。虽够不上那些时髦的高大上景观吸引眼球，但有内蕴，耐咀嚼，有味道，耐解读。如今我国的旅游业欣欣向荣，游客的理念也在与时俱进，已从早期的纯粹观光游，过渡到休闲度假游，其中一部分人还进入较高层次的文化寻根、风俗欣赏、文明探源、历史考证等领域。这是社会进步、观念更新的表现。而作为旅游景区，有责任有义务在做好硬件设施建设工作的同时，花大力气发掘本土历史文化、风俗传统等宝贵资源。毕竟文化才是一个景区的灵魂。文化是一个地方综合实力的具体表现，是永不枯竭的源头活水，旅游业的市场竞争，也不例外。旅游界流行的俗语，称"没有文化的旅游是盲游"。可见文化在旅游中的重要性。

我坚信，凡是有人居住、生活、劳作过的地方，都有值得后人探寻、打量、体验的文化遗存，哪怕它是古堡大漠、荒山野箐、危崖险道、浩水茫烟……也许是我们不经意路过的某一处文化遗迹遗址，却残留着先人们一双眼睛，在静静地望着我们。那眼神中有微笑、有悲伤、有愤慨、有欢乐。犹如石夹沟的灯杆石，灯笼早已不存，但那一束微光还在；犹如雨果发现刻在巴黎圣母院幽暗塔楼神秘的"宿命"，字迹早已灰飞烟灭，但世上的痛苦灵魂还在。

如何讲好景区的故事，需要深情关注这片土地。

话说驿道

古驿道为官道，相似于今天的高速公路。时下流行"要想富，先修路"之说，仅着眼于发展山区经济，只说对了一半。官府设驿道传递公文，供官员商贾通行，便于军队邮差往返，引乡镇集市繁荣，兴庠序医馆发展，实则是政治、军事、经济、文化、民生一盘棋皆活的一项重要举措。中国的驿道设置，始于秦代，至今已有两千多年历史。而专为邮差设置的驿站，叫邮驿，则更早，始于春秋时期，则有三千余年历史。汉代各地在驿道上设置传舍，供歇宿；通路上每三十里置驿一所，供停留；又置邮亭供传递文书。唐代除完善陆路驿道之外，又增设水驿。各驿有驿田，设驿长，置备车、马、船，并征派驿夫。宋代在驿道上每十里或二十里设邮铺，有铺役传递文书；大路上并设马递铺，遇紧急公文令铺役飞马传递。元代的驿传称站赤，组织规模极大。明代各地都设驿站，有水驿、马驿和递运所；又置急道铺传递公文。每个驿站都备有人夫、马骡或车船，并措办口粮、草料、茶水，供应传递公文人员及过境官员。费用由所在地州县编派站户支应，或随粮派夫役，或随田派马匹、车船。顾炎武《日知录·驿传》："今十里一铺，设卒以传递公文。"就是明代驿站制度的真实记录。杜甫《遣闷》诗："使尘来驿道，城日避乌樯。"可见飞马传信给城中空气造成的污染程度。到了清代，对沿袭了千多年的古驿道体制进行了一番改革。康熙六十一年（1722），清政府下令裁撤驿站，新设铺司。铺司增设塘兵，将驿站变成军事编制。雍正六年（1728），又尽裁铺夫，官方文书移交塘兵递送。塘铺亦变成军事哨所，均有驻兵把守。到乾隆年间（1736—1795），驿道上的驻军又做调整，重镇称汛，汛地为清代兵制，凡千总、把总、外委所统辖的绿营兵部称汛，其驻防巡逻的地方称汛地。其次是塘，为有少量兵士的驿站。无驻兵之驿站称铺。据地方史料记载，贵州桐梓县境内一条驿道上共设 12 个塘铺，2 个汛地。由该县城至四川省綦江县（现为重庆市綦江区）境自南向北设有：南溪口塘、桐梓汛、西山铺、楚米铺、夜郎塘、二坡铺、三坡沟塘、新站塘、大锅厂塘、捷阵溪塘、打宝铺、松坎汛、木交箐塘、酒店塘。汛、塘多为集镇，铺则多为山垭路口上的幺店子。当然，这些交通要道上的幺店子，后来也多发展成为集镇。汛、塘、铺的设置由上述驿道做了比较清晰的诠释。将古驿道上的驿站做军事管制，更突显清代统治者对交通要道的重视和把控。官府规定，驿道三年一大修，一年一小修，以保证驿道畅通。汛、塘、铺都是古道与乡村大道和山林小道的连接点，聚集和辐射的都是人马印痕和世道沧桑。

　　如今，古驿道离我们当代的生活越来越远，多数已被无情岁月掩埋，或被荒草荆棘覆盖。火车、汽车、飞机、轮船已绑架了人们矫健的双腿，如今我国的汽车拥有量以亿计，以高铁为代表的铁路网络发展迅猛，说我们已成为车轮上的民族也不是太夸张的说法。出门即有代步工具。原本该紧实的肉身越来越松弛，原本该清澈的目光越来越迷茫，原本该平静的内心越来越膨胀，原本该务实的行动越来越张狂……而那些散布在山林野箐的古驿道多数躲进了历史的册页，少数留下些地名，如茶马古道、川黔盐道、涪黔大道等。古时，重庆至成都的大道上的著名驿站，今天留下地名的有白市驿、铜罐驿、龙泉驿等。现在纳入国家发展战略的"丝绸之路"，应是中国古代留下最长最远的驿道。以长安为起点，西至西亚、中东，南至印度、巴基斯坦、尼泊尔等诸国。西汉张骞奉汉武帝命出使大月氏往返十三年。玄奘于唐贞观二年，西出葱岭，南访巴基斯坦、印度、尼泊尔等，历时十九年，都是"丝绸之路"具有划时代意义的代表人物。前者出于外交目的，相约大月氏国共同夹击匈奴。后者出于宗教目的，想弄清佛教经典，撰成《大唐西域记》。驿道制度延续到清末才结束。光绪三十四年，各地始办邮政，在古驿道上重要节点，新设邮政代办处，县城则设邮政局，汛、塘、铺编制皆一律撤销，而地名却留了下来。

武陵山旅游度假区也有一条古驿道贯穿全境。这就是涪（州）黔（州）大道，当地山民称大塘路。显然大塘路的称谓，来源于清代，实际上这条驿道设置很早，有说始于唐代，有说始于汉代，史料记载较少，民间说法不一。

这条驿道的详细走向、中间节点、驿站名称、九铺一楼等，已在拙文《火炉　火炉》中有介绍。现就驿道上的幺店子、乡场、桥梁、邮差等作简单钩沉。

这九铺一楼共10个驿站多数成了今天的乡场，而武陵山旅游度假区一段，仅是几个幺店子。据涪陵、武隆老辈山民介绍，清末和民国年间，除后来成为乡场的外，这些幺店子设施都十分简陋，有的仅是几间瓦房或一座茅草棚。但店主热情，服务周到。一般都提供粗茶淡饭，水酒住宿，牛马草料，等等。有的备有草鞋、灯笼、火把，方便客商夜行。有的备有草药、姜汤、仁丹，能给旅客简单治病。冬天有树疙兜作燃料的火塘取暖，夏天有蒲扇或篾巴扇驱蚊扇风。总之，让投宿客商有家的感觉。那时还没有广告一说，但一般店主都在店前挂有红灯笼，灯笼上都书写有"未晚先投宿，鸡鸣早看天"或"到此且歇脚，明日好翻山"一类的内容。见到客人到店，主人会热情地招呼："先生（贵客）

屋里坐！累了可歇脚，渴了有茶喝""新鲜饭，滚（热）豆花，老咸菜，细海椒""豆豆酒，好朋友""苞谷烧，小灶烤，烈性子，味道好"……在这条驿道的行旅之人，都比较辛苦。沿途都是高山深谷，涪州城海拔100多米，翻牛皮箐海拔1800余米，爬坡上坎是常态，从明月桥到牛皮箐，山路陡峭，爬了一坡又一坡，上行持续二三十里。从木根铺上太阳坳，也是斗折蛇行的艰难险道。有民谣说："上坡脚杆软，下山脚打闪（颤）""百步湿衣裤，风干全是盐"。达官显贵可以骑马坐轿乘滑竿，平民百姓则完全依靠双腿走完全程，而且往往负重前行，其艰难困苦，今人难以想象。在山高林密，路险草荒之地长途跋涉，在饥渴相煎，人困马乏之时，某山垭路口有幺店子歇息，而且可饥餐渴饮，那是多么爽心解乏的享受！当年的幺店子犹如今天高速公路边的加油站和餐饮服务设施，充满了人间温情和仁慈的爱意，哪怕设施简陋，淡饭粗茶。我常想，那些在驿道边开幺店子的人，虽然也是寻到商机赚点小钱养家糊口，但绝对是富有爱心，属于真正古道热肠之人。

在乐道村汈水坝上牛皮箐三圣庙的半坡上，就有一家幺店子，名叫舒家店。《四川省涪陵县地名志》等地方史料对这个幺店子就有记载，当地百姓和涪陵地区大木林场的老一代工人更是耳熟能详。舒家店孤悬海拔1500米左右的高山，冬天大雪封山，出行十分困难。孤寂是生活常态，且并不是官府设的驿站，完全是民间行为，但它对涪黔大道上的行旅之人，非常重要，犹如黑暗中的一盏明灯，寒夜里的一簇旺火，滋养并护佑着往来客商和为生计奔波于途的苦旅之人。舒家店早在20世纪70年代随大木林场的公路修通而消失，如今的店址已隐于荒草藤蔓之中，这条陡峭的上山古道几乎断绝人迹，但幺店子的历史却值得人们回望。毕竟，它的故事也是古驿道的故事，它的消失也是意味着古驿道废弃。

同样是这条古驿道的驿站，命运则各不相同，有的消失，有的兴旺，有的仍是原样。灯盏铺、钻天铺、沙台铺几近消失；凉水铺、白果铺变化不大；木根铺、火炉铺、牛牵铺、保家楼都先后成了区公所，或（乡）镇所在地。其中木根铺的变迁值得一提。木根铺位于仙女山西侧，猫鼻梁东麓，场镇设立较早，原名龙盛场，为仙女山上最早的边贸集市。也是古塘路上的一个重要驿站。相传该场两边各有一个水塘，形如两只龙眼，因以得名龙盛。民国初年，涪陵县一名山货商人李树清，在此长驻收购中药材、生漆、核桃等。据传李为人豁达开朗，和本地人建立深厚情谊，交际不论贫富，出入敬老尊贤，因而人缘好，口碑不错。遇节庆庙会，必出手大方，有点儒商味道，因而也赢得人们的尊重。他见此地满山郁林，遍地药材，突发奇想，建议将龙盛场改为木根场。因在阴阳五行中，木有生长发育之性，旺财旺人；根则喻根深叶茂之意，可长发其祥。于是龙盛场就变成了木根场。清代，这儿是涪州东里一甲之地，宣统三年（1911），木根仍为白涛镇管辖边地。因木根乡幅员面积达230平方公里，后分置建木根、双河两乡。又因两乡场距离太近，1932年又合并为木根乡。1941年武隆成立设治局，木根划为第四区，区治所在羊角镇，始隶属武隆县。1952年，又析置双河乡。此后又经多次乡镇区划调整，木根乡一直保留下来。如今的木根乡及双河乡，都是武隆县西北最高山上的乡场，也是闻名遐迩的高山蔬菜主产基地。随着仙女山旅游产业的蓬勃发展，昔日古塘路上的驿站木根铺也发生了翻天覆地的变化。茂密的森林，洁净的空气，浓厚的乡风民俗，吸引了越来越多的城里人来此休闲避暑，观光旅游。

　　至于火炉铺，保家楼两个驿站，后分别发展成武隆县和彭水县两个区公所驻地。牛牵铺，成为彭水县鹿鸣乡政府治所。白果铺成为武隆县果乡政府治所。

　　这条古驿道上，留下成千上万人的足迹、汗水和泪水，也流动着历代官府的信息、商贾的财富和平民的叹息。季节的钟摆，把时间从此岸摆渡到彼岸；天空的流云却有各种复杂表情，一会儿安详漫步，一会儿暴雨倾盆，雷鸣电闪。行进在古驿道上的各色人们，都有自己的起点、终点，而唯有邮差比较特殊，他们的起点也是下一轮苦旅的终点。在这条驿道上，他们才是常客，一年四季，周而复始。在承平岁月，驿道行走，比较安全。一遇兵荒马乱或水旱灾祸，商贾之人可就要小心啦！在深山密林中，山垭险隘处，不时会冒出一伙绿林莽夫、盗贼强梁拦路抢劫。在"要头不要钱，要钱不要头"的选择中，往往会有刀光剑影的闪现和血水、泪水的奔涌。据说，只有邮差是不会遭打劫的。因为邮差携带的只有官府文书和百姓信函，一般身上只有点盘缠碎银，不值得大动干戈，草菅人命；更重要的是，若抢劫既惹怒官府，也激起众怒，下场十分悲惨。民间流传说，一旦有人抢劫邮差，肇事者将立即被挖目断手，其惩处者往往不是官府，而是同类。在官府动手之前，早由同类快刀斩乱麻，迅速了断此事。千百年来，早成绿林强梁们的行事红线，谁也不敢越雷池一步。这叫盗亦有道。我童年时，还见过涪陵至南川的邮差，他们三天两头从黑竹林院子前那条石板路匆匆路过，身穿绿色帆布职业服装，肩上一根楠木短扁担，扁担上一头捆绑信函包袱，一头挂盏有玻璃罩的马灯。看来担子并不重，与一般负重前行的苦力不同。他们健步如飞，经常还得赶夜路，看来也是苦命差使苦命人。他们终年累月往返于城乡驿道，用步伐丈量空间的长度，也在耗费生命的长度。古语有"鸿雁传书"之说，那当然是诗意的比赋，相隔千山万水的亲人恋人之间的短笺尺素，还得靠脚踏实地的邮差送达才能完成。土匪之所以不劫邮差，实则是敬畏天理人伦。

这条古驿道上，还散落着一些文化碎片及众多历史信息。如指路碑、石敢当、古寺庙、古石桥、古墓葬……比如在火炉铺的塘路边，就有一座规模较大的石质墓冢，其巨大的墓碑上具名是段氏祖茔，立碑者是孙辈。孙辈中最显赫者是清代二品大员段焜，曾任江南提督，是一位武官。封×××将军。查史料得知，段氏祖居地为今黔江，是当地望族，至于死者因何死于武隆塘路上，不得而知。该墓为县级文保单位。这座大墓对研究清代的秩官体制、墓葬风俗、家族代际、谥号封赠等都提供了许多参考资料，值得珍惜和保护。又如武陵山国家森林公园三圣庙坎下，至今都有残存的一些木棍树枝，据说这是从山窝场上牛皮箐的路人，完成十多里山的艰难行程后，甩掉当拄路棍用的木棍。这些拄路棍曾助人爬山，已附灵性，不能乱扔，而是要将其撑于庙下的岩隙，口中要许愿，这样就可以消除爬山的劳累，一身轻松，去完成下一段旅程。显然，这是一种带有宗教色彩的民俗。又比如在原涪陵复兴场下的麻溪河上，有一座石拱大桥名叫明月桥。该桥头西部十余丈处的岩廊处，原藏有六块碑，详细记录了数百年间这儿从修木桥到修石桥的过程。其中一块残碑上，有"玉桥巩固""乾隆乙卯年（1795）立"字样。另一块碑比较完整，碑上有对联：

福星来一路，明月照千秋（横批：济川有赖）

碑上顶端书有："署四川重庆府涪州事候补县正堂加四级纪录十四次毛助银一封"的字样。说明重修此桥是民间集资所为，但得到知州毛震寿的带头资助。毛震寿（1832—1913），江西丰城人，进士。1850—1852年任涪州知州，任知州时，年仅19岁。其在涪州北崖题有"官守当为斯民造福，臣心誓与此水同清"的明志联语，应算是一位心胸明澄的地方官。"助银一封"不论多寡，都是一种姿态。

下面一通桥碑，比较完整：

重修麻溪明月桥碑记

明月桥离涪城六十里，上达重庆，下通酉秀黔彭，乃文武官员车马来往之衢，非如僻壤津梁，仅资寻常济渡也。自嘉庆二十年，前辈捐募创修费金千余，迄今将四十年。虽地势巩稳，而溪水每泛涨浸溢，日久桥石渐坏，若不重修，其不型堕弃前功者，几希不幸？涪州名州主毛公政通人和，百废俱兴，见此桥为官民往来之衢，岂可听其废坏乎？特约同人请□□□募而一新之。约费百余金，越三月告成。谨将从善姓字刻石，惟期斯与明月长弦星汉同辉，所随之金亦与明月同皎云。

邑庠生　何心口□　傅鲁齐撰记

募化者400多（从略）

大清道光三十年辛亥岁季春下浣吉立

这块一百六十多年前的重修桥碑，为我们提供了多方面的历史信息。一是修桥铺路是大事，官方和民间都非常重视，特别是处于交通要道上的津梁，尤其如此，因是卡脖子工程，一处卡断，则全路受阻。二是修桥铺路是善事，桥能助人从此岸抵达彼岸，既有现实意义，又有象征意义，其间隐含积德扬善的道德感、荣誉感。三是修桥的经费主要依靠民间集资，或民办公助，我曾对清代涪州县境的两百余座石平桥、石拱桥作过考察，几乎没有一座桥是由官方投资建成的。即使像蔺市的龙门桥、聚宝乡绿溪河上的高厚桥、新妙的一阳桥这样的浩大工程，也如此。甚至宋代的碑记桥，碑上也记录了700多名集资者的姓名。古驿道上火炉铺附近的官桥是木板铺成的风雨廊桥，其桥面28块厚木，也是当地28家村民捐献的。说明在农耕文明时代，地方财力捉襟见肘，无力负担耗资巨大的工程款。四是地方乡贤，即乡村知识分子、绅商巨富在建桥中都发挥了关键作用，一般由他们首倡，迅速获得广大民众支持，进而获地方官员的鼓励。明月桥重修获得知州毛震寿"助银一封"，就是证明。知州薪俸有限，一封碎银对建桥资金来说，只是杯水车薪，但所起的表率作用，不可低估。五是文化在桥梁建设中发挥精神引领作用。从"明月桥"的命名看，充满诗情想象。石拱桥的圆弧形，与弯月相似；明月发光，意境美好。至于"安澜桥""延寿桥""丰济桥""利济桥""神仙桥""皓月桥""万寿桥"等，无不暗含美好的祝福和愿景。碑文的撰写，楹联的创作，桥栏的雕塑，桥形的选择，无不以文化艺术作底蕴，作魂灵。因而可以说，每一座桥既是实用的工程建筑，也是充满诗情画意的艺术作品。

在古老中国大地上，驿道四通八达，乡道、村道密如蛛网，共同构筑了庞大复杂的古代交通体系。它们是大地的血脉，也是社会的经络。我们的先辈从这些大小不一，曲曲弯弯的道路走来，又一代一代地走进了历史。而历史容易板结，我们在大踏步走向未来的征程中，是否应当不时深情回望？因回望可以让板结的历史松动一些。不忘本来，借鉴外来，面向未来，不是我们倡导的主旋律吗？不忘本来应包含回望过往。

止庐主人

在涪陵青羊镇陈氏一处名叫朝门的大院北角，有一石库门厅，上书"止庐"，并有"止庐序"及楹联。

止庐主人陈一村，是清代中晚期崛起的涪州南坪首富陈万宝第四代孙。本名陈世哲，一村为号名。同胞弟兄中排六，是父母的幺儿。一村天资聪颖，学业精进，深得祖父陈钖藩疼爱。抗日战争爆发后，上海、南京相继沦陷，大学纷纷停课或内迁。已是上海复旦大学市政专业三年级学生的陈一村遵祖父要求，辍学回乡避难。先后返乡的还有同在上海和南京大厦大学、中国美专、上海体专等读高校陈氏子弟五六人。虽家资雄厚，生活无忧，但对这批青年学子来说，失学在家，国家山河破碎，个人前途渺茫，深感苦闷彷徨。一村发现安镇一带尚无新式学校，蒙童读书仍靠私塾。于是发动陈氏各房集资，创办新式学校南华小学。初招两班，学生仅20多人。校舍选在云梦一房大院新屋嘴。教师由陈氏返乡学子担任，一村被推举为校长。一年后迁校至庙坝老庙旧殿，招4个班。外聘一名教师孙德超。一村自编教材，亲自担任几科教员，晨昏忙碌。学校声望日隆，最多时学生6个班，兴隆、堡子、同乐、青羊等邻乡也有慕名而来的学生。南华小学也于1942年在县教育局备案，使用国民政府统编教材。该校对穷人子弟免收学费。南华小学办至1950年终止。一村倡导社会新风，过年时家中办酒席宴请佃客，行拜年礼。平时乐善好施，扶危济困，最热心修桥补路，敬老睦贤。

1939 年，一村始建家宅朝门大院。他凭所学市政专业特长，设计建造了一座中西合璧、土洋结合的三层院落。石库门厅，雕花窗棂，粉墙黛瓦，宽廊阔坝。命名"止庐"，作序撰联，请涪陵书法名宿陈鹓屏题书。

止庐序

庐以止名，言其静也。夫今日何日？滔滔之日也。今世何世？扰扰之世也。此而不复其静，胡以自安？爰卜地建此庐，以遂槃涧之思。身静则不劳，心静则不争，林泉自通。习交绝游，虽非机缘，亦无殊于栗里。渊明诗云：结庐在人境，而无车马喧，其此情此景乎！

主人自题

门厅楹联

入望皆智水仁山好诵韩公盘谷序
所藏是刚经柔史堪称董子读书堂

陈氏院落群中的石龙井、新屋嘴、四合头、塘坎等所建石库门不下十多处，唯有此处镌题院名、序言、楹联。集中体现了主人的文化学养和人生追求。"止庐序"显露了主人对时局的担忧以及命运的无奈，崇尚晋代陶渊明辞官归隐田园的生活，追求那种身静心静的环境。楹联对唐代韩愈、西汉董仲舒等古圣先贤的为人为文表达了仰慕之情，进而对自己营造的小环境进行了诗意比赋，略有鲁迅的"躲进小楼成一统，管他春夏与秋冬"的况味。

谁知，剧烈动荡的时局很快将止庐及其主人撕碎。

1949 年 11 月底涪陵解放，中共涪陵原中心县委书记（地下），时任涪陵地委统战部长胡晓风于 1950 年初到安镇征粮，认定陈一村为乡贤，即举荐他为涪陵县第一届各界人民代表大会代表，随即参加当年 4 月 9 日至 15 日在涪陵城国光剧场举行的县各界人民代表大会，会议代表共 347 名。会后，胡指派陈一村在陈氏四合头院子举办本场士绅培训班。参加培训 30 多人，学习 20 余天。主要学习时事政策，敦促地主绅商配合政府开展征粮建政工作，主动减租减息。这期间，胡晓风动员陈一村进城参加工作，新政权需要大批干部，一村顾家，未允。一村继子德树由胡介绍，进县政府地证科当科员，1955 年调长寿县政府，直至退休。1951 年川东土改工作队进安镇，遍寻封建势力头目以镇压开局。安镇一带，陈氏地主最多，而陈一村影响最大，立即被抓捕关押。那时没有电话，几天后信息传进涪陵，胡部长闻讯后立即派人持条连夜赶赴安镇营救陈一村。但隔 100 多里山路，全靠步行，当持条人赶拢安镇时，陈一村和另外一批"恶霸地主"已被枪决。通信员当即瘫软在地痛哭，说没能完成首长交办的任务。据当地老人回忆，开公判大会时，台下有群众高喊："陈幺少爷是好人，没做过恶事，杀不得哟！"但谁听呢。

　　大时代中的小人物，人命危浅。一个浪头，就把书生以及他们的理想打沉水底。一轮甲子后，止庐尚在，物是人非。止庐对面山上陈一村的土冢，荒草一岁一枯荣。

涪邑文峰塔记

　　夫谷邃崖嵌，兰桂因之厚其植；山光川媚，珠玉从而振其华。骐骥产夫涯涯，征祥在德；麟凤游于郊薮，感召惟仁。人杰虽本乎地灵，世会不羁于土脉，故宣圣德大成之集，泗水为之却流；兴王有挥至之机，市州卒然特起。是岂秦隐君之筹划，图索青囊；张子房之薪传，经陈赤霓者乎？所以项乔有崇理之辩，温公有乞禁之书。若乃肖形枚头，冀消氛口，殚工壕股，屹立烟波，或八万四千阿育王矜其幻异，或三百五十月氏国侈其恢宏。翕神涌地之称，倒影凌霄之概。是则皈依者，亦取决于文字乎？或关然而峻诋耆闇者，光儒之捐也；艳谈形胜者，近代之常也。邑东之插旗山者，发脉汉葭，分疆桐梓，蜿蜒数百里，起伏十余岗，牙错对峰，鳞皴诸嶂，峦头回顾，山横陈以二水为襟裾，实全涪之关键。旧存塔址，早拓坯基，则乡贤向参政鼎之创始也。为同里输一年之赋，崔稍倾困；法代都扩七级之规，鸠工覆箦。无何罡风吹劫，烽火惊尘，争招新市之兵，渐弥平村之寇。槠橹初具，堕自天狼；爽垲重占，谁窥地鹤，盖蹉跎荏苒者垂二百年矣。于是荐绅先生、胶庠彦士，会谋于野，发言于庭。醵金满簋，疠材居肆。定方中而揆内，经营窃比夫灵台；移岁次之躔星，功德甫成乎宝杨。完矣美矣，仰之弥高；轮焉奂焉，岿然独立。笔尖蘸露，书空雁字之天；文陈回澜，挥破龙沱之浪。匪如山作八字，戴洋不惬于武昌；要知符应三公，羊祜终官夫太尉。从此雁王塔上，遍题甲族荣名；试闻鱼呗声中，亦诵丑年高弟。升邦忝牧，往迹应培。感言百废俱兴，且幸三时不害。爰效郭冲之条事，但输孙绰之能文。伐彼青珉，镂之紫篆，乃为铭曰：涪山崴崽，涪江浩瀚。磅礴扶舆，氤氲乔焕。云涌浮图，势侵霄汉。昔在先哲，眷怀乡邦。度其隰原，相其阴阳。功思运甓，赍概采囊。红羊突起，朱雀失光。有开必先，于今为烈。是究是图，有典有则。突兀撑空，崝崟疑削。渊汇砥平，林峦缥碧。高楼奎垣，大畅休风。科名举绿，旌节花红。嗟我农夫，岁稔年丰。多黍多稌，如茨如蓬。凡兹嘉应，惟塔之功。不骞不崩，此山与同。

特授四川重庆府涪州知州濮文升　主建并撰

署理四川重庆府涪州知州施毓龄　赞建

倡　建

举　人　　潘文樨　贺太璞　赵宗宣　周庄　周熙尧

　　　　　彭光焯　王应元　吕毓琳　文人蔚　李瑞

副　榜　　江炜心

教　职　　赵衔宣　何荷瑛

职　员　　刘焰

监　修

拔　贡　　李树滋

监　生　　陈金声　余从宽　余世樨

大清同治十三年甲戌岁仲秋月上浣吉旦邑廪生夏寿昌敬书

塔内楹联：大雅广扶持一柱擎天开泰运　横批：贵相腾辉

斯文真主宰三台立地庆升华

白塔又名文峰塔，位于涪陵城东 15 里的刘家山顶。明代建有木塔，后毁；涪州进士向鼎，曾任潼关参政，卸任回乡后集资修建文峰塔。崇祯十七年（1644）六月，建塔工程近半，张献忠率军攻占涪州，塔身毁于战火。过了 226 年，清同治十年（1870），涪州知州濮文升和继任知州施毓龄合力在原塔址建起了 40 米高的砖塔。塔为正八菱形，共 9 层。每层转角处都埋有"铁扁担"铆连夹固。各层设有神龛，供祀文昌、关圣、山王、雷神等。文峰塔为涪州城一地标性建筑，至今保存完好。

又到珠子溪

2012年初夏，应武隆文友之邀，我又一次来到珠子溪。

第一次领略神秘的珠子溪风光，还是十多年前的夏天。那时武隆县的旅游业才刚刚起步，许多奇特的自然景观还躲在深山人未识。当多数人的目光被仙女山宽阔草场吸引的时候，突然某天一个村民在江口镇几公里远的芙蓉江对岸陡峭的半山崖壁上发现了一个巨型溶洞。据称洞内宏阔，洞中套洞，九曲回肠，深不见底，且石笋、石钟乳、石花、石幔五彩缤纷，影影绰绰的石狮、石虎、石象等乱力怪神狰狞恐怖。最奇的是隐藏在荒草藤蔓间的洞口有一股山风不断地往洞中猛吹，因名"风洞"。此事口耳相传，且很快见诸地方报端，立即引起轰动。聪明的武隆人发现这个溶洞的潜在旅游价值如获至宝，县领导高度重视，一方面对该洞暂时封闭保护，一方面请求涪陵地委、行署给予支持，联系外界专业人士进行考察评估。时任地委宣传部部长的刘庆渝同志指派我组织几位文友赶赴武隆，协助县里有关部门做好文化宣传的前期工作。其任务首先是给"风洞"命名，命名要考虑叫得响，传得开，能够永久利用。其次是对旅游开发价值进行初步评估。我约上本城诗人何小竹、作家杨爱平等立即赴武隆，在县旅游局、江口镇、浩口乡有关领导的陪同下，对川黔交界处以下的芙蓉江河段的自然人文景观进行了详细考察，然后进"风洞"实地调查景观资源状况，最后形成初步报告。

　　那是一次异常艰辛的考察活动，县里用车把我们送到紧邻贵州省的浩口乡一个叫蓼垭的地方就绝尘而去，前面所经之地均无公路，只得步行。正遇雨季，时而骄阳似火，时而大雨倾盆，时而浓雾锁山，时而山洪断路。每人头戴麦秆草帽，身披塑料雨衣，手拄防蛇竹棍，肩挎干粮饮水，晓行夜宿，饥餐渴饮。上山下坎，手脚并用；悬崖深谷，险象环生；冷雨热汗，干湿相煎。至今犹记那天黄昏，我们一伙人下大白崖，刀斩斧劈一面悬崖仿佛将去路切断，数百米高的绝壁必须攀缘而下，恐惧令人浑身无力，腿脚酥软。人人都胆战心惊转身贴壁，手抓住藤蔓或草丛，脚探石棱石缝，艰难下行。不知过了多久，才"掉"到谷底，抬头一望，真个是壁立千仞，不觉冷汗浸背。刚松一口气，前面又一条深沟拦住去路。可能山后刚下大雨，山洪暴发，浊浪翻卷，吼声震耳欲聋，十多米宽的沟上只有一根弯树干搭成的"独木桥"，且树干湿滑，人人望而生畏。若掉下水去，将被咆哮的洪水卷走，下面又是两重悬崖，人会被摔得粉身碎骨……还是浩口乡汪书记胆大，他摇摇晃晃像踩钢丝的运动员涉险过了沟，找来一根约两丈长的竹竿，伸过沟来让大家当扶手，鼓励我们一个一个地过。"独木桥"树干小，不能同时承两人重。当我们一伙人战战兢兢地刚过完，那"桥"的一头在大水冲刷下，泥土一块块松动，不一会儿树干一头就滑下沟去了！后怕像电击一样穿透了我们的心。

　　如果说一路走来都是急管繁弦的话，那么游览珠子溪则是抒情的一段慢板。我们从线坝溯流而上，穿过浪花纷飞的百汊河，就到了波平如镜的珠子溪。两岸青山叠翠，野花烂漫，蓝天如洗，百鸟争鸣。我们荡一叶小舟，如滑进一幅绣有山光云影的碧绸。清风徐来，水波荡漾。山成倒影，水淘白云，有野牧的黄牛铃铛声破空而来，却不见牛的踪影。人简直像进入童话般的世界。我在编一份文学杂志，时不时读到文友们描绘珠子溪风光的作品，早已心向往之。自己亲历实境，果然名不虚传，觉得更有异趣在焉。雄峻的高山，深深的河谷，竟然天造地设地造出这般如诗如画的景致。真印证了古人说的"非常之景观，必在险远处"。

　　一晃十六七年过去了。我们命名的芙蓉洞早已成为闻名遐迩的精品景点。随着喀斯特地貌成功申报世界自然遗产，武隆的旅游业正红红火火，蒸蒸日上。而深藏大山谷底的珠子溪怎样呢？带着疑问，我再一次踏访珠子溪。

　　和上次行程相反，这次从恩渡回水湾乘机动船顺流而下。当年荒凉的河滩渡口已改变了旧模样，头顶两三百米高空已架起了一座公路桥，这是武隆通向贵州务川县城的交通要道，不时有车辆从蓝天白云下飞驰而过。对岸已建起一座水电站，由于涨水，高高的引水渡槽将多余的电站用水排出，飞流直下，形成人工瀑布悬挂半山。左边崖壁也有大股山泉飞出，白花花砸进江底，形成峡门门口两幅巨型白练，给昔日温柔静谧的珠子溪平添了几分桀骜不驯的气势。江水有点儿混浊，水面上漂浮着一些枯枝败叶，它们或许就是雨季的信使，告诉人们上游涨水啦！左面突然飞出一股小小的山泉，画出十分优美的曲线，轻轻地落进江中，当地人称之为"马尿水"，虽不雅致，但却生动形象。据说"马尿水"四季长流，不枯不竭，是珠子溪上段一处自然小品景观。

　　船往下行，江流平缓，左面渐露一高峰，直插云端。下部分是千年古树和盘盘曲曲的藤蔓，构成凹凸不平的绿色屏障。上面是刀斩斧削的一道褐色石壁，苍老、斑驳、甚至向江面微微倾斜，让仰望的人们感觉有随时压下来的恐惧。右边山势较缓，杂花生树，绿韵浩荡，蝉鸣、鸟叫、蜂飞蝶舞。据称这一带有多群金丝猴、黑叶猴、猕猴嬉戏，当地村民还发现过一两只浑身雪白的白猴。但这天，它们都躲在深处，未见踪影。至于画眉、相思鸟、白鹭、锦鸡、山楂、水鸦雀、点水雀、斑鸠、地麻鸡之类温柔可爱的禽类，比比皆是。有的你只能听见它们婉转的歌唱，有的你能偶尔见到它们美丽的身影。松树、刺柏、漆树、青枫、黄荆、泡桐、丝李、核桃、板栗、杜仲、粉桃、野樱桃、藤枸、枫树、斑竹、吊丝竹、水竹、乌桕、杨树、柿树……据统计植物达上千种，其中古生植物达数百种之多，各类野生动物三四百种。这儿是植物的宝库，也是动物的乐园。

顺风而行，各种景观迎面扑来，让人应接不暇。这儿是山水共育的清纯世界，船行珠子溪段下游，有一处碛坝，弃舟登岸，我们来到一处弧形的卵石沙滩。岸边有一幢瓦房，住着两家山民。岸边泊着几叶小舟，他们的耕地大都在对岸半坡。春种秋收，施肥薅草，都是靠一根竹竿代桨，划船往返。轻波细浪，映照着他们的忙碌身影；野火炊烟，联结着他们清贫的生活。据说，为改变他们的生存环境，有关部门动员他们搬出这孤清苦寒之地，但他们住惯了，还十分留恋这里，根本不愿迁走。也许，我们只是匆匆过客，对他们的生活方式有越俎代庖式的臆断推想。他们离群索居，远离红尘，有四时鲜花为伴，有江风涛声入眠，有五谷杂粮果腹，有山歌烈酒壮魂，谁说不是人生的一种至清至纯的大境界？近年来造访的游客逐渐多起来，他们将陋室稍作修整，居然办起了农家乐旅馆，据说有时也生意兴隆。

碛坝上有许多卵石，并不浑圆，有些石片还有点棱角，和长江岸边的卵石大有区别。但文友们有人拣拾、欣赏，偶尔也有几粒精致的，仿佛上面写满岁月的诗行。这儿算是珠子溪的一个驿站或码头，也是两面高山夹出一处地心或脉管，离高天远，离城市远，离凡尘远；但离自然近，离江水近，离清风近。当相机取代了眼睛，手机取代了耳朵，电脑取代了思考，汽车取代了腿脚的时候，我们为何不另辟蹊径，到美丽的珠子溪来走走，看看？

第二辑 山语

DIERJI SHANYU

高原短札

青藏高原，我第一次拜谒你这气势磅礴又广袤苍凉的地方。我被你震撼，被你吸引，被你折服。从西宁，一路西行，一路向上，美景应接不暇，激情饱了诗囊。我虔诚地俯向丰饶的大地，聆听那遥远的历史足音，搜寻散落在雪山沙漠中的弦外短章。

官署楹联

西宁以西，有个丹葛尔古镇，落寞地蜷曲在一片沙滩之中。这是一处古丝绸之路上的重要驿站，曾是大漠孤烟中商贾云集的繁盛之地。历代王朝在此设立厅署，任官管理边贸流通和社会治安。麻石铺就的石板街道，成排悬挂的宫灯装饰的牌楼店面，无不在述说岁月的沧桑。街上有修缮过的文庙、厅署、亲民堂、博物馆、戏楼等。有几副楹联引起了我的注意。

一副是丹葛尔厅署大门外楹联：

> 居官当思尽其天缘
> 为政尤贵合乎民心

另一副是亲民堂正殿外的抱柱联：

吃百姓之饭穿百姓之衣莫道百姓可欺自己也是百姓

得一官不荣失一官不辱勿说一官无用地方全靠一官

这两副楹联语言平实，但意义深刻，至少代表了一方的官场文化中的正能量。其中第二联是出自清代河南内乡县知县高以永之手。厅署门上那联"居官当思尽其天缘，为政尤贵合乎民心"，与涪州北崖上知州毛震寿题的"官守当为斯民造福，臣心誓与此水同清"有异曲同工之妙。都有规范、劝诫官员行为的警示作用，也可作为官箴来读。

别小视这类古老历史文化印痕，即便是边远小镇，即便是雪域荒原，有这种文灯照耀，自然有春风吹拂，野花烂漫，人间温暖。由此可见小镇的官风民俗，非同一般。难怪这儿是汉传佛教和藏传佛教交汇之地，也是多民族交融杂居之所。有学者指出，海拔越高的地方，信仰就一定更坚定，文化就一定温暖滋润人心。丹葛尔古镇的楹联，庶几可以作为一种注脚。

唐蕃古道

从西宁往西，过湟源县城折向西南，不久就到了日月山，山上有纪念文成公主的日月亭，日月亭下不远就是那条久负盛名的倒淌河。我们已来到那处历史结点上，脚步与1300多年前的那位文成公主重叠，向东向西遥望，都备觉天高地远，白云悠悠。

相传当年文成公主远嫁吐蕃，一路风尘仆仆来到这儿。翘首西望，一是云遮雾漫的雄峻荒原高山；回首东顾，车水马龙的帝京长安越来越遥远。文成公主顿觉心中凄然怆楚，取出皇后赐予的"日月宝镜"，顾影自怜，禁不住伤心流泪。点点泪水汇聚成了倒淌河，由东向西，流入了清波浩瀚的青海湖，而不是向东流

第二辑 山语

向家园故土长安。她决意完成唐朝与吐蕃联姻通好的使命，悲愤地摔碎"日月宝镜"，义无反顾启程西行，去会见那位不畏山高水远率队前来迎新的吐蕃王松赞干布。

这是一次非常艰辛的和亲旅行，由唐太宗钦点，派文成公主的父亲江夏王李道宗护送，携带嫁妆、书籍、乐器、锦帛和粮食种子以及释迦佛像、经卷、医方、乐师同行。他们从长安出发，越陇山，过天水，在炳灵寺渡过黄河，进青海民和宫，经古鄯、乐都、西宁、湟源，登日月山，涉倒淌河，入吐谷浑境。松赞干布在柏海建"柏海行宫"，亲迎文成公主于河源。然后经切古草原、大河坝、温泉、花石峡、黄河沿，绕扎陵湖、鄂陵湖，翻巴颜喀拉山，过玉树青水河，西渡通天河，到达玉树结古巴塘，沿曲河上至杂多，沿入藏大道，过当曲，越唐古拉山口，至聂荣，那曲，最后到达拉萨。一路风餐宿露，晓行夜宿，共花去了三年多时间！一位养在深宫年仅 16 岁的少女，到达拉萨时已是 19 岁的新娘了。其间的辛劳难以言表，今天我们乘飞机、坐火车、汽车等现代交通工具都备感疲劳，不少人翻越几处 5000 多米高山都心惊胆战。追念文成公主当年的足迹，我们深感汗颜。文成公主在拉萨生活了近 40 年，为传承佛教，播种民族友谊，发展种植、纺织工艺，耗尽了她毕生心血。唐永隆元年，文成公主逝世，吐蕃王朝为她举行了隆重的葬礼，并被供奉在大昭寺、布达拉宫和文成公主庙等神坛圣地，为后人景仰。

唐蕃古道，沉淀了多少厚重的历史，也风干了多少旅人的眼泪！

高山仰止

山，是青藏高原的风骨；水，是青藏高原的血脉；人是青藏高原的魂灵。

莽莽苍苍的青藏高原被称为世界屋脊，众山雄峙，万水奔流，永久冻土广袤无垠，珍稀动植物丰富多样，地下矿藏叠床架屋，民俗风情多姿多彩。在共和国的版图上，这一带处处是圣水灵山，到处是创造生活的英雄人民。

在三江源，涓涓细流中孕育了长江、澜沧江、怒江。在冈底斯山脚下，诞生了雅鲁藏布江，流经缅甸、印度、孟加拉国后进入恒河。在巴颜喀拉山北面，奔腾咆哮的黄河从这儿起步。这片神奇的土地真是东亚和南亚的众水之源，万流之宗。流域面积达数千万平方公里，催生了华夏和印度两大文明古国，养育了20多亿人口。高原上的湖泊更是星罗棋布，在蓝天白云雪峰下熠熠闪光。我国最大的咸水湖青海湖，面积达4853平方公里，海拔达3196米。我国最高的咸水湖纳木错，面积达1920平方公里，海拔4718米。还有神奇的班公错，在我国境内的100公里属淡水湖，在印度境内的50公里是咸水湖。一湖二水，彼咸此淡，为世上罕见的自然奇观。许多湖泊，都有美丽的传说故事，如羊卓雍错、昂拉仁错、鲁玛冬错、昂孜错、格仁错、当惹雍错等。这些湖泊水质清澈，山光云影倒映其中，如诗如画，美不胜收。

青藏高原的雄伟大山要数日喀则地区的定日县最为集中，在西藏境内7000米以上的50座高峰中，该县就占18座。除珠穆朗玛峰以外，8000米以上的高峰还有洛子峰、马卡鲁峰、卓奥友峰、格重康峰等。7500米以上的有章子峰、库拉冈日峰、拉布吉康峰等。这些山峰气候极寒，终年白雪皑皑，空气稀薄，人迹罕至，素有地球"第三极"之美称。但在藏民心中，这些山峰都是神的居处，是可望不可即的圣洁之地。它们离尘世最远，靠天堂最近。只能仰望，不可亵渎。它们高耸入云，与蓝天为伴。它们俯瞰大地，护佑众生。对这些雄山峻岭，我们都应当心存敬畏，任何有损它们威严神圣的念头和行动，都是轻狂的，有罪的。想到凡世间偶有狂人横空出世，想把地球玩弄于股肱之间，呼风唤雨，颐指气使，拉历史倒车，终是黄粱一梦。

格尔木是在戈壁滩上兴建的现代大城市，建城史不足60年。在3000米以上的高原上，除拉萨外，它算第一大城市了。

格尔木可说是一座具有英雄品质的城市。它和慕生忠将军相关。慕将军1930年参加陕北红军，1951年8月出任西藏工委组织部长兼运输总队政委。他率领1600人赶2万多峰骆驼向西藏运送物资。每行进一公里，就要留下12具骆驼尸体。花四个多月到达拉萨时，只剩下四分之一的物资运到目的地。1953年，中央指示紧急运粮食进藏供3万部队所需，慕将军寻另一条进藏路线运400万斤粮食，近3万峰骆驼死了十分之八九，还死了许多骆工，代价极其惨重。1954年他去北京找到老上司彭德怀，要求修青藏公路。彭德怀向国务院周总理请示立即获批准，于是青藏公路开始修建。数万战士和民工历尽千辛万苦，这条世界上最高的公路终于修通。当年荒凉的戈壁滩，就逐渐兴起了格尔木市。慕将军的骨灰，也留在了他长期战斗生活的格尔木，现在格尔木建了一幢两层的将军楼，以示对这位英雄的怀念。

如今，到拉萨有川藏、青藏、滇藏、新藏四条公路干线，再加上青藏铁路，交通状况彻底变了样。但在长达数十年的交通会战中，像慕生忠将军一样的英雄何止万千！

面对大山，面对英雄，谁不顿生高山仰止的激情！

从无祀坛到忠烈碑

　　无祀坛位于涪州西门外，与龙王庙并排于长江南岸，和东门外的神祇坛、蔡家坡左的社稷坛为古城墙以外三大神坛之一，时称厉坛。兴建何时，已无详考。《同治重修涪州志》载，"嘉庆十六年（1811）知州张师范重修厉坛"。从那时算起又有200多年了。"每岁三月清明节、七月望、十月朔，""由守土官（知州、县令）率僚属"在此举行隆重公祭。祭祀那些"遭兵刃而损伤者，死于水火盗贼者，被抢夺财帛而逼死者，被人强夺妻妾而死者，遭刑祸而负屈死者，天荒流行而疫死者，为猛兽毒虫所害死者，为冻饿而死者，为战斗而殒身者，因危急而自缢者，因房倾墙颓而压死者，远行征旅未归者，死后无子孙者……"在祭祀告文中说："此等鬼魂或终于前代，或没于后世，或兵戈扰攘而流移他乡，或人种断绝欠缺其祭。""人鬼之道，幽明虽殊，其理则一。死无所依，精魂未散，结为英灵，心思阳世。"故"设坛于城西，以某月某日备设牲礼羹饭，专祭合境内无祀鬼神等众灵，其不昧来巢，此祭尚飨"。

　　去其迷信外壳，足见文化内核。那是古人对非正常死去的人们的终极关怀，是对另一类弱势群体的大爱普泽。

　　由此我想到抗战老兵和抗战烈士。在抗日战争胜利68年后，民政部宣布将国民党抗战老兵中尚存的2万多人纳入社保范畴予

第二辑　山语

・119・

以养老救助。对国民党军队中抗战烈士纪念工作也逐渐进入公众视野。人道关怀的阳光，终于照进了长期被历史遗忘的角落。

一场全民族的抗日战争持续了 14 年，可谓惊天地、泣鬼神。数以百万计的英雄儿女为国捐躯，血洒疆场。单是中国远征军在缅北丛林中与日寇几年的殊死搏斗，就在异国他乡留下中国官兵 10 万具遗骸。战争硝烟散去后，这些烈士遗骨依然散落在大山丛林，没有坟头，没有墓碑，更没有岁时祭奠。直到 2011 年 9 月，在民间组织多方努力下，才有 19 具烈士遗骸被运回国内，厚葬于腾冲国殇墓园。本应丰碑伟冢，以祭英灵，却落得悲风冷月，蚁践忠骨。这是烈士亲人的伤痛，也是民族的伤痛，更是时代的伤痛。

韩国对阵亡军人的系统性发掘确定为国家永久性项目，成立了国防部遗骸发掘甄别团。至 2012 年底，在境内共挖掘朝鲜战争死者遗骸 7009 具，其中韩军 6009 具、"联合国军" 13 具、朝军 616 具、志愿军 385 具。韩国总统 6 月访华时，提议将志愿军遗骸送还给中方。美国设有国防部战俘与战斗失踪人员联合调查司令部，1993 年至 2005 年间，为在朝鲜境内挖掘美军遗骸，已支付朝鲜 3000 万美元。日本政府 1974 年制订出 "海外战殁者遗骸收集计划"，此后两年 "收骨团" 赴缅甸，共收遗骨 23306 具。我国 2011 年也启动了境外烈士墓园和纪念设施保护工程，相关工作正在有序进行中。

历史赋予我们太多的骄傲与荣光，也给予我们太多的困扰和黑洞。历史在前行中丢掉了许多细节，但某些细节却决定了我们怎样记录历史，开创未来。中华民族的伟大复兴，要依靠强健的精神和气魄，宽广的胸襟和气度。直面历史，超越陈见，应是题中应有之义。古城涪州尚有无祀坛祭祀孤魂野鬼，难道为国捐躯的抗战烈士不应有光耀史册的忠烈碑吗？

程颐因何来涪州

　　提到涪陵北岸历史文化，不能不提以点易洞为地标的理学文化；提到涪陵与理学文化的渊源，不能绕开北宋哲学家、教育家程颐。程颐与其兄程颢皆学于北宋哲学家周敦颐，并同为北宋理学的奠基者，世称"二程"。程颐曾任哲宗时代秘书省校书郎，官至崇政殿说书。虽是文职官员，不直接掌握国家中枢权柄，但这个职位离当朝皇帝很近，可以凭借深厚的历史学养和哲学认知，以经筵侍讲的特殊身份，对君王进行道统驯化，直接或间接地影响皇帝的治国理念，进而影响国家的政治走向。以前我们涪陵人谈论程颐及点易洞文化遗存，多着眼于程颐被"削籍窜涪州"（《宋史·道学一》）以后，如何在北崖凿洞注《易》，彰显这位理学大师面壁数年，黄卷青灯，焚膏继晷，终于写出《程子易传》（或称《伊川易传》）的用心专一精神，以及在普净院授徒讲学，耳提面命，带出了尹焞、谯定等大批理学传人；且由谯定发端，一脉相承，薪火相传，逐渐形成颇具影响的涪陵学派等。至于程颐因何来涪州，来涪州前的人生际遇、学术生涯、从政经历、荣辱得失等，大多语焉不详或一笔带过。诚然，通过程颐在涪州被"编管"近三年的羁旅生活，作为一个观察窗口，可以了解这位学术大师的某些风范，但对全面认识程颐的哲学思想，学术贡献尤其是经世致用的具体实践，是远远不够的。

程颐生于宋仁宗明道二年（1033），卒于宋徽宗大观元年（1107），享年七十五岁。他一生经历仁宗（赵祯）、英宗（赵曙）、神宗（赵顼）、哲宗（赵煦）、徽宗（赵佶）五个皇帝，也经历过王安石变法、元祐更化、乌台诗案等重大事件。他受学于理学鼻祖周敦颐，交友有司马光、邵雍、文彦博、吕公著、胡瑗、张载等鸿儒。门生众多，如刘绚、李籲、谢良佐、游酢、张绎、苏昞、吕大钧、吕大临等，这些精英人才皆斑斑可书，渊渊所渐，都是名士大家。如果稍宽泛一点，他的门生中还有一个哲宗皇帝赵煦。上述人物或事件，皆载《宋史·本纪·哲宗》《宋史·列传·道学一》诸篇。

综观程颐一生，可以简略概括为做了两件大事：一是授徒讲学，著书立说；二是经筵侍讲，驯化皇权。

授徒讲学　著书立说

北宋立国之后，在太祖、太宗两代君主坚持"务农兴学，慎罚薄敛，与世休息，迄于丕平"的治国方略指导下，外削藩邦，内惩贼吏，奖掖农商，勃兴庠序，经四十多年治理，到真宗时期，终于出现了社会稳定，商贸活跃，文化繁荣的升平景象。画家张择端的绢本长卷《清明上河图》所描绘的北宋京城汴河两岸物阜民丰、兴旺繁荣景象，栩栩如生地反映出当时社会各阶层的生活情态。从一个侧面折射出市民商贾安居乐业社会现状。

当时间纪元跨入第一个公历千年之后，中国历史上出现了一个群星灿烂，英才辈出的时代。政治家、文学家、哲学家、教育家、艺术家……或呼朋引伴鱼贯而出，或序后争先雁阵以排。他们是：范仲淹、包拯、王安石、欧阳修、梅尧臣、曾巩、宋祁、苏轼、司马光、苏辙、苏洵、吕公著、周敦颐、邵雍、张载、程颐、程颢、黄庭坚、秦观、米芾、蔡襄等。程颐生活在这样一个风云际会、百花齐放的时代，为他精研理学、弘道传经提供了良好的学术环境。家学渊源，名师指点，兄弟辩驳，友朋提携，为他的思想形成发挥了重要影响。

　　程颐与其兄程颢只相差一岁，其父程珦在南安做军事通判时遇到周敦颐任南安掾，"知其为学知道，因与为友"。即令两个儿子拜周敦颐为师，"二程之学源于此矣"（宋史·道学一）。周敦颐博学力行，著《太极图》，明天理根源，究万物之终始。黄庭坚称周敦颐"人品甚高，胸怀洒落，如光风霁月。廉而取名而锐于求志，薄于徼福而厚于得民"。周敦颐是北宋大儒，但不是久居书斋的空谈者，而是勤勉努力的实干家。先后在南安、郴州、桂阳、广东、南昌等地任地方官，"以洗冤泽物为己任，行部不惮劳苦"。勤于学习，手不释卷，又著《通书》四十篇，发明太极之蕴。时人评价《通书》"其言约而道大，文质而义精，得孔、孟之本源，大有功于学者矣"。程颐兄弟在这样的大儒鸿彦言传身教中，获益匪浅，学业精进。"程颢及弟颐……受业周氏，已乃扩大其所闻。表章《大学》《中庸》两篇，与《语》《孟》并行，于是上自帝王传心之奥，下至初学入德之门，融会贯通，无复余蕴。"（《宋史·列传·道学一》）

　　后来，程颢中进士，入京师，任过上元主簿、晋城令等地方官。在吕公著力荐下，官至太子中允、监察御史等京官。程颐则从二十四岁起，在京师授徒讲学，神宗熙宁五年，偕兄程颢一起到嵩阳讲学。开始了授徒讲学、著书立说的漫长生涯。程颢虽为朝中高官，因与王安石政见不合，屡次当堂辩论，指斥新法有误。王安石与程颢关系不错，"虽不合，犹敬其忠信"。程颢被贬为西京刑狱时，司马光已退居长安，上书为程颢鸣不平，"称颢公直，己所不如也"。可见程颢在朝中的影响。程颢后不受重用，遂转而潜心学术。"慨然有求道之志。泛滥于诸家，出入于老、释者几十年，返求诸'六经'而后得之。"与弟程颐在创立理学体系上殊途同归。

元丰元年，程颐在扶沟县"设庠序，聚邑人子以教之"。文彦博感其兴学义举，将自己在洛阳伊川县境的鸣皋镇庄园赠给程氏，于是程颐自建伊皋书院，在其中讲学长达二十多年。程颐主张教育的目的，在于培养圣人。"圣人之志，只欲老者安之，朋友信之，少者怀之。"并认为"圣人以天地为心，一切函容复载，但处之有道。"在教育内容上，主张以伦理道德为其根本，"学者须先识仁，仁者蔼然与物同体，义、智、信皆仁也"。他在授徒讲学过程中，始终强调德育为重，特别强调自我修养。要达到此目标，其途径是"致知""格物""穷理"。他认为传授知识，是师者神圣职责，只有受学者掌握了知识，才能明白世间的道理；知识越丰富，道理越明显。他进而认为"致知则智识当自渐明"。致知的过程，乃在"穷理"，即尽晓天理。致知的办法是"格物"。"格者，至也"，"格"是内感于物而识其理。"耳目能视听而不能远者，气有限耳，心则无远近也。"因此，认识事物的关键在"心"。心"与天地合其德，与日月合其明。非外在也"。所以致知重内感而不在外表。在学习方法上，强调深思熟虑，认真思考。"不深思则不能造其学""凡看文字，先晓其文义，然后可求其意，未有文以不晓而见意者也。"程颐的教育主张和教育思想对后世教育影响深远。但程颐对后世的最大贡献，却是宋代开风气之先的理学。

程颐与程颢共同创立的理学，被晚二程近一个世纪的朱熹、吕祖谦、陆九渊、张栻等南宋学者继承和发展，形成体系完整的"程朱理学"。后来成为官方儒学，影响元、明、清乃至近代九百多年。

二程所创立的"天理"学说，确有独创之处。程颢曾说过："吾学虽有所受，但'天理'二字却是自家体贴出来。""理"因此成为二程哲学的核心。后世称宋明理学也因此得名。所谓

"理"，既是指自然的普通法则，也是指人类社会的当然法则，它适用于自然、社会的一切具体事物。这就把儒家传统的"天人合一"思想，用"天人一理"表达出来。中国上古哲学中的"天"所具有的本体地位，在二程哲学中以"理"来代替了，这是二程对中国哲学的一大贡献。

在程颐的哲学中，对孔子的"仁"学有了新的发展。他认为，"大抵尽仁道，即是圣人"。又说，"学者须知识仁，仁者浑然与物同体，义、礼、知、信皆仁也"。他把先秦儒家"仁学"所强调的爱人，博施济众，克己复礼等，进一步发展成为"万物为一体"的境界。认为前者还只是"用"（表现），后者才是仁的"体"（根本）。在修养方法上，程颐提出了"定性"的理论。所谓"定性"实际就是"定心"，即如何做到内心的安宁与平静。要使内心平静，不受外部事物干扰，就应该虽接触事物，却不执着留恋于任何事物，做到"内外两忘，超越自我"。这一"定性"的理论，是程颐发挥了孟子"不动心"的思想，也吸取了佛、道二教的心理修养经验而成的。

不过二程之学大方向虽是统一的，实际上两人思想还是存在差异。程颐比程颢更注重个人内心体验。程颢的思想是后来陆九渊"心学"的源头，程颐的思想则是后来朱熹"理学"的源头。这种细微差异，与两人经历有关。程颐五十岁前，没有进入官府上层任过什么职务，而程颢却是嘉祐进士，任过鄠县、上元县主簿，泽州晋城令，太子中允，监察御史，镇宁军节度判等地方官和京官。既有胸怀天下的远大理想，又有在中央和地方的从政经历。《宋史·道学·程颢传》记载了他从政许多具体事件，如曹村决堤，程颢对郡守刘涣说："曹村堤决，殃及京师，你作为臣子，应当以身堵决口，为什么只见一些衙门小卒去应付呢？"刘涣生气地把郡守大印交给程颢，以此来激怒士卒，对程颢的不满。许多人见水势汹汹无法堵塞。程颢命令几个会水的渡过缺口，引大绳索聚众从两岸向中心抛石，几天就把决堤堵塞修好了。在扶沟县任知县时，境内广济河、蔡河两岸有些生计困难的壮夫，专门抢劫过往船上的物资，每年抢烧船数十只。程颢捕得一人，让他交代其他团伙，将首恶惩办，其余的人以拉纤为业。从此再没人敢拦水抢劫了。内侍王中正下来检查保甲，权焰汹汹，左右城邑争相给王送厚礼让其享受。主吏来问程颢怎么办？程颢说，我们县穷，怎么能学别的县做法呢？从百姓中搜刮财物，是法所禁止的。只有我的一笼旧蚊帐可以送他。王安石执政期间，程颢被通知去中堂议事，遇王发火对群臣，也不给他脸色。程颢和颜悦色说，"天下事非一家私事，愿平气以听"。安石为之愧屈。哲宗继位，召程颢为正丞，未行而卒，年五十四。颢之死，士大夫识与不识，莫不哀伤焉。文彦博采众论，题其墓曰明道先生。其弟程颐题序曰："使圣人之道焕然复明于世，盖自孟子之后，一人而已。"这种评价对程颢而言，恰如其分。

程颐未考上功名入仕林，转而从事教育和哲学研究。"颐于书无所不读，其学本于诚，以《大学》《语》《孟》《中庸》为标指，而达于《六经》，动止语默，一以圣人为师。"张载称"其言之旨，若布帛菽粟然，知德者尤尊崇之。"程颐认为，农夫栉风沐雨，深耕细作，播种五谷供我吃；百工技艺，制作器物供我用；介胄之士，披甲执锐守卫疆土，为我提供安全环境。我却没为社会和人民作出有益的事情，而虚度岁月，那和天地间的蠹虫有什么区别呢。只有传播古代圣人的遗书，才能对社会有所裨宜。于是奋而著《春秋传》《易传》流传后世。用今天的话说，程颐著书立说，有一种发自内心的文化自觉。

他在《易传》序中说："易有圣人之道四焉：以言者尚其辞，以动者尚其变，以制器者尚其象，以卜筮者尚其占。吉凶消长之理，进退存亡之道备于辞；推辞考卦可以知其变，象与占在其中矣。君子居则观其象而玩其辞，动则观其变而玩其占，得于辞不达其变者有矣，未有不得于辞而通其意者也。至微者理也，至著者象也。体用一源，显微无间，观会通以行其礼，则辞无所不备。故善学者，求言必自近，易于近者，非知言者也。予所传者辞也，由辞以得意，则在乎人焉。"

在《春秋传》序中说："春秋大义数十，其义虽大，炳如日星，乃易见也。惟其微辞隐义，时措从宜者，为难知也。或抑或纵，或予或夺，或进或退，或微或显，而得乎易理之安，文质之中，宽猛之宜，是非之公，乃制事之权衡，揆道之模范也。夫观百物然后识化工之神，聚众材然后作室之用，于一事一义而欲窥圣人之用心，非上智不能也。故学《春秋》之义，则虽德禹、汤，尚可以法三代之治。自秦之下，其学不传，予悼乎圣人之志不明于后世也，故作传以明之。俾后之人通其文而求其义，得其意而法其用，则三代可复也。"

程颐平生诲人不倦，故学者出其门最多。《宋史·杨时传》："见程颐于洛，时盖年四十矣。一日见颐，颐偶瞑坐，时与游酢侍立不去。颐既觉，则门外雪一尺矣。"《二程全书·外书十二》："游杨初见伊川，伊川瞑目而坐，二子侍立。既觉，顾谓曰：'贤辈尚在此乎？日既晚且休矣。'及出门，门外之雪深一尺。"后因用"程门立雪"来形容尊敬师长。元代谢应芳《杨龟山祠》诗："卓彼文靖公，早立程门雪，载道归东南，统绪赖不绝。"由此可见程颐在当时学者门生中的影响。已故著名中医学家、上海中医学院院长直接将名字取为程门雪，大约与仰慕程颐有关吧。

经筵侍讲　驯化皇权

程颐虽是一介书生，潜心探究古圣贤的学问，但他并非一位空谈家，只知在故纸堆中寻求微言大义，而是对现实社会兴利除弊抱有满腔热情。他十八岁即给仁宗皇帝上书，大谈以道统治国理想。对理学的创建，目的也是经世致用，而非为学术而学术。正如黄宗羲所言："经术所以经世，方不为迂腐之学。"（见全祖望《神道碑文》）程颐在乡间设庠序授徒讲学，著书立说近三十年后，一个意外的参政机会终于从天而降，让他在对入仕不抱任何希望的情况下，平步青云，走向权力中心。

北宋元祐元年，年仅十岁的哲宗皇帝冲龄登基，由同情旧党的太皇太后垂帘听政。王安石执政时期被排挤的大批重臣硕儒重新得到重用。一场波及深远，影响国势的"元祐更化"尚在酝酿之中。皇帝太年轻了，少不更事，虽大权在握，但灵智未开，亟须培训，使其迅速掌握治国理政的本领。经旧党司马光、吕公著、王岩叟等多位重量级大臣推荐，程颐得到破格提拔。司马光等老臣给皇上推荐程颐的疏中说："伏见河南府处士程颐，力学好古，安贫守节，言必忠信，动遵礼法。年逾五十，不求仕进，真儒者高蹈，圣世之逸民。望擢以不次，使士类有所矜式。"年已五十四岁的程颐以布衣之身，被朝廷任命为"崇政殿说书"，直接充任哲宗皇帝赵煦的经筵侍讲。

经筵，作为一种制度性的对君王教育形式，成熟于北宋。之前历代朝廷，也有讲筵官的设置，如两汉、隋、唐，但都为临时性的讲经活动。有时也举行御前讲席，根据当时的需要，给帝王提供一些专题性知识讲座，并没有常设的经筵机构和人员。到了赵宋太祖开国，儒家学说成为立国思想基础，才把经筵讲习成为制度化确立下来，有点儿像时人打造学习型政府一样。南宋文学家、思想家陈亮说过："本朝以儒立国，而儒道之振独优于前代。"这为程颐能登上给帝王授课讲学提供了难得的政治舞台。这是专为皇帝讲解经传史鉴而特设的讲席。规定大学士、翰林侍读学士、翰林侍讲学士、崇政殿说书等饱学之士都得充任讲官，其他官员也有兼任之者。一般以二月至端午节、八月到冬至节为讲期，逢单日入侍，给皇帝轮流讲读。（见《宋史·职官志二》）元、明、清三代把这项制度沿袭下来，但没有宋代那样认真严谨，时有荒疏。

这时，程颐年龄偏大，比苏轼大五岁，比黄庭坚大十三岁，但在思想文化界已有较高声誉。他一进京，信心满满，连上三道札子，阐述他对经筵的看法，并提出了一个条件："（臣）所言而是，则陛下用臣不误，臣受之无愧；所言若非，是其才不足用也，因可听其避辞。如此，则朝无举动之过，愚臣得去就之宜。"程颐在这儿也有点叫板之嫌，意思是太皇太后如果赞成他的观点，他便认真担负起经筵侍讲的担子；假如不赞成，那侍讲一职就另请高明吧，我立即走人。太皇太后认为既然是司马光几位老臣举荐的人，当然也没生他的气，看看再说吧。

程颐在第三道札子中，提出一个非常重要的观点："臣以为，天下重任，惟宰相与经筵。天下治乱系宰相，君德成就责经筵。"这句话简明扼要，代表了北宋时期大多数士人对顶层制度设计的理想状态。抛去了过去长期以来形成的固有模式：国家的兴衰，取决于是否有一个好皇帝。这儿首次提出了有分权而治的必要，皇帝有皇帝的职责，宰相有宰相的任务。各司其职，各负其责。"海宇之内，亿兆之众，一人不可独治。必赖辅弼之贤，然后成天下之务。自古圣王，未有不以求任辅弼为先者。"

当然，从固有皇权构架上看，宰相也由皇帝选拔任用，当然皇帝权力比宰相大。如何从世袭制度中选择到一个好皇帝，是王室内部的事，外界很难插手干预，除了少数宫廷政变。但选出了新帝，经筵就要承担起培养造就好皇帝的重要职责了。

经筵以皇帝为教化对象，通过讲演，让帝王了解和汲取历代兴亡教训、熟悉和接受儒家的经义。这既是一种文化传播特殊方式，更是一项政治巧妙设计，目的是以儒家义理来驯化皇权，美其名曰"格君心之非"。因为帝王也是人，身居高位，号令天下，要求他一贯正确，是不现实的。程颐在《论经筵第三札子》上说：
"臣以为人主居崇高之位，持威福之柄，百官畏慑，莫敢仰视；
万方承奉，所欲随得。苟非知畏义，所养如此，其成德可知。中
常之君，不无骄肆。英明之主，自然满假。此自古同患，治乱所
系也。"因此，皇帝应当受到儒家这种先进文化的教化培养，养
成懂义知非的圣德，培养谦抑克制的作风。

　　在历史上，不乏明君圣主，不说夏禹商汤，也不说汉文汉景，
即说北宋仁宗，也有可圈可点之处。虽然他也是冲龄登基，在位
达四十二年之久，他的任内，天下相对太平，大批有真才实学的
知识分子得到重用，经济社会文化较为协调发展。南宋施德操的
《北窗炙輠录》载：某日，仁宗"在宫中闻丝竹歌笑之声，问曰：
'此何处作乐？'宫人曰：'此民间酒楼作乐处。'宫人因曰：
'官家（指皇帝）且听，外间如此快活，都不似我宫中如此冷落
也。'仁宗答曰：'汝知否？因我如此冷落，故得渠（他们）如
此快活。我若为渠，渠便冷落矣。'呜呼，此真千古盛德之君
也！"虽然仁宗被称为千古圣德之君有过夸饰之嫌，但他至少懂
得克制自己的物欲、权欲，知道百姓的快乐生活需要君王的勤勉
努力，否则，皇帝只知沉于娱乐宴饮，不理国事，老百姓就遭罪
了。史载，仁宗皇帝的"盛德"很大程度由经筵讲习所培养教化
养成。本来北宋的经筵制度是在春秋两季时段内隔月一讲，而仁
宗最为诚心正意学习，一度曾改成一日一讲。称得上学习型皇帝。
与程颐同时成为经筵官的范祖禹告诉哲宗："古之人君好学者有
之矣，未有终身好之而不厌者也。仁宗在位四十二年，以尧舜为
师法，待儒臣以宾友，尔英（殿）讲学，游心圣道，终身未尝少
倦。是以一言一动，仁及四海，如天运于上而万物各遂其生于下，
其本由于学故也。""陛下欲法尧舜，惟法仁宗而已，法仁宗则
可以至天德矣。"这也代表了程颐的观点。

　　也许程颐当惯了老师，被学生尊重成了习惯。他来经筵为哲

宗皇帝上课，就提出了要求"坐讲"，以体现师道尊严。"臣窃见经筵臣僚，侍者坐而讲者立，于礼为悖。欲乞今后特令坐讲，不惟义理为顺，以养主上遵礼重道之心。"似乎道理还充分得很。儒家士大夫在经筵中的身份，乃是向帝王传道的化身，而非等闲之辈哩。

本来坐讲和立讲没啥实质性不同。宋代以前的讲筵会，基本是坐讲。因那时椅子还没广泛应用，大家席地而坐是常态。宋初讲筵，也是坐讲，"国朝经筵讲读官旧皆坐。"到乾兴元年，宋仁宗也是冲龄登基，由于皇帝身材矮小，听课时要扶案踮起脚跟才行。时任经筵官的孙奭便改"坐讲"为"立讲"。以后相沿成习。到了神宗时，翰林侍读吕公著、翰林侍讲王安石要求恢复"坐讲"。神宗本人倒没意见，但礼官不同意，认为"今侍讲解说旧儒章句之学耳，非有为师之实"。礼官成天跟在皇帝屁股后头吆二喝三，并没有把经筵官放眼里。吕、王建议未被采纳。王安石和吕公著分属新旧两党，在政治观点上是针锋相对，但却在"坐讲"上保持高度一致。他俩当年没实现的愿望，多年后却由程颐再次提出，可见当时士大夫们争当实质性"帝师"的愿望是多么强烈。

程颐等经筵侍讲官凭什么去驯化皇权？凭什么一定要"坐讲"？凭什么一定要"帝师"的名分？因为他们相信天下最大的是道理，而不是皇帝。据说宋太祖赵匡胤和宰相赵普曾经有一次对话："太祖皇帝尝问赵普曰：'天下何物最大？'普对曰：'道理最大'，上屡称善。"后来引申开去："天下惟道理最大，故有以万乘之尊而屈于匹夫之一言，以四海之富而不得以私于其亲与故者。"南宋理学家继续在这基础上发挥："天开我朝，道统复续。艺祖皇帝问赵普曰：'天下何物最大？'普对曰：'道理最大。'此言一立，气感类从；五星聚奎，异人间出：有濂溪周敦颐倡其始，有河南程颢程颐衍其流，有关西张载翼其派；南渡以来，有朱熹以推广之，有张栻以讲明之。于是天下之士亦略闻古之圣人之所谓道矣。"故在朝廷上，士大夫为臣，臣要尊君；但在经筵中，士大夫是"道"的化身，君要尊"道"。因此，程颐等经筵官就有了驯化皇权的资格。

　　检索宋代的君主，大多数还比较谦抑。南宋初因兵荒马乱，曾暂停经筵，宰相秦桧拍马屁说："陛下圣学日跻，实难其人。"皇上你这么圣明，实在找不到一个士大夫来为你讲筵。宋高宗还有自知之明，说："朕学问岂敢望大夫？但性好读书，宫心中无事，读书写字，一无所为。"并下诏任命了一批侍讲。神宗一次与程颐之兄程颢论及人才，神宗说："朕未之见也。"程颢立即质问皇帝："陛下奈何轻天下士？"神宗只好耸然曰："朕不敢，朕不敢！"看来有经筵制度，皇帝的确安分守己得多，至少自我膨胀的野心有所收敛。别小看北宋比较成熟的经筵制度，虽然目的是让皇帝治国安邦的经验更丰富一些，一姓江山传得更久远一些，但已有将皇权从道统上驯化，制约皇帝胡作非为，客观上为社会文明进步，百姓少受暴政之苦作了有益的尝试。从人类历史上看，早在公元十一世纪，东方封建帝国已在探索如何将权力关进制度的笼子了。这比英国公元1215年同样是限制王权的《大宪章》早了两个世纪。可惜元、明、清没把经筵制度很好继承，皇权反而更加扩张，导致社会逐渐走向更加衰败，国势无可奈何地走向衰微。清乾隆皇帝特别不满程颐的"君德成就责经筵"之说，专门写了一篇《御制书程颐论经筵札子后》相反驳："如颐所言，是视'君德'与'天下治乱'为二事，漠不相关者，岂可乎？"

　　程颐究竟给哲宗讲了哪些内容，我们不得而知，但他十八岁时给仁宗皇帝上书，自称："臣所学者，天下大中之道也。圣人性之为圣人，贤者性之为贤者，尧舜用之为尧舜，仲尼述之为仲尼，其为道也至大，其行之也至易，三代以上，莫不由之。"《宋史·道学一·程颐传》："年十八，上书阙下，欲天子黜世俗之论，以王道为心。"但这次上书，仁宗皇帝并没有理他。一方面仁宗周围学者如云，名师大儒成排成队。另一方面认为你一个黄口小儿，来教训本朝天子还稚嫩了点。三十六年之后，程颐成了正式经筵侍讲，情况就大不一样了。一个是十余岁的小皇帝，一个是五十多岁的大儒硕师，即便你贵为天子，但我的理论功底摆在那儿，又有诲人不倦的技术特长，你不听我的调教，那真是没门！

程颐年过半百才去过了一把风光无限的调教皇上的"帝师"之瘾。估计志得意满，自我感觉自然相当良好。第一次讲课时，就上疏言："习与智长，化与心成。今夫人民善教其子弟者，亦必追名德之士，使与之处，以熏陶成性。况陛下春秋之富，虽睿圣得于天资，而辅养之道不可不至。大率一日之中，接贤士大夫之时多，亲寺人宫女之时少，则气质变化，自然而成。愿选名儒入侍劝讲，讲罢学之分值，以备访问，或有小失，随事献规，岁月积久，必能养成圣德。""颐每进讲，色甚庄，维以讽谏。"（《宋史·道学·程颐传》）但伴君如伴虎，在皇帝身边干活讨饭吃，有点火中取栗的风险。你的一言一行，都有许多朝中大臣盯着；你的行为举止，都有典礼官记录，稍有差池，就会引来祸患。而程颐自视甚高，我行我素，缺少折节礼士和折冲尊俎的能力，自然埋下隐患。须知充当经筵侍讲的不止一人，有能力的多的是。何况天子眼中的臣僚，用之如珍宝，弃之若敝屣，你别老是把自己当回事儿。

当程颐进京为官时，苏轼在贬谪黄州、汝州、常州、登州后重新被召回朝廷，由起居舍人升为中书舍人，再升翰林学士知制诰，知礼部贡举。同在朝廷为官，两人在政治观点上都属司马光派的旧党，程颐之兄程颢是旧党骨干，多次诋毁王安石变法，按说苏轼和程颢之间没有大的恩怨，且苏轼比程颐小五岁。但苏轼是个心直口快的人。眼睛夹不得沙子，不喜欢程颐的那种自以为

第二辑 山语

是的做派，就有些私下议论。很快这些话就传到程颐那儿。程颐倒没说什么，但门人贾易和朱光庭很为程颐抱不平。于是合力打小报告上去攻击苏轼，引起官场小风波。大臣胡宗愈、顾临趁机正式给皇上上书，诋毁程颐，说他根本不宜做经筵讲师。孔文仲更是以极端的言辞，把程颐说得一无是处……真是三人成虎，积毁销骨，由闾巷闲言碎语小事故，引来朝中政坛大风波。于是程颐被逐出人望甚高的经筵，降职为"管勾西京国子监"。被皇上彻底冷落了。这样过了很长一段苦闷日子，朝廷又加封程夫子直秘阁衔，有点儿安慰的意思。谁知程颐不领情，有点儿一根筋的做派，上表推辞。本来事情可以到此为止，朝廷一纸任命，推辞不就任的事多得很。但此事惹火了一位先前同僚，名叫董敦逸，他到处搜集摘录程颐平时那些怨语气话，集了一大本，说其污蔑大好形势，对当朝皇上不满，怨语汹汹，对直接领导离心离德。表奏上去，程颐就被彻底罢官，卷起铺盖书箱回了老家。到绍圣四年，更严重的打击又接踵而来，"削籍窜涪州"。就是把他的户口也销掉了，流放到天远地偏的涪州来"管带"。即以戴罪之身，押送到涪陵来监督改造。真是虎落平阳被犬欺，当时李清臣在程颐老家当洛阳尹，接到朝廷处分程颐的文书时，立即执行。派了差役兵丁，要求程颐第二天即启程赴涪州。程颐请求去拜别叔母稍微耽搁一日，李清臣坚决不允许，要求立即上路。第二天李还假惺惺送给程颐百两银子做旅费，程颐也坚决不要，以示回敬。此时的程夫子已是六十五岁的老人了。程颐以戴罪之身，住涪州长江北岸普净院。在弟子谯定的帮助下，继续授徒讲学，批点《易经》，在涪州生活了两年多。徽宗继位，徙程颐到峡州，不久即复官。不知谁又暗中诽谤，崇宁年间，又将其官剥夺。死于七十五岁。一代理学大家，晚年不断陷于逆寓漂零，在凄风苦雨中度过余生。令人叹息。

都说性格决定命运。程颐晚年遭遇也是明证。与程颐被贬多少有点瓜葛的苏轼，没想到小议论会惹出大麻烦。那些欲置程颐于死地的人，平时躲在暗处并不显山露水，当时机成熟，才跳将出来，或杂语汹汹推波助澜，或张牙舞爪落井下石。当形势陡然逆转的时候，连那些平时与程颐交好的人也噤若寒蝉，不敢伸手援救了。《宋史·本纪·哲宗一》载，从元祐元年（1086）三月"以程颐为崇政殿说书"，到元祐二年（1087）八月"程颐罢经筵，权同管勾西京国子监"。前后只有一年半时间充任"帝师"。推荐他进京的司马光已于一年前去世。吕公著刚任尚书右仆射兼中书侍郎，不敢造次直接顶撞皇上。况且此时只是罢了程颐的经筵官，降职处分而已。其他人也不好说三道四。紧接着放归田里再后流放涪州是分步实施的。其实苏轼也有类似的遭遇。元丰二年（1079）苏轼四十三岁，被任命为湖州知州。他立即给神宗皇帝献上《湖州谢表》以示感恩。本是官样文章，例行公事。但诗人情发于衷，笔尖带意，其中有"愚不适时，难以追陪新进""老不生事，或能牧养小民"。这些话被新党抓住辫子，说他"愚弄朝廷，妄自尊大"，说他"衔怨怀怒，指斥乘舆""包藏祸心，讽刺政坛"……一时京城帝苑，已是谤声沸腾。有人进一步从苏轼已有的诗作文论中挑出认为含有讽刺的句子，编印成具有反动言论的札子上报朝廷，这时朝中已是一派倒苏之声，而远在湖州任职的苏轼却浑然不晓。这年七月二十八日，苏轼被御史台派来的吏卒逮捕，押往京都问罪。受此案牵连者达数十人之多。这就是北宋历史上有名的文字狱——乌台诗案。乌台即御史台，因其上植有许多柏树，终年栖息乌鸦，故名乌台。乌台诗案对苏轼的打击是刻骨铭心的。当时新旧两党斗争激烈，双方都想抓对方的辫子。新党骨干们非要置苏轼于死地不可，救援苏轼的力量也在朝野中同时展开。不但与苏轼政见相同的旧党元老纷纷上书为其辩冤，连一些变法派的有识之士也极力劝谏神宗不要杀苏轼。王安石是新党领袖，此时已退休金陵，他抛却政治宿怨，立即上书说："安有圣世而杀士乎？"在这场沸沸扬扬的诗案中，因王安石"一言而决"，苏轼才捡回一条命，得到从轻发落，贬为黄州团练副使，本州安置，受当地官员监视。苏轼坐牢达百零三天，几次面临被砍头危险。除了王安石说话有分量外，还幸亏太祖赵匡胤早年间定下不杀士大夫的基本国策，苏轼才躲过一劫。此后苏轼一段时间心灰意懒，多次到黄州城外赤壁游览，公余带领家眷到城东开荒种地以补贴生活。这期间，他写下了《赤壁赋》《后赤壁赋》和《念奴娇·赤壁怀古》等千古名篇，以此来排遣和寄托无端遭贬谪的思想感情。程颐进京时，苏轼早一年重新被起用，但好景不长，哲宗继位后，司马光重新为相，苏轼又给皇帝上书，得罪新党，元祐四年再度被流放，先后在杭州、颍州、扬州、定州、惠阳，最后流放到海南儋州，直到徽宗继位，元符三年全国大赦，才复任朝奉郎。可惜在北归途中，卒于常州，享年六十五岁。

官场凶险，自古皆然。北宋时期，一些有良知的士大夫之间总体上还算和谐。互相提携，推荐进入仕林。如北宋仁宗嘉祐二年（1057）科举考试，主考官为欧阳修，点检试卷官为梅尧臣，两人都是文坛大家。在录取的八百九十九人中，包括苏轼、苏辙兄弟，曾巩、张载、吕惠卿（王安石改革的得力助手）等。将那个时代的英才几乎一网打尽。此后元明清三代，几乎找不出这种事例了。像王安石这种抛却政治宿怨，给面临杀头的苏轼施以援手的士大夫还有多少？

《宋史·本纪·哲宗二》："绍圣四年（1097）十一月丁丑，诏放归田里程颐涪州编管。"《宋史·道学一·程颐》："涪人祠颐于北崖，世称为伊川先生。嘉定十三年（1220）赐谥曰正公。淳祐元年（1241）封伊阳伯，从祀孔子朝廷。"程颐死去后，一百多年才被南宋朝廷封赠，声望日隆。而程朱理学却影响了中国近千年。

程颐以戴罪之身，落难涪州。却把中原的先进文化带到涪陵。一代理学大家的生命足迹，深深地嵌进了北崖点易洞，千年以往，逝水如斯，我们今天重访北崖，似乎还依稀见到程颐凄风苦雨中的嶙峋身影，黄卷青灯前的高古目光。他个人的生命逆旅，却给涪陵留下了宝贵的精神财富。

知了，知了？

少读初唐四杰之一的骆宾王《咏蝉》诗："西陆蝉声唱，南冠客思深。哪堪玄鬓影，来对白头吟。露重飞难进，风多响易沉。无人信高洁，谁为表予心？"既被诗句悲伤之情感动，也略知蝉就是俗称的知了。小学课文和寓言都说知了这昆虫比较懒，一天只知唱歌，不爱劳动，又骄傲，什么都"知了，知了"地自夸。不知诗人为什么还把它写进诗，我们夏天倒爱把它捉来玩。

其实我对《咏蝉》诗只是一知半解，对昆虫知了更是不甚了了。自以为"知了"，其实"不知"。骆宾王生于唐太宗贞观十二年（638），与王勃、杨炯、卢照邻并称"初唐四杰"，是当时文坛领袖之一，文开一代之先，诗传千年之后。他天资聪颖，才华横溢，曾任临海丞这类地方官，又当过侍御使一类京官。后随徐敬业起兵反对武则天，兵败后下落不明，或说被杀，或说为僧。其诗多悲愤之词，又善著骈文。所作《讨武曌檄》词锋锐利，激情磅礴，文采飞扬。以至被讨伐者武则天看到了此文，也佩服不已，感叹道："宰相因何失此之人！"他的作品由唐人郗云卿编成十卷本《骆宾王文集》，包括诗四卷、文五卷、赋颂一卷。后宋、元、明、清皆有多种刻本、注疏传世。《咏蝉》一诗写于唐高宗仪凤三年（678），因上疏论事，遭诬下狱。时听秋蝉高唱，触景生情，以蝉喻人，意在言外，悲愤之情，溢于言表，末

QINGCHUANG GUANYUN

晴窗观云

尾两句，实为辩诬。其中还引用了卓文君的典故。从一个侧面反映了艰难时世和诗人处境。至于昆虫蝉，本应是值得尊敬的一种小生命。它们要在地下自然界一种昏暗中孤独漫长地生长4年才钻出洞，爬上树枝，变色蜕壳，亮翅飞翔，开始歌唱。而在地面生活歌唱不过三十余天，就结束一生。说知了比较懒，没蚂蚁勤劳，我们是上了法国寓言作家拉封丹和古希腊寓言作家伊索的当。他们凭想象写孩子们喜欢的寓言故事，无可厚非，但作为科学知识，我们还是应当相信伟大的昆虫学家法布尔。这位活到92岁的法国老人，一生孜孜不倦地研究昆虫，在实际详细观察记录昆虫生命过程的基础上，花了27年时间写出科学巨著《昆虫记》，而蝉就在总计40章中占了两章。蝉的辛劳，蝉的智慧，蝉的神奇，蝉的命运，无不令人眼界大开，心生敬意。我们凭什么断定它的歌声就是骄傲的宣言呢？

于是我想到文学创作、作家、诗人都需要学养深厚，才艺超群，方能写出好作品。而学习是必不可少的修炼之一。向古人学习，向精典学习，向大师学习，向生活学习，应是永不枯竭的话题。世上许多司空见惯的事物，我们往往自以为"知了"，其实不知，或知之不多。

读书是我们获取知识，弄清真相，增长才干的方法和路径之一。古人说过"读书正其谊不谋其利，明其道不计其功"。南宋绍兴进士尤茅说过："饥饿之以当肉，寒读之以当裘，孤寂而读之以当金石瑟瑟也。"但现在有些人早已不读纸质书了，靠网络获取消息当然最快捷，而研究性的阅读，或边阅读边思考，边记录，边眉批，边议论，还得靠传统的纸质书籍。世界上没有什么东西称得上永恒，而以书籍为代表的精神财富却是例外。学习离不开书籍，当然，人人都懂，而读书浅尝辄止，大约也有点儿"知了"的做派，却是要警惕的。

第二辑　山语

葡萄之味

　　作家莫言以对历史的沉重反思，对现实的尖锐拷问，对人性的刻骨描写以及对生命的讴歌礼赞，获得今年诺贝尔文学奖。这是文学界的盛事、喜事，值得记录，值得祝贺。虽然铺天盖地的媒体宣传和各路记者的围追堵截让莫言苦不堪言，但华人获诺奖总是好事，不是坏事。随时间推移，莫言热会慢慢冷却下来，而中国文学被世界关注和国人审视却会持续下去。

　　其实，国人对诺奖情结由来已久。从1927年鲁迅婉拒诺奖提名算起，至今已有80多年历史。其间在中国成长并生活多年的美国女作家赛珍珠1938年因"对中国农民生活的丰富而真实的史诗般描写"获得诺贝尔文学奖，但作家是洋人，似乎与中国无关；1968年老舍，1975年林语堂，1988年沈从文先后被提名，后因各种原因与诺奖失之交臂；2012年莫言获奖，誉满神州，叫好声沸反盈天。只是莫言还算冷静："获奖不代表什么。"坊间，也有人怀疑莫言是中国作协副主席，是否暗中做了什么手脚；有人又说，区区一纸瑞典人颁发的奖状，算不了什么；还有人算经济账，说那点奖金连在北京买一套房都不够，不值得张扬云云。

　　总有人对诺贝尔文学奖怀有阴暗心理，吃不到葡萄说葡萄酸，吃到了葡萄说葡萄烂，就是不说葡萄甜。客观地说，诺贝尔文学奖是世界文坛一棵根深叶茂的大树，一个世纪以来它对奖掖世界

QINGCHUANG GUANYUN

晴窗观云

各地优秀作家，推动人类文化进步与交流，功不可没。它奖励的是优秀作家及其作品，不论哪个国家、哪个民族。我们总有人怀疑诺奖评委有偏见，其实某些偏见往往来自我们自己。长期的闭关锁国又夜郎自大，再加上翻译工作的滞后，使我国现当代作家作品难以在世界范围广为传播。莫言获奖，至少在更广阔的视野中，打开了一扇窗口，让世界文坛更多地了解中国文学和中国作家。如果我们有耐心细读百多年来的获奖作家的代表作品，你会发现那是一部众声喧哗、异彩纷呈的文学大书，是二十世纪以来人类的优秀文化遗产，是一片世界各地作家诸峰并立的伟岸森林。

莫言获诺奖，实至名归，可喜可贺。见贤思齐，奋起直追，正当其时。酸葡萄心理应淡化，葡萄的甜味须细品。中国要从文化大国走向文化强国，开放的胸襟气度和强健的民族魂灵是最基础的条件。

文学是文化的重要组成部分，文学的发展，也关系着文化的进步。文化是民族的血脉，是人民的精神家园，中国人民自强不息，奋发图强，前赴后继，上下求索的精神已经深深熔铸在中华民族的精神品格之中，成为中华文明生生不息薪火相传的力量源泉。文化能够以文化人，像春风化雨润物无声；文化能够改善民生，增进人民福祉，丰富人民生活；文化能够促进社会发展，成为经济社会的重要支撑。文化的整体实力和竞争力，是民族振兴的重要标志。一个民族的强盛，首先要思想强健，而思想的强健，必须依靠文化的繁荣。胡锦涛在党的十八大报告中说："让一切文化创造源泉充分涌动。"习近平强调："文化繁荣是我们应当担负的重要职责。我们应该以开放的胸襟，认识世界，了解世界，应以更加务实的工作，来融入多元文化的大家庭。"

酸葡萄心理可休矣！

2012年

谁之罪

列夫·托尔斯泰说过，幸福的家庭都是相似的，不幸的家庭各有各的不同。

正是鲜花盛开的五月，恰逢世界母亲节凌晨，河南漯河高中高三（六）班学生高炜晟雇凶弑父杀姐血案发生，其母因信佛远赴徐州上香躲过一劫。一个声望日隆、儿女双全的幸福之家，瞬间破碎，令人闻之痛彻肺腑。"弑"属于躲在历史暗角中的老词，臣杀君，子杀父母皆称为弑。它是忝列"十恶不赦"第四位的罪行，叫作"恶逆"。（其余九罪依次是谋反、谋大逆、谋叛、不道、大不敬、不孝、不睦、不义、内乱）残杀父母血亲历来是千夫所指、人神共愤的罪行，古时在皇权争斗、宫闱政变中偶有发生，为什么今天能在民间上演，令人匪夷所思。

据报道，18岁的少年高炜晟身高1.85米，体重100公斤。"他是全班最爱干净最有品位的人，"班上同学回忆说，"他家境殷实，对穿着异常挑剔，喜欢穿NBA球星詹姆斯同款球鞋，喜穿白色新款衣服。"他还是班级的卫生委员。临近高考，他和该校1000多名同级学生一起宣誓："请父母放心，我们是有良知的人，一定不会让你们忧伤；请老师放心，我们是有骨气的人，一定不会让你们失望；请学校放心，我们是有潜力的人，一定会为母校争光！"这么一个即将跨入高校门槛的热血男儿，怎么会是

QINGCHUANG GUANYUN

父亲在猝不及防中被木棒击倒时，他还会是为凶手递上水果刀助凶杀人的冷酷恶魔？当案发几小时后，他给警察交代说："很后悔，像个梦一样。姐姐和爸爸躺在地上，他们一点错都没有。"那么，谁有错，又错在哪里？

高炜晟是超生子，他的降生本来就违反计生政策。父母为了不影响自己的仕途升迁，儿子降生后对外严格保密，将他的户口上到远离自己工作单位的省城郑州。儿子在孤独中上完小学，只有年节时才能回家住几天。以至他在同学面前抱怨："家里对他像狗一样。"这个最需要父母关爱的少年，成了孤独的心灵流浪者，始终生活在渴望正当身份的阴影里。父亲高天峰是成功人士，他从县综治办主任、乡镇一把手到另一个县法院院长的职位上不断升迁，可谓春风得意。披着法袍的父亲望子成龙心切，他以法官的威严来规划孩子们的未来，强迫儿子一定要考上名牌大学，儿子感觉办不到，为此父子经常发生激烈的争吵；指令大学毕业的女儿高炜艺暂不参加工作，去当弟弟的"全职保姆"，给高炜晟煮饭、送饭、洗衣……姐姐对弟弟关爱有加，叮嘱他不要上网游戏，以免耽误学业。而像野草般疯长的高炜晟曾在网上发帖说："我想把他们杀了然后吃掉！"可见他对亲人有多么仇恨，而亲人们却浑然不知。

鲁迅早就大声疾呼"救救孩子！"也情真意切的交流"我们现在怎样做父亲"。但有多少人还记得这些名言。缺乏相互尊重、真诚理解和平等交流，光是物质上的对孩子满足，哪怕锦衣玉食，宝马香车，都难以填平代际心灵鸿沟。世有代序，月无古今。一个超生少年弑父戮亲的惨案，像一枚带刺的钢针，刺痛了人心，也刺痛了一个时代麻木的神经。它把当代某些制度缺陷、家庭伦理失范、社会道德滑坡、立人教育缺失等种种问题暴露，让人警醒和思索。

直面灾难

在这个浮躁的年代，一些人借助现代传媒手段，不惜花巨资，摆擂台，千方百计营造全民狂欢，娱乐至死的氛围。什么脱口秀、脱衣秀、快女、快男居然在电视荧屏你方唱罢我登台，颠覆传统，戏弄崇高，廉价搞笑，几乎成了吸引观众眼球，乘机收金揽银的惯用伎俩。近日冯小刚、刘震云等倾力打造的电影《一九四二》公映，引起观众极大震惊。七十年前河南因严重旱灾饿死 300 多万人的惨剧让人痛彻肺腑，冰冷刺骨，欲哭无泪。这两者形成鲜明的反差。

文艺作品不等同历史，它只是了解历史的一扇窗口。真实的历史往往更复杂，更深邃。在那个战乱、天灾、人祸叠加的年代，百姓承受的苦难更深重，更惨烈。据《豫灾剪影》《河南文史资料》《1942——河南大饥荒》等披露："历史上灾年有易子而食的记载，现在竟然有自己吃自己亲生儿女的。有的人手上还稍微有几个钱，恐怕死了后叫人家给吃了，就请人把自己活埋了。也有全家人把可以吃的东西搜罗出来，大家吃一顿饭，集体自杀的。""大批农民逃荒，把土地贱卖，在许昌，两张厚大饼或两竹篮红薯叶就可以换一亩地。没东西卖了就卖自己的儿女。起初幼童还可换一斤小麦或几个蒸馍，后来卖孩子的越来越多，孩子没人要了，父母开始白送。""许昌南关一对壮年夫妇，在孩子

QINGCHUANG GUANYUN

晴窗观云

饿得奄奄一息时，只能把孩子活埋了。""人吃人是当时普遍现象。鲁山县一对夫妇外出乞讨，在家七岁的儿子被邻家村民杀害吃掉。""一位母亲有一儿一女，逃荒时把三岁女儿遗弃路旁，希望有好心人带走，不料被邻人张某拾取煮食。恰遇有人到张家借物，问他煮的什么，张说是狗肉。"……另据 1938 至 1945 年《河南省旱灾救济事项有关文书》的 16459 号档案，也记录了这些惨事。美国《时代》周刊记者白修德从洛阳、郑州的传教士那里得知灾情，写成新闻发回美国登载，结果帮他发稿的洛阳电报局发报员被国民党政府以"泄露机密"为由，将他处死。驻洛阳的国民党军队将领蒋鼎文向重庆的中央政府报告了灾情，结果被国防部长何应钦训斥了一顿。1943 年 2 月 1 日，重庆《大公报》刊发了张高峰采写的 6000 字《豫灾实录》，总编辑王芸生写了社评《看重庆，念中原》一并发表，蒋介石大为震怒，亲自下令《大公报》停刊三天。中央政府为河南赈灾拨出 2 亿元法币，但运到灾区却只有 8000 万……《蒋介石日记》在 1943 年 4 月 11 日中写道："河南灾区，饿殍载道，犬兽食尸，其状更不忍闻……奈何苍天，盖速救我危亡乎？"看来蒋介石既知灾情严重，也采取了一定救灾措施，但又要尽量封锁消息，处于非常矛盾的境地；而抗日战争正陷入最艰难的时期，内忧外患，更让灾区人民雪上加霜。

历史是严肃的教科书，其中的经验和教训都应当铭记。回顾历史，是为了创造光明的未来。钱钢先生说得好："我们走近灾难，是为了远离灾难。"最可怕的是，把百姓的生死当儿戏，用幽默面对死亡，面对灾难，选择遗忘。电影《一九四二》大胆直面灾难，是一种勇敢的责任担当。据称冯小刚要拍这部电影时，召开座谈会，反对的声音占 95%。经过多方斡旋，八方努力，终于促成此事，让人感慨系之。不直面灾难，甚至隐瞒灾难，就很难杜绝类似的灾难重演。一切有良知的文艺工作者，都应当时刻把大众苍生的疾苦放在心上。

刘震云在《温故 1942》的题记中写道："如果我们总是遗忘，下一场饥饿会将我们埋葬。"

可惜，在现实生活中，总有人要求对某些灾难遗忘。

诗礼人家

　　周煌生于清康熙甲午年（1714）十一月二十七日，卒于乾隆乙巳年（1785）四月初一日，享年七十二岁。2014 年是周煌诞辰三百周年，涪陵有关方面将举办系列纪念活动，缅怀这位清代中期名臣，涪州杰出乡贤。

　　周煌凭真才实学，由乡村士子进入朝廷中枢。持节出使琉球国，建梯山航海之功；吐哺教授众皇子，有硕师鸿儒之气；奉旨行走京内外，效忠贞体国之劳。同僚礼部、兵部、工部尚书彭元瑞评价周煌："仪体伟岸，声若洪钟""绩学砥品，泊于荣利，严气正性，践平履坦；祖怀挚谊，孚信有素；授学青宫，正位七卿。"（见《海山周文恭墓志铭》）

　　周煌为乾隆丙辰科举人，次年丁巳科二甲进士。授翰林院庶吉士、翰林院编修；任右春坊右中允，入直上书房；左春坊左庶子，递任翰林院侍讲学士、内阁学士兼礼部侍郎、刑部右侍郎、兵部左侍郎；迁工部尚书、兵部尚书；拜上书房总师傅。赐紫禁城骑马。其京外任职，除司外交使臣出使琉球国外，多是与督察教育、简拔人才、开科取士相关：三为山东、云南、福建乡试考官；一为会试总裁；一为顺天乡试同考官；再为江西、浙江提督学政；还任过《四库全书》总阅等职。周煌学养深厚，知识渊博，工诗擅书，著作颇丰。著有《应制集》《海东集》《豫章集》《湖海集》《蜀道吟》《海山存稿》《江右庠音选》《诗林韶濩选》《琉球国志略》《登州图》等。周煌为官近五十年，清廉自守，老成端谨，奉职克勤。与人交，无款曲耳语之态；履公职，有严毅难犯之威。晚年因腿疾屡请辞官归乡，未获恩准。乾隆乙巳年四月初一日卒于京师府第。皇上下旨派散秩大臣奠酸，并赐祭葬，谥文恭。其灵柩运回涪州，厚葬于州南长里明家场七贤岗首。乙趾辛向。墓园宏阔，牌坊高耸，望柱两根，拜台三重。生前勋劳望重，死后备极哀荣。自明清以来的涪州士子中，无出其右者。

周煌育有七子一女，个个饱读诗书，心无旁骛，志向高远，学业精进，科场扬名。长子宗岐，乾隆辛卯科举人，乙未榜进士，授翰林院编修；次子兴岱，乾隆庚辰科举人，辛卯榜进士，授翰林院编修；三子兴峰，乾隆癸卯科举人，浙江萧山县知县；四子兴岷，乾隆甲寅科举人，湖南澧州直隶知州；五子兴岳，乾隆甲寅科举人，直隶正定府知府；六子宗崋，乾隆壬子科举人，山东曹州府知州；七子宗畲，国学生，贵州贵西兵备道道台。周煌父子八人中，出三进士、三翰林，四举人，一贡生。可谓诗礼人家。

细查周氏源流，本宋元公濂溪先生（周敦颐）之嫡裔。濂溪以道学名儒起于湖广营道县，其次子周焘仕崇宁中期，为丰城县令。传至周纶任筠州知州，后迁湖广孝感乡历三世。仕于元代至元中，封万户侯，时有周氏三万户之称。历世至周图臣，为元代至正癸未榜进士。从明太祖定天下，官拜刑部尚书，转授司马。生二子，长子周特修，次子周是修，共事建文，官拜礼部侍郎。特修授南京主事，早逝。生三子，长子良璧、次子良玉、三子良弼。靠叔叔是修养大成人。后因永乐袭位之变，是修全节而死，良璧、良玉、良弼三兄弟避祸入蜀，更改姓名称伏一郎、伏二郎、伏三郎。伏一郎居涪州鹤游坪，伏二郎居涪州小江白涛，伏三郎居涪州相公堡。隐姓埋名二十余年。至明宣宗洪熙元年大赦建文事受牵累大臣，诏赠死节诸臣恩荫指挥。周氏三兄弟才复姓还名，重新抬头做人。周煌为伏三郎良弼一脉后裔，也是周氏入川始祖第十二代孙。昔时伏三郎一支人丁兴旺，瓜瓞绵绵，其累世四百余年间，所出忠孝义烈及巍科显宦，雄才大儒不仅甲于涪州，即全蜀大姓巨室、高门府第，也少有如此之盛况且绵延之久长也。诚然，北宋初年，阆州（今阆中）人陈尧叟、陈尧佐、陈尧咨兄弟，科名三进士，兄弟两状元，其父左议谏夫陈省华，父子四人同朝为官，留下千古佳话。眉山苏洵、苏轼、苏辙三父子，兄弟两进士，文坛三魁元，也是蜀中俊才。但若查前后几代，均输涪州周氏一门老远。

　　本来英雄不问出处，两千年前的农民起义领袖陈胜就说过："王侯将相宁有种乎？"问得很有虎气霸气，是下层农民思想解放的先驱。其余响在中国大地起伏氤氲了上百代，似乎没有人回答清楚这个问题。陈胜、吴广起义失败了，当然没当上正宗的王侯将相。东汉黄巾起义颇闹出些动静，提出"苍天已死，黄天当立"的口号，但仍以失败告终。明末张献忠、李自成起义灭掉明朝，张、李二人各自在成都、北京过了一把皇帝瘾，就匆匆逃窜败亡。洪秀全是个乡村私塾先生，因科举考试屡考屡败，愤而拉旗起义，占领江南以后，立即定都南京。抓紧时间骄奢淫乐，滥杀重臣，在位十一年，过足了皇帝瘾，当然也是近代中国腐败分子的楷模。百年之后，有人还是廉价送一顶"农民起义领袖"的帽子给他，让他在黄泉路上偷着乐……如果真正以实践来检验真理标准的眼光望过去，会发现诸多曾被任意加冕的历史人物，以破坏优秀传统文化为能事，以破坏社会生产力为光荣，以拉历史倒车为己任，以滥杀无辜为快意恩仇，实在不值得妄加肯定，恣意颂扬。

　　文化是一个国家的软实力，它决定一个国家、民族的价值取向、发展道路、政治制度、社会形态。中国的传统文化具有二重性。它的积极意义是维系中华文明延续了数千年而不消亡，无论怎样的改朝换代、外族入侵、天灾人祸，中华民族都以团结御敌，包容共生，勤劳智慧，坚定勇敢的姿态屹立于世界。它的消极影响是故步自封、保守狭隘、等级森严，而契约意识、平等观念均十分淡薄，尤其是三纲五常、三从四德等纲常伦理，对人的自由和尊严造成严重伤害。臣民意识、草民意识、贱民意识、愚民意识、蚁民意识等扭曲了公民意识的健康成长，制约了科技创新和创造发明。

如何对待中国的传统文化？习近平同志在中央政治局第十八次集体学习时指出：“历史是最好的老师。”“我国古代主张民为邦本，政得其民，礼法合治，德主刑辅。”“今天遇到的很多事情都可在历史上找到影子。历史上发生的许多事情也可以作为今天的镜鉴。中国的今天是从中国的昨天和前天发展而来的。要治理好今天的中国，需要对我国历史和传统文化有深入的了解，也需要对我国古代治国理政的探索和智慧进行积极的总结。”“我国传统思想文化根源在社会本身，是人们的思想观念、风俗习惯、生活方式、情感式样的集中表达。”“我们不是历史虚无主义者，也不是文化虚无主义者，不能数典忘祖、妄自菲薄。中华传统文化源远流长、博大精深。中华民族形成和发展过程中产生的各种思想文化记载了中华民族在长期的奋斗中开展的精神运动、进行的理性思维、创造的文化成果，反映了中华民族的精神追求，其中最核心的内容已经成为中华民族最基本的文化基因。”前段时间，中央电视台开辟“家风是什么”专栏，播放了社会各阶层人士对家风的认知和理解，回忆了良好的家风传统对人的深刻影响。而周煌的成才道路，既有中国传统文化深度浸润滋养，又有周氏家族几代甚至十几代人薪火相传的家风熏陶冶炼。所谓十年树木，百年树人，此为金玉良言。

周伊，别号墨潭，为周氏入川始祖十世孙，是周煌的祖父。他生于清顺治六年，卒于康熙四十二年，享年五十五岁。他是康

QINGCHUANG GUANYUN

晴窗观云

熙庚午科第四名举人，由吏部选拔任过湖北、贵州等地州县官员。他对子孙教育相当重视，由他草拟的《家训十则》《后裔四戒》《墨潭公手谕》等资料，可窥见这个名门望族、诗礼人家的家风传统和育人方式。周墨潭是周氏一族继绝扶衰、重振家风的关键人物之一。他的言传身教，对子孙们的影响极大。下面对他的家训家教资料抄录于下，以供参考。

后裔四戒

一戒不读书。古今文教迭兴，家运亦然。智者读书则为真儒，为名臣；不读则流为机巧。愚者读书则知礼义，远犯法；不读则终为强梁。盖别民为士，返邪归正者，此诗书也。读之可以定人品，亦可以化气质。

一戒业武事。干戈甲胄所以卫国。然文事武备互相济也。若不通经史，而妄谈戎马，长出满腔杀机，实为宗祧之祸。凡子弟有生而膂力强壮，志气纠桓者，速以诗书药之，化其刚强之性。为贤智有用之才，斯称真武矣。语曰："一将功成万骨枯"，封侯事业岂易言哉？余祖与父，虽从戎行中建立勋名，今述其行事，慈祥岂弟大抵曹彬、祭遵之俦，非白起、王翦之匹也。且其时天实为之，原非得已。后有起者，武事何容轻谈。

一戒不择交。无论奸邪，匪类，转眼无情者，不可与近。即侠客之流，一诺许人，裔身不惜，更宜避之，惟恐不远。慕豪侠而为亡命，所谓画虎不成反类狗；亲正士而求免过，所谓刻鹄不成尚类鹜，是宜慎之。

一戒听妄言。无论僧道术士，动以死生祸福之说惑人心志，掣人银钱。故宜修身俟命，不为浮议所摇。即有道之世，或荒旱偶形，而乌合之蜚语流言，多不可问。为正人者宜力屏之。家世守此一卷书，长享太平。莫轻议时事，为下不信，更当服膺。

墨潭谨识

家训十则

一曰孝。天性之际，无容勉强。然习俗最易移人。凡子弟於解方名、知象数之后，即当教之读曲礼、谨幼仪，习而安焉，则戾气自化。循是行之，不以成人而疏瞻依之爱，不以出外而忘明发之怀。亲在不言老，孺慕终身焉可也。如此以事亲，即以课子，是之谓身教。

一曰友。同胞共乳，岂不联属？迨稍长而相狎，及有家室而争财，风雨起，鼠雀生，而天性薄矣。是当以一"让"字药之。兄弟之间，有一能让之人，则争者自愧。孟子曰："不藏怒，不宿怨。"则尤属兄弟间之良剂。

一曰谦。天道亏盈而益谦，地道变盈而流谦，人道恶盈而好谦。谦卦六爻皆吉。宇宙事业，概从谦虚得来。禹拜昌言，周公吐握，圣人且谦，而况其下焉者乎？故谦于接物，则礼让生；谦于学问，则见闻广；谦于行己，则志气和。和于兄弟则友恭，和于亲族则娴睦，和于邻里则非议不生，和于僮仆则贼盗不入。况家和生百福，惟谦得之。

一曰忍。智者不忍，则机谋速发；勇者不忍，则斗狠忘身；语言不忍，则驷马难追；财物不忍，则贪得忘义。世间多少祸患，皆从忙里生出，多少利益，皆从慎中得来。忍之一字，以之修身则进德；以之处家则咸宜，以之待人则人服。语曰："量大则福大。"谓其能忍也。张公百忍，当以为法。

一曰勤。化工之运，以鸟鸣春，为宇宙传出一段勤劳景状。凡人血气，如风之鼓，如水之流，原是活泼不停。目勤则明，耳勤则聪，心思勤则智虑发，四体勤则精力生。勤于读书，则功名就，勤于耕织，则财禄丰，勤于谋运，则为富家翁，勤于居官，则为廉能吏。少年勤则学日进，耄年勤则德益修。卫武公之勉学，敬姜之勤劳，此物此志也。

一曰俭。宇宙之物力，其丰啬常相待耳。此处其有余，则彼处其不足。前为其赢，则后受其绌。故厚福之人，必持其平以待之。酌盈以济虚，不容费亦不过费。于用物之中，存樽节之意，使不尽者，常在天地，此俭所以能养福也。而骄奢僭分子弊亦可以免。

一曰慎习业。良弓之子为箕，良冶之子为裘，其传习然也。凡人之家以读书耕田为本，余皆末务。教子弟者，令其诵读有成。小之拾青采泮，大之夺科及第则幸矣。即不成者亦可变化气质，粗知礼让，服田力穑以待其子孙。若有不能耕者，则技艺中惟医学业最上，且可以广储阴德。语曰："三代为医必贵。"为洞明医理，能生活人者许之也。而庸医断不可为。

一曰严闺门。成周以妇德开基，姜源、太姒皆圣后也。虽曰妇道无成，而邑姜内助之功，竟等诸吕望召奭之俦。至如李唐之闺门一坏，终代皆丑。人家于子弟议婚时，即须慎择。至其内外之闲，男女之伦，姻戚往来之际，尤当谨小慎微，中乎礼节。内则诸篇，宜熟讲也。

一曰谨嬖妾。男正乎外，女正乎内，天地之大义也。无端宠嬖纳婢，至老不耻，反文其词曰："子出多门"不知嫡庶之争，实亏家法。昔齐桓五子争立，以致尸虫出户而不能葬，岂不悲耶！今之兄弟成讼，庶母嫡子露面公庭，子怨其父，父不能瞑目于地下者，可胜道哉！原其初，只一点欲念未制，遂不顾及身后之丑也。若夫嫡妻乏嗣者，固宜娶妾。第不可从少艾姿色起见，妄娶不类之归。至其嫡庶之分，须要截然明白，则分定情安，斯为福兆。

一曰广阴德。世之有权力势位施惠及人者，显德也。若夫无权无势，能以一言一事生活人命，保全人节，救护人家，声名成全人家婚姻者，阴德也。事之来前，原属无因，我之为之，亦非有意，只此一念恻隐，不为则不忍，为之而犹不敢告以人。史称西伯阴行善是也。然须于未事之先，养一副生活人心肠，竖立一番菩萨愿力，遇事即毅然为之，不惜己财，不惮烦苦，不求报应，庶为于德有济。至若谤人闺门，谣人妇女，毁人节烈，唆人成讼，绝人宗嗣者，果报不小，尤宜深戒。

以上十则，余从先君遗戒及古人成宪体勘得来。特举其纲领言之。犹对子侄一堂，以眼前景说心头话耳。其文法之工拙，初不计也，意义之精详，未及悉也。为之后者，因吾言而会通以尽其理，引伸以触其余，则余可免挂一漏万之诮。至若吾言所及，皆身体而力行，忍以言欺吾族而欺吾子孙乎？并志之篇末以自箴。

墨潭谨识

墨潭公手谕

昔也孔子自叙年谱曰：三十而立。夫立者，卓然有所持守，不为外物摇夺之谓也。故其功能诣力在适道之后。彼心思学问，既适道已然后见之真见。真而守定，则一生之受用。俱于此际取讨是此一境。固君子小人所由分途，人品心术所为表树也。可不重乎，可不慎乎？儿曹之年略约在三十内外间，而其动静语默，食习寝处，时类悠忽以卒岁于古圣人诏示学者，处毫未留一二点心，岂甘为庸夫俗子耶。抑未荷父兄师友为之提命于其时也。今人望夫子者，动曰成立。此一立字包举甚户，如为子而孝，则子道立；为父而慈，则父道立；为臣而忠，则臣道立。推之为人夫为人友而不负人之依庇，不乖人之责望，则义立、信立。以此处于家，则为贤士；列于朝，则为名臣。不然，块然血肉之躯，忽焉四十，倏焉五十。曾几何时，而苍色眉转成霜雪。及反叩方寸舍君，无一主持之柄可以告人，甚不晚哉，岂不晚哉！儿曹丈夫自命，岂不希圣希贤？为古之君子，为今之学士。第以余之所习见，即评作汝辈之志气，余不乐为汝辈限，且不为汝辈有也。若闻余言而惕然猛省，各求自立处，予拭目俟之，跂予望之。

谕珙男，知余父之走他乡，冒酷暑历跋涉而受劳顿者，皆为汝曹计久远，然非为我夫妇衣食谋业。创业垂统，望汝曹成立，固余父道当然。然我尽父道而为之子者，初不以父母之况瘁为念，衰老为忧，敢悠然度日，使有用光阴轻轻放过，不惟不肖，罪且大焉。汝年二十有一矣，明年不求入学，尚待何时？然心望入学矣，而文章之道无得手处，将以向物醻主司之日而收我入彀乎？向二哥回孝汝读书，汝当自愧自奋，努力精进。书求具熟，文求其工。一日有一日功，无以今日工夫移待明日；勿做了一件丢了一件，勿苟且塞责欺人不知，勿进锐而退速，勿始勤而终怠。日行工程而外，尚须看纲鉴，性理以求其用，玩读古文以讨其益。心念中，常常想名登榜首，得之则荣，不得则辱。自然有功，功进业成，则一生受用不尽。慎之勉之。汝受持奉行吾言，则为孝子为豪杰；不行吾言，则为庸愚为逆子。汝其思之。

举业书程：一、间日作文。人之心版，血块肉耳。思之则血行，窍开灵明以出。故曰：思作睿，睿作圣。譬之镜然。其始为顽钝之铜，冶之成形，已然后磨之以发，再运之以汞，则妍娱立辨。前言往行，磨心之石也。用一题以作文，磨心之发，团汞药也。然镜以明能照物为度，心以明能烛理为度。磨镜者，刻时而明不肯歇手，作文者当作如是观。余取其勤不欲取其疏也。

二、间日看书。朱注本文为四书津梁，诸贤讲章为书中桄楒。然皆白文以后之事。看书者，须无让姜古人。先将白文熟玩数翻，思作如何解释，如何贯通，然后以朱注本义印证其不及详处，参之讲章其或有未经显发处，尚须求参透，不可滑眼看过滑口读过。

三、熟读古文大家。古今大运，以唐虞为中天。一降三代，再降而汉唐。宗故大易、尚书、为文章之祖，左、国宗之，史迁其嗣焉者也。降至六朝，而气运寝衰矣。固其文靡丽，至昌黎以昌明道统之力，发为文章起八代之衰，则文运中兴之会也。由是柳子厚之文一时比肩称盛，至欧苏诸君子，皆以大家显名后世。今若量笔力之相近者，取一家以为之主，则庸腐不生，境地自异。若舍此真正古文，不知熟读体认，而猥云庆历启祯，是犹今之布贩子，舍苏松而求抚布也。

手订应童子试书程。每日读时文半篇，两篇一温。读古文一篇，三日一温。读朱注两页，三日一温。读经题三首，三日一温。间日作文一篇，须腾真完篇，请改正，勿捱至次日。日间看四书数章，须透彻熟习。三、六、九日作文两篇，须要完篇。初一、十五看纲鉴数页或数君，须年月人名一一记清。互相口说求其记熟。闲时写文章一篇或半篇，须字画工楷，勿殊错潦草。

康熙四十四年六月书于合阳舟中

附记：

先大夫手谕二张，书程二纸，系甲申六月自渝城寄回者。此即遗命也。每一捧读，不禁泪下。日后重修家谱，当补入家训中。

男，珙记

周氏墨潭公是伏三郎一脉承前启后之人。他的父亲如荼为晚明诰授光禄大夫，湖南路正统兵。墨潭为其长子，次子儒，年仅二十八死于乱世，如荼对墨潭寄予家兴厚望。墨潭不仅承担两房家务，还奋发读书，科场扬名。尤其对子孙教育十分看重。在他的言传身教下，不仅四个儿子珣、琬、珙、璇各有文名，而且对孙辈周煌及曾孙辈宗岐、兴岱七弟兄影响深远。祖父墨潭对周煌的影响，甚至超过父亲周珙对他的影响。从上述家训、手谕、举业书程类资料，看出一个长辈对子孙的殷殷厚爱，对传统文化的敬重和承传，对家风养人的重视。如果说，巴尔扎克的《人间喜剧》系列小说是一个民族的秘史，那么上述资料则是一个诗礼人家成才育人的秘诀。因为这是儒雅家风得以代代相传的文化基因，是以文化人的思想营养，是懵懂少年精神迷途中的灯塔。

有人说，培养一个贵族，需要三代人的努力，此言不虚。也有人说，当今中国，只有富，没有贵。有的人腰缠万贯，而思想空虚；有的人位高权重，而行为乖张；有的人披坚执锐，而精神萎顿……皆因道德滑坡，信仰缺失。家国情怀，嶙峋风骨，为人底线，天下大道，慈悲胸襟，孝亲睦友等等都丢失了，自然乱现象丛生。今天我们纪念乡贤周煌，不妨深入到周氏家族、思想肌理内，去寻找一个诗礼人家的搏动的脉理，奔涌的血液，庶几对世风民俗有一定的参考意义。

谁的盛宴？

　　新一届世界杯来了！紧张热烈的一场场比赛，给这个夏天注入了飞扬的激情和五味杂陈的想象。

　　32 支强队一齐亮相巴西，为荣誉而战；数以 10 万计的各国球迷蜂拥而来，为钟爱的球队呐喊助威；全世界的电视观众也在同步享受四年一度的足球盛宴。据称世界杯的收视率超过奥运会，可见足球要算人类发明的最具影响力的趣味游戏了。从 1930 年第一届世界杯比赛在乌拉圭首都蒙得维的亚算起，已经过去 80 多年。从 1978 年世界杯进入国人视野，也过去 36 年。中国人睁眼从足尖看世界时，也成为别人打量的对象。中国足球又一次无缘世界杯，始终是一件尴尬事。在铺天盖地的媒体狂欢中，却少有人提及此事。你不提别人要提。有报道称，中国记者赶赴巴西采访，入住时被当地人询问：本届世界杯没中国队，你们来干什么？这当然是幼儿黄口之言，却深深刺痛了国人敏感的心。对改革开放的中国来说，世界杯承载的意义，绝不仅是足球赛而已。

　　30 多年来，中国足球磕磕绊绊一路走来，从"黑色三分钟"到兵败伊尔比德，从职业化改革到韩日世界杯的希望与失望，从"恐韩、恐日"到对泰国、新加坡队也心中发怵，别说进入三十二强，连征战亚洲赛区预选赛也屡战屡败。真是心比天高，命比纸薄，一到国外赛场，就精神缺钙，腿脚乏力，出尽洋相，饮蛋出局。而黑哨、假球、贿赂、吸毒等丑闻却接连不断，使中国足球一步步走向深渊。

每当国足缺席世界杯时，阿 Q 先生就披挂上阵。一是说赛场上虽不见中国队身影，但中国元素却比比皆是：如南非世界杯赛场上吹响的塑料喇叭，巴西赛场的球迷手中的玩偶，各国国旗，媒体中心的光伏充电站，运送观众的电力动车组，等等。二是与洋人争足球发源地。当有人说足球发源于英国，有人说足球发源于希腊时，爱国同胞立即指出，我们祖先两三千年前就发明了足球运动，不过那时叫蹴鞠而已。《战国策·齐策》《汉书·枚乘传》《盐铁论·国疾》《文献通考·乐考二十》等都有记载。中国足球从战国发端，唐宋盛行，明清衰落，引经据典后，还要补充一句"我们的祖先胜过你们一千倍"。恨不得拉洋人球星回到古代去玩玩蹴鞠。仿佛有了这些光辉历史和赛场配件垫底，中国人踢不进世界杯就一点不丢人，反而幸福荣光得可以傲视天下。

虽然我国球迷也熬更守夜地享受足球盛宴，但终究是别人的盛宴。我们的真诚付出难免是隔空呐喊或隔靴搔痒。有网友说中国足球队是打酱油的，其实打酱油的至少要路过世界杯场地，但他们没有。

足球毕竟是一项活力四射的体育运动，也是一项凝聚团队精神的技巧活儿，任何故步自封、大话套话都无济于事，赢球才是硬道理。邓小平说过，中国足球"要从娃娃抓起"。而我们的娃娃从小学甚至幼儿园起，就被沉重的应试教育压得喘不过气来，哪有时间精力去玩足球。反观巴西乃至整个拉美，足球运动实际是草根运动，具有广泛的群众基础，哥斯达黎加人口只有 400 多万，会踢球的有 108 万。乌拉圭只有 300 多万人口，却有 1100 多个足球俱乐部。德国一个 5 万人口的小镇，居然有 60 多块足球场。中国 13 亿人口，踢足球的只有 2.6 万人，注册球员仅 3000人，足球场地更是稀缺之物。足球基础的孱弱，可见一斑。

中国足球的崛起，还有很长很长的路要走。但这条路必须踏踏实实地走，坚定不移地走。否则，四年一度的足球盛宴，国人连当看客也十分窝囊！

人字难写

在汉语文字中，人字最简单，一撇一捺，幼儿即可写。在人生旅程中，做人却很难，白首仍半途。在文学创作中，人字最难写，画虎恐类犬。

文学即人学，确是至理名言。一部作品，无论体量大小，篇幅长短，只要写活了一个或一群人（如小说、戏剧），表达了人至真至深的情感（如诗歌、散文），即是成功作品。作者虽然生活在人的汪洋大海中，甚至同周边的人鼻息相通，鸡犬相闻，但要在作品中塑造出血肉丰满、性格鲜明的人物形象，却非易事。

雨果说过"人心比夜黑"，强调人内心的复杂和深邃。萨特的观点"他人即地狱"，指出人的个体终究是孤独的。这些观点虽然有片面性，但确有洞幽烛微之见。人是复杂的多面体，注定世上难有"高大全"。人字难写，可见一斑。马克思曾调侃过黑格尔："一切伟大的历史事变和人物，可以说都出现过两次，第一次以悲剧出现，第二次以笑剧出现。"仍是道出历史复杂，世事沧桑。苏东坡有"大江东去""把酒问青天"的壮怀豪情，也有"人似秋鸿来有信，事如春梦了无痕"的感伤愁绪。秀才出身的北洋军阀吴佩孚，曾拥兵数十万，凶焰炙几省，失败后自然灰头土脸。但他落拓居北平后，还保留几丝儒将风骨气节。自书对联："得意时清白乃止，不纳妾，不积金钱，饮酒赋诗，犹是书

QINGCHUANG GUANYUN

晴窗观云

生本色；失败后倔强到底，不出洋，不走租界，灌园抱瓮，真个解甲归田。"德国驻华公使的千金小姐仰慕吴大帅而写信求婚，他在信上大笔一挥"老妻尚在"断然回绝。北平沦陷日本后，汉奸江朝宗上门劝降，吴佩孚骂道："你年纪比我大，还当日本走狗，真是白发苍苍，老而不死！"遂与江绝交。为杜绝亲友靠他得到升迁，他下过手谕：蓬莱吴姓五世之内不得傍他为官。老一辈无产阶级革命家董必武对吴有较高的评价。近闻湘省某县委书记遭三位身边人员在办公室安窃照、窃听器，企图以暴露书记隐私来要挟得到提拔，折射官场险恶生态。更有某些高官，以公器谋私利，将僚属当家奴，有穿袍贵族之身，行蝇营狗苟之事。台前幕后判若云泥。民间戏谑这类官场"像一棵爬满猴子的树，向上看全是屁股，向下看全是笑佛，左右看全是耳目，谁还全心为人民服务？"这种社会暗角与亿万民众创造英雄史诗的壮阔场景多么格格不入！

人字难写，还包括作者自身的修为。为人为文，都是在书写自己的历史。正直、宽容、爱心必不可缺，骄矜、狂妄、促狭定不可取。骨头缺钙，人影必歪；学养不够，难以成才。文学创作，有如行进在长满鲜花和荆棘的歧路。有时，创造高贵，却陷入卑贱。孤独清苦是常态。"半盏清茶为战饭，一杯冷酒为戎衣"应是自我安慰。

至于文人的风骨气节，有《咏笋》联可资参考："未出土时已有节，凌云高后仍虚心。"愿与文朋诗友共勉。

祈 雨

看山水，当然要欣赏自然风光，更重要的是看人类活动的痕迹。

武陵山旅游度假区有两处重要民俗文化遗址，就是古老的祈雨坛所。一处是大木乡的雨台山，一处是武陵山乡角梆寨的雨台山。

涪州境内祈雨场所分布很广，以雨台山命名的地方也很多，如江南青羊镇的雨台山，江东街道办事处的雨台山，等等。这些雨台山上，原都建有祈雨坛所，是先民们遇旱灾时祈雨的圣地。其中影响最大的是大木乡的雨台山，最灵异的是角梆寨的雨台山。

清《同治重修涪州志》记载："雨台山，城东百里。其高插天，云雾叆叇。上有断碣，刻'祈雨坛所'四字，祷之恒应。"指的就是大木乡的雨台山。据传这儿的祈雨活动，规模盛大，有求必应，因而吸引涪陵、酆都、武隆数十个乡镇的信众络绎而来。这处遗址尚存，残碑断碣也在，可惜隐于荒林藤蔓之中，游客很难抵达。亟待修通道路，披荆斩棘，恢复遗址原貌，供游人探访，可增添一处历史人文景点。

角梆寨雨台山祈雨坛处，古人立有一块石碑。据传每遇天旱时，人们要去焚香献供，烧钱化纸，三叩九拜，做完法事后，要吹牛角号，敲鼓打锣，众人将碑推倒，就会立刻下起雨来。如果

QINGCHUANG GUANYUN

晴窗观云

久雨不晴，庄稼禾苗受涝灾，或收割庄稼时无法晒粮食，人们又去祈雨台处，虔诚求晴，口中要念"天老爷，莫落雨，保佑我们有饭米。"做完法事后，众人将碑立起来，天就立即放晴，艳阳高照。这块祈雨碑周围，蝴蝶特别多，花草有香气，据传这是祈雨台有灵气所致。角梽寨上的祈雨台，地处更偏僻，路途更遥远。待角梽寨整体开发时，应将其作为一个重要景点推出。

武陵山旅游度假区历史上属偏僻野箐之地，居然有两处祈雨坛所，可见乡风民俗具有顽强的生命力和健旺的辐射力。民间信仰一旦获得大众认可，就会一代一代传下来，哪怕山高水远，荒村蛮烟之处。

祈雨是我国农耕社会的重要民俗之一。在古代，上自帝王皇室，下至地方官吏和普通百姓，都非常重视祈雨活动。祈雨最早的文献记载是《诗经》，所记之事至今已有近三千年历史。《诗经·小雅·甫田》："以祈甘雨，以介我稷黍。"《宋史》载，仁宗皇帝率百官祈雨达 17 次之多。他在位 42 年，除祈雨外，还有祈雪、祈晴等有关农事稼穑活动。查《清史稿·高宗本纪》，乾隆在位 60 年，亲自参加祈雨达 29 次之多。其中 28 次都在黑龙潭畔举行，只有一次是在社稷坛举行的。虽然大约两年一次祈雨活动，但实际是根据旱灾发生情况而定的，有时一年中两次祈雨，有时三五年也没有祈雨。帝王率百官祈雨都非常隆重，有一定的仪轨，不得草率。在沿海地区，还有祈风习俗。在宋代，福建泉州、广东广州等地对海外交通商船，须靠风力航行。每年五月至十一月左右，地方长官和市舶司官员等，常为去船和回船祈祷航行中风向顺利。泉州祈风地点在城西九日山，至今还有记载风向的石刻文字。在清代的典章制度中，有对府、州、县官员负责祭祀本地文庙、先贤祠、社稷坛、先农坛、厉坛及民众祈雨活动的规定，各级地方官员也须在这些宗教或祭祀中履行相应职责。这些活动的时间、祭祀的贡品、祭文内容、仪轨形式等都有原则性明文规定。乾隆皇帝禅位退居二线以后，心里还在皇位上盘旋。在嘉庆元年四月十一日专发敕旨中写道："适值朕连日盼望雨泽，兼盼楚省捷音，未免焦劳倍切，心绪不宁……"说明旱灾，往往牵动帝王心绪。祈羊是古代祭山的一种形式，其中也含祈雨内容。《管子·形势》："山高而不崩，则祈羊至也；渊深而不涸，则沈玉极矣。"尹知章注："山不崩，渊不涸，兴雨之祥，故羊玉而折祭，烹羊以祭，故曰祈羊。"其含风调雨顺之意。

祈雨之俗，各地千差万别，其用心则一。初唐诗人岑参来成都就职，见蜀人在龙女祠前击鼓，奉酒祈雨。因作《龙女祠》诗，诗云："龙女何处来？来时乘风雨。祠堂青山下，宛宛如相语。蜀人竟祈恩，捧酒仍击鼓。"民国十七年，川省蓬溪县遇大旱，县府召集儒、释、道三教设坛做法事祈雨。在城中龙王庙设坛祭祀。其坛为高台一座，挂黑白二色旗幡，台中设玉皇大帝牌位，旁有雷公、电母、风伯、雨师等。事前发出请帖，定期开坛祈雨，到坛信众斋戒三天。开坛之日，县官率士绅及三教教徒共500余名，三叩九拜，焚烧祈雨文书。随后三教轮流值祈，诵经之声昼夜不绝。直至秋后下雨才倒坛。川西边陲，有抬狗祈雨之俗，传说来源于谚语："笑狗天下雨。"茂文羌族兴抬狗祈雨，以绳系狗头，拴在木杆扎成的轿子上，抬起满街游行。狗要穿衣戴帽，模样极其滑稽，其队犬吠声声，羌人歌舞相随，观者无不捧腹大笑，于是达到"笑狗落雨"的目的。而龙溪沟一带的羌族则是抬狗上山，至一处名叫烧狗坪的地方，将狗烧死，据说龙王怕狗肉臭味，烧狗以臭气相熏，龙王难以忍受，就乖乖下雨了。因而抬狗祈雨之俗，让家犬一喜一悲，成为人们娱乐对象和祭品牺牲，可谓天下之大，无奇不有。

古人认为，龙与水相关，兴云播雨，是龙的天职。天旱久不雨，是龙失职渎职懒政的恶果。故祈雨时，在祈雨坛所以外，另搞一套仪式。一遇天旱，人们时常抬龙游街，有晒龙王、耍水龙、玩烧龙等方式来求雨。民谚中有："有酒有肉敬城隍，天干才来找龙王"的说法。把对久旱不雨的怨气，都发泄到龙王头上。民国三十三年，涪陵遭遇大旱，野田禾稻半枯焦，连人畜饮水都十分困难。此前，曾任涪陵县商会会长的刘葆和，把与人合资的"八一三"火柴厂建在龙王嘴处龙王庙内。有人认为是火柴把龙王嘴烧干了，龙王发怒不施雨于涪陵大地。刘葆和的政敌趁机煽风点火，于是流言广布，三人成虎，将怨气怒火集中在龙王和刘葆和身上。群众盼雨心切，很快由城郊的龙志乡、靖黔乡组织一千农民，于当年七月十六日举四条水龙进城来求雨。队伍由大东门经中山路出西门口，气势汹汹地来到龙王嘴，将几条龙烧掉，同时将"八一三"火柴厂砸烂，机器被扔进长江……从此该厂一蹶不振，濒临倒闭。这次求雨活动，与其说是向上天求雨，不如说是由愚昧无知引发的群体事件。其中掺杂了商界互相倾轧恶斗，有人利用民怨泄私愤等内容。

真正的抬龙王求雨信徒是很虔诚的。一般是将龙王塑像从龙王庙"请出来"，将龙王换上新衣，粉饰一番，用八抬大轿抬起，请道士做法事，烧文书，恭请龙王起驾出巡。龙王出街时，人们前呼后拥，锣鼓喧天，还有专人为龙王打扇，因龙王怕热。轿后的信男信女，头戴柳圈，手持香烛，口中念"玉皇大天尊，权从高上定，早降甘霖雨，普救众生灵"，街边的住户则要设案供龙王牌位，焚香跪拜。抬龙王游行一圈以后，才恭敬地将龙王塑像抬出庙外放在烈日下暴晒，以示惩戒。据说龙王喜水怕热，多晒几次，龙王当然备受煎熬，猜想像地上的庄稼一样，他遭之不住，龙王就行云施雨了。

祈雨时，有的地方也有玩水龙的。先用草和竹扎一条草龙，然后号令耍龙者一律穿短裤，着汗衫，敲锣打鼓，执舞草龙，沿街游行。所到之处，各家各户都要准备好几桶水，迎头泼去，故称玩水龙。据说天旱无雨，龙也难受，以水泼龙，给予刺激；龙

第二辑 山语

一遇水，就会立即升空，兴云作雨。据说渝东南土家族人也有玩水龙的习俗，不同之处是龙是柳枝扎成，而不是竹草作材料。

祈雨方式极多，除上述活动之外，还有流行全国各地的捉旱魃。人们认为，天旱是旱魃作祟造成的，必须将其捉住或驱赶出境才能下雨。《诗经·大雅·云汉》载："旱魃为虐，如炎所焚。"而旱魃这种鬼怪毕竟是想象中的怪物，人们都没见过，到哪里去捉，怎样捉？都是一个大问题。《神异经》中载："南方有人，长二三尺，袒身而目在顶上，行走如风，名曰魃。所见之国大旱，赤地千里。"不过人的办法比困难多，各地发明了千奇百怪的捉旱魃仪式。四川重庆各地的通行做法其实很简单：请川戏班子到乡镇去演东窗戏，戏中有"雷神"派"五猖"收索街中，将人扮的"旱魃"捉住，兴师问罪。那"旱魃"立即投降，表示认罪服法，这捉旱魃就胜利完成了。不过扮旱魃的演员可惨了，卸妆之后，还得被孩子们追逐谩骂一通。

也有一种祈雨的简单方法，叫烧龙脊背。旧时风水先生认为，山区丘陵地带任何一个院落房屋附近，都有由山头形成的"龙脉"，山背即是"龙背"，山脊即"龙脊"。于是找些柴火，在"龙脊背"某处点火燃烧，口念咒语。龙怕痛，立即惊醒，就会兴云布雨。

著名诗人流沙河在《求雨呼天》中写道："忆我亡师两戒告予，旧时山西大旱，禾稼尽枯，全村民众环跪广场，号哭呼天。广场正中置火药桶，桶上燃香。百姓设此恐怖环境，用来逼迫天公：'你再不下雨，我们就炸死你。'三千八百年前，中原九年大旱，饿殍千里。商朝国王成汤，跪祷桑林，向天请罪。割发剪爪投火，象征自焚。以此求雨。"

云南施甸有一支契丹人的后裔，他们有"二月八"祈雨求福的习俗，每年二月初八那天，施甸人要到城隍庙接"老祖太"回家，传说城隍老祖在施甸娶的是契丹女人。这种祈雨，似乎与天旱无关了。

2010年夏天，重庆一位记者在贵州黔东南一个叫绵席的小学拍纪录片。见证了苗族盛装起舞求雨场面。一位苗寨长者被围在中央，在芦笙吹响的笛音中，肆意敲打一面有太阳图案的古老铜鼓，向天祈雨，不久果然就下起雨来。说明祈雨之俗，至今还未完全消失。

在祈雨活动期间，有许多禁忌。比如久旱不雨，忌宰杀牲畜，屠宰铺子一律停止卖肉。禁止上山打柴，因打柴要动刀斧，对草木也是一种杀生。禁止挖药材，药材为驱疫护身之物，具有灵性，伤害即造孽。更禁止上山狩猎，狩猎是对野兽飞禽等生命的伤害……

总之，祈雨活动期间，人们要怀着对上天的敬畏，对龙王的怨恨，对各种生灵的护佑情怀来进行，以求感应天神降雨。

隆重的祈雨活动有不成文的一套程序，其核心内容是让上天或山神知晓人间的苦难，赶快施以援手，立即下雨解除旱情。这类告祭文一般都是当地文人雅士来完成。在《全宋文》中，我们发现两篇黄庭坚的祈雨文章，兹录于下：

其一

玉山祈雨文

谨以清酌时羞之奠，告于玉山之神。作镇此邦，能出云雨，食口十万，实依神休。乃六月交，稻方水褥。旱干无泽，西南其风，雨将衍期，民则无岁。怨嗟盈野，岂神本心？某职私其忧，敢用控告，神其呼吸明晦，风马云车，行天做霖，百里多稼。享民报事，岂不休哉。

其二

祈雨青词

盖闻鹤鸣九皋，上云霄之丕闻；蚁居大泽，知阴雨之方来。盖动蠕之惨舒，皆范围于履载。民之疴瘼，常时哀矜。伏以八卦位而四时成，六气和而万物得。因其材而笃焉，则易为力；非其时而望之，则无见功。敢惮祗裓之心，傥动昭回之鉴。维是民社，介乎江山。以陂泽为家，以稻粳为命。仰口而哺者，盖且十万。

涂足而耘者，逮其惇敖。夏方用事而养禾，土则溽暑而不雨。失此几会，且为馑凶。走百神以告哀，蒙小惠而未济。使用洗心虚寂，戒目吉蠲。款常闻于崇高，请民命于沟壑，惟天地实民父母，忍赤子之渴饥？虽山川能出风云，必有司其令。恭惟成就万德，照之四方。顾哀下士之黔，块轧鸿钧之造。赐予膏泽，跻登丰年。重念贱微一介之臣，典司百里之命，倾投五体，瞻望紫宸。无任祈天俟圣，派切依归之至。

黄庭坚作为一名地方官员，面对旱情严重影响庄稼收获，进而加剧民生困厄的局面，尊重乡风民俗，参与祈雨活动，是值得赞许的。他的祭告文字，是珍贵的祈雨文化鲜活的史料文献。为我们了解宋代地方官员都会参与祈雨救灾的社会状况，提供了一个视角和窗口。

值得注意的是，祈雨活动虽有十分广泛的民意基础，又有皇帝率先垂范、省、府、州、县官员的身体力行，但一些有识之士仍然不断对这项活动提出质疑，或者阐述自己敬畏自然规律，改造生态环境的全新看法。

晚清涪州进士，曾任广东新兴县知县和嘉应直隶州知州加知府衔的邹增祜，就是其中一位。《民国涪陵县续修涪州志·艺文志》载有《求雨救日月议》，即邹增祜作品。兹录于下：

求雨救日月议

事有难出于古典亦类不经，则求雨救日月食是已。夫澍泽之降惟资地气，阴阳之行自由天度，岂以祈之而可益，护之而遂免乎。或曰，以安民心也，儆君德也。然赤旱千里，固资民心祷之不应，不亦重惑民心乎？中智之君自知戒惧，下愚之主不畏灾祥，则其实又无说矣。《汉书》董仲舒便载其推灾异之变，求雨闭诸阳从诸阴，其止雨闭北门。后世所行，盖本于此。《繁露》纪其法大略。求雨为四通之坛，各以其时为龙象，其方色为池置水，虾蟆烧诸于四通神宇。止雨则塞渎盖井，禁妇人不得行入市，今道士或窃行之。《公羊传》曰："日有蚀之，以朱丝萦社。"《榖梁传》曰："天子救日，置五麾，陈五兵五鼓；诸侯置三麾三兵三鼓。大夫擊柝二事，近于巫觋之行。而圣人不为之禁者，何也？俗之所废，圣人不能复也；俗之所安，圣人不必易也。求雨救日月食，此盖上世巫风递衍，自三代以来，未暇格改者矣。如是可以从废乎？曰，废之可也。"古礼定于圣人，于今世不行者，如祭必立尸，食必立侑，后夫人从飨祀之类多矣。然则求雨救日月食有道乎？曰，多种林木，以为以兴云之术；浚疏井堰，以为蓄水之方，此则求雨之道也。考测历象，以为推步之准；铸造仪器，以为演算之术，此则救日月食之道也。筑坛象龙，陈兵伐鼓，吾乌知其为礼也。

邹增祜（1857—1920）字受丞，涪州隆兴场（涪陵北拱乡）

第二辑　山语

人。清光绪二十一年（1895）年进士。他淹通经史，工诗擅文，晚年长于医学，有《天风海水楼诗文集》等著作传世。这篇《求雨救日月食议》，敢于对三代以来的一些民俗仪式提出尖锐批评，提出设坛求雨，不如广植树木；考测天文，不如铸造仪器；抗旱保水，不如疏浚井堰等新观点，有提倡科学认识世界，积极改造环境的创新意识。该篇所议实是两种民俗，一是求雨，二是救日月食。旧时人们对自然现象认识有限，一旦发生日食、月食，就认为太阳、月亮被天狗吃掉一块。于是村人里巷居民惊恐万状，瞬间涌出屋外，敲击响器，高喊口号，诅咒天狗，乞求上天神灵施以援手，美其名曰为太阳或月亮"护围"。直至日月复原，大家又欢庆"护围"成功。就在邹增祐考中进士这年，中日签订了丧权辱国的《马关条约》。邹增祐立即作《闻和议约感赋三首》，愤怒鞭挞清政府的卖国行径，其忧国忧民之心跃然纸上。是有担当，有筋骨，有温度的作品。晚清士林，确有一批铁血男儿，鸿儒俊彦。此乡贤就是明证。

祈雨文化，内涵极丰沛，流行时间十分久远。作为后辈儿孙，不能简单斥之为封建迷信。武陵山旅游度假区拥有两处遗址，值得我们珍视和保护，以供游人观瞻，供方家研究。只要用心，会发现祈雨雄奇山水，大地文章。

第三辑 心灯

DISANJI XINDENG

为一条抗战公路立碑

——川湘公路修建追记

1

在隆重纪念中国人民抗日战争暨世界反法西斯战争胜利 70 周年的特殊时间节点前，8 月 24 日的《文艺报》头版头条刊发《抗战题材需要深入挖掘和书写》文章。该文着重指出，抗日战争留下的记忆是复杂的，文学作品应当赋予其更加丰富的内涵和深远意义。作家们要重返生活，重返历史，探访那些被大历史和大叙事遗忘或屏蔽的角落，立意从民间的视角，体悟国家危亡、生死攸关时刻的时代脉搏，观照凡人魂魄中的英雄浩气。

隐藏在西南腹地崇山峻岭间的川湘公路似乎是被大历史、大叙述遗忘或屏蔽的角落。这条始建于 80 年前的战备公路，与稍后抢建的滇缅公路以及连通中国和印度的史迪威公路，都是抗日战争时期连接抗日前线和大后方的生命线，曾经为赢得抗日战争的最终胜利做出了十分重要的贡献。

修建川湘公路，虽远离战火硝烟，但其工程之艰巨，参建人数之众多，筑路民工付出的辛劳和汗水以及民工在抢修中的巨大牺牲，同样是一场惊天地、泣鬼神的战斗诗篇。我们后辈儿孙怎能淡忘？

作家龙应台说，记忆是情感的水库。它可以把最恶劣的荒地灌溉成万亩良田，也可冲破良知和道德水坝，把良田变成荒丘（大意）。

习近平同志在中央政治局第二十五次集体学习时，强调坚持正确的历史观，要让"历史说话，用史实发言"，要敬畏历史，坚守历史记忆。

国防大学教授刘亚洲说：中国治道重在历史经验。没有历史的集体记忆，就难有现实的广泛认同。一个国家的自身历史越是深入人心，就越有凝聚力。

我们纪念抗战胜利是为了铭记历史，缅怀先烈，珍爱和平，开创未来。

让我们站在全民族的高度，站在历史的高度，追忆川湘公路鲜为人知的修建壮举，钩沉那些被时间淹没的历史细节或历史碎片，从而在更宽的视域，更深的层面，了解和认识那场伟大的抗日战争。

2

川湘公路，湖南人称湘川公路，是川湘两省历史上最早修通的跨省公路。它起于四川省綦江（今重庆市綦江区）雷神店，止于湖南省泸溪三角坪，全长 1256 公里。1935 年底，四川、湖南两省奉国民政府重庆行营指令，各自组织该省川湘公路过境县数十万民工劈山修路。

川境段从綦江雷神店起，经磨溪过河，抵达三溪场，依河南行，经蒲河镇，到南桐，过万盛，到南川南坪，抵南川县城隆化镇；出城经东胜，过水江镇，经乐村，到达武隆境白云场，东北向抵长坝镇，折向北抵三溪，向东到白马镇，在铁佛寺翻白马山，

第三辑 心灯

· 175 ·

过凉水，绕车盘，抵达蒲板乡，经万营，下至武隆巷口镇；沿乌江东进，过中嘴乡抵江口镇，跨过芙蓉江，折向东北，进入彭水县境，过蔡家场，在双山折向东南，抵达文复乡，再向东北，翻火石垭抵彭水县城汉葭镇；折向东北，过羊头铺，保家场，抵达郁山镇，折向东，抵到西泡乡，过白腊园，折向北，经伍家垭，过两江坝，在石会场折向东南，翻梅子关，过棚山场，抵达黔江县城联合镇；折向东南，在冯家坝跨过阿蓬江，沿阿蓬江东南行，过濯水镇，经两河，抵酉阳县境，在黑水折向西南，过马鹿，在小坝折向东南，抵达酉阳县城钟多镇；出城折向东北，过钟岭，在桃鱼折向东南，过渤海抵达龙潭镇，一路南行，在苦竹折向东南，抵达秀山县境妙泉，在龙池乡折向南，经美萃、官庄、迎凤抵达秀山县城中和镇；出城往东南方向前行，在石耶场折向东北，在洪安镇过酉水抵达湖南花垣县境。川境段全长 691 公里。

湘境段线路从泸溪县南三角坪起，过铁山河，顺沅江而下，至泸溪县城；折向西行，逆武水河抵达吉首；向西至矮寨，折向西北，过麻栗场到达花垣县城；出城后折向西南，过团结，抵达茶峒，与秀山洪安镇路段相连。湘境段全长 565 公里。

川湘公路横贯大娄山、武陵山两大山系中的数十座高山，跨越乌江、芙蓉江、阿蓬江、沅江、酉水等江河，连接 10 多个山区县城，超过 60% 的里程在崇山峻岭中盘旋，尤其是白马山车盘段，吉首矮寨段最为惊险。全线建桥梁 208 座，涵洞 3469 个，渡口 8 处，路面垂直落差达 1200 米以上。整个筑路工程异常艰巨，在当时没有任何施工机械代劳的情况下，全靠人工肩挑背磨，以血肉之躯和原始工具开山筑路。其艰难竭蹶，大大超出今人的想象。

川湘公路在湖南境内与湘桂公路相连接，形成四川省直通北部湾出海口的陆路大通道。其战略地位在全面抗战爆发后得到充分的显现。

3

蜀道之难，难于上青天！

唐代诗人李白的浩叹，一千多年后没有得到根本改变。四川四面都是高山深谷，无论往哪个方向走，都面临爬坡上坎，涉川渡河，几乎每条道路都险象环生，只有一条长江水路，把四川和中原连接起来。斗转星移，时序延宕到二十世纪初，这种局面才开始改变。

晚清政府在洋务运动推动下，决定修建川汉、粤汉铁路。其中川汉铁路起点为成都，经重庆到湖北汉口。粤汉铁路以广州连接汉口。如果这条铁路修通，将大大改善四川交通状况。1903年在成都成立商办川汉铁路公司，负责以民资入股方式修建这条耗资巨大的铁路工程。此后沿线路段先后开工建设，但进展缓慢。1911年（宣统三年）5月，清政府欲引进外资，以铁路国有化之名，收回民资占股的路权。同时向英、美、德、法四国银行团借款，出卖路权。由此引起民愤，四川人民掀起声势浩大的保路运动。先后参加"保路同志会"者达数十万人。清政府下令镇压。9月7日，四川总督赵尔丰屠杀请愿群众，激起四川人民的更大愤怒。部分同盟会员集议于成都，议决"组织民军，共同革命"。联络在民间很有影响力的哥老会首领秦载庚、张达三等人，决定改保路同志会为保路同志军，发动武装起义。秦、张率部攻打成都，但久攻不下。9月25日，吴玉章等首先在荣县宣布独立。成为武昌起义的导火线，辛亥革命正式掀开大幕。随即统治中国达268年的清政府迅速垮台，寿终正寝。保路运动虽成功了，而川汉铁路却停了下来。民国政府统治近四十年间，川汉铁路还是只有部分路基，而没有铺上一条钢轨。

四川对外的现代交通铁路大通道未能打开。

辛亥革命二十多年后，一波打通四川与外省联系的公路建设高潮到来。

1935年11月6日，川湘公路开始勘测设计，次月即开工修筑。

1936年2月，川鄂公路渠大（渠县至大竹）段、梁万（梁平至万县）段分别开工建设。

同年2月，川陕公路成绵（成都至绵阳）段及绵江支路旧路整治工程基本完工。

同年2月，国民政府军委会令四川省政府快速修建川滇公路昆明至内江段。此段称川滇东路，川滇西路从雅安、西昌、攀枝花至昆明。

同年4月，川康公路开始组建测量队，省府决定实行兵工筑路。

同年6月，川陕公路绵阳至七盘关段初步打通，其中明月峡段半隧道长864米，是四川公路建设中第一个半隧道工程。

同年7月，四川公路局奉令组队实施川滇东路的测量勘查。

1937年4月，川滇公路东路隆昌至泸州段开工修筑。

川鄂公路渠万段初步修通。

6月，川湘公路川境段691公里完工。

川陕公路完工。

黔石公路（黔江至石门坎，通往湖北咸丰）完工。

……

在短短的一年半中，四川境内相继开工修筑通向湖南、湖北、陕西、西康、云南、贵州等六七条公路。上路民工达250万～300万之众。其动员之广泛，工程之浩大，耗费民力、物力、财力之多，可称史无前例。其中川湘公路路线之长，走向之蜿蜒曲折，施工条件之艰险，筑路民工牺牲之惨烈等，均属首屈一指。据测算，川湘公路矮寨段、白马车盘段、黔江梅子关、彭水火石垭段等处每一公里所耗费的人力、物力，相当于平坝筑路的5—7倍。

是什么原因促成了这次四川及周边数省大规模的交通建设？如此集中的基础设施建设的钱从何而来？

　　有现代史专家指出，从川湘公路等一批交通干线的集中抢修中看出，南京国民政府已经从现实的武力清剿中共、平息西南匪患，过渡到抗日备战的重大战略转变。1935 年 3 月 4 日，蒋介石在重庆出席四川党务特派员办事处扩大纪念周会上作《四川应作复兴民族之根据地》的讲演。他说：“就四川地位而言，不仅是我们革命的一个重要地方，尤其是我们中华民族立国的根据地。无论从哪方面讲，条件都很完备。人口之众多，土地之广大，物产之丰富，文化之普及，可说为各省之冠。”1935 年 10 月 6 日，蒋介石发表《建设新四川之要道》的训话。其中说：“四川是中国的首省，天然是复兴民族的根据地。”1935 年 10 月 8 日蒋介石在成都行辕对四川各高级将领发表《四川治乱为国家兴亡的关键》的讲演，指出：“今后外患日益严重……只要我们四川能够稳定，国家必可复兴。”1935 年 12 月 4 日，蒋介石批准国民党第五届中央执委会第一次全体会议通过的《确定国民经济建设实施大纲案》中规定：“重大工程之建筑，均须择国防后方之安全地带而设置之。”九一八事变后，日本侵略者占领了东北三省。进而魔爪向华北延伸，觊觎整个中国。1935 年，蒋介石就担心一旦中日战争全面爆发，中国军队将不可能守住东部沿海地区和内地平原城市，最终国民政府必将退守西部。而西部的选择，首选西安，继选武汉，后选成都或重庆。如果不及时赶修出川公路，即使政府迁往四川，将不可能固守，有成瓮中之鳖的危险。这是蒋介石下令赶修几条出川通道的主要动因。

　　而当时的四川，经多年的军阀混战，民生十分凋敝，政府财力相当有限，每年的财政收入，一半由军费耗去。经常是寅吃卯粮，赤字运行。以全省田赋征收为例，1933 年时，已将 1944 年的田赋征收了，从中可见财政的紧张状况。到 1935 年，中央政府基本控制了四川几个军阀拥兵自重，与蒋介石离心离德的局势，拥蒋的刘湘成为四川省政府主席。中央政府的指令基本能够得到贯彻执行。巨额的经费来源，采取中央政府补贴、地方分担、银行借款等多种方式筹集。比如川湘公路开工之初，川境段路经各县由中央政府重庆行营核发首批补助费共 11.5 万元。其中綦江县 0.5 万元，南川 0.5 万元，涪陵 0.5 万元，彭水 0.4 万元，黔江 1.5 万元，酉阳 4 万元，秀山 0.5 万元；涪陵增派 2 万名路工援助彭水，增拨 0.3 万元。后来涪陵县承担的增工修筑费所需缺口 15 万元，由重庆行营贴 3 万元，四川省府贴 9 万元，准备金 3 万元由县政府统筹解决。涪陵县征工帮助彭水县筑路时，因上面拨款不及时，而用款急需，且十万火急，上报四川省府。后省财政厅、建设厅联合电令，让涪陵向省银行行息借款（月息一分四厘）2 万元，以当年随粮附加形式征足填还。同时，县筑路委员会（相当于工程指挥部）向县金库借款 2750 元，向本城商号（福和商号）借款 4119 元，三项总计借款 26869 元，暂时解了燃眉之急。从中可见当时筑路经费捉襟见肘的窘况。抗战时期，国民政府交通部部长张家敖在第二次国民参政会上说："西南各省公路，以地处边陲，中央财力有限，在抗战前协助甚少。"确是实情。

　　财政状况如此紧张，为什么又敢于同时开工多条公路的巨大工程建设？原来，中央政府和地方长官都看到可以利用的民力。四川是人口大省，日本侵略者的铁蹄暂未伤及四川，巨大的劳力资源可资利用。1935 年 2 月，蒋介石在川联合扩大总理纪念周会上发表演说时提醒四川省政要："今日为政之要，在能善用人民之劳力，即国家经济之动力……善用人民之劳力，征工即为运用民力最重要的方法。"刘湘等要员深会其意，认真贯彻落实上峰指示。1935 年 11 月，四川省主席刘湘在训令中写道："我国缺乏经济能力，非利用全民力量，不足以赴事功而宏建设。"

　　蒋介石和刘湘当年的认识都对，岂止是人民的力量可"赴事功而宏建设"？毛泽东说过，战争的伟力存于人民群众之中。还说过，人民，只有人民，才是创造历史的动力。后来，全面抗战爆发后，四川省派出的兵员最多，达150多万之巨，居全国之首。川军牺牲人数之多，也是民族伤痛之巨。

看到了人民的力量，主政者心中就有了底气，有了豪气，也有了霸气。在外敌大兵压境，国内民生凋敝的困境中，就敢于发号施令，敢于大规模强征民众参加筑路，也敢于强令各县巨额施工任务，必须按时完工。否则，就有严罚苛责紧随其后。他们清楚，在一个文盲、半文盲人数占绝大比例的国度，底层百姓真可算沉默的羔羊。他们勤劳、厚道、善良、胆小、隐忍、自私……凭强权这根带血腥的鞭子，可以对他们任意驱驰。

于是，在国民中央政府支持下，1935年3月16日，四川省政府颁布《四川省政府修筑公路征用民工暂行条例》。四川省公路局于同年10月具体办理征调民工前，印发了《四川省公路局为义务征工建筑川湘公路告民众书》。还有《四川省政府各县征工筑路委员会组织条例》（省府第六次省务会议通过）、《川湘公路义务征工发给赶工奖金、医药、抚恤费及工具购置办法》等一系列文件、条规。

1935年冬，经过四川省及沿路各县一番筹备后，民国政府重庆行营正式下令赶修川湘公路。蒋介石派徐源泉为川湘公路总督导，并饬令交通部派专业技术人员赶往湖南沅陵指导湘段修筑工作。徐源泉何许人也？湖北黄冈人，毕业于南京讲武堂。1911年参加武昌起义，任过学生兵司令。作过张作霖部下，后率四十八师驻防湖北。参加过南京保卫战，中原大会战，后晋升二级上将。任过国民党中央委员、军事参议院上将参议。此人长期率兵打仗，任过鄂湘川"剿共"总司令，也擅长经营实业。对湘、鄂、川地形民风比较熟悉，蒋介石派这位高官大员来督导一条跨省公路建设，足见蒋介石对川湘公路的重视程度。据史料记载，蒋介石曾亲自参与川湘公路选线设计规划审查工作。川湘公路川境段的督导工作，蒋介石曾派心腹干将陈诚负责。陈诚为蒋介石身边的左膀右臂式人物，进一步证明川湘公路的建设在大后方交通布局中的战略地位。

根据四川省公路局奉国民政府重庆行营批准令和省府颁发的组织条例，颁布《四川省各县筑路委员会组织大纲》，川湘公路沿线各县于 1935 年 11 月相继成立了筑路委员会。各县筑路委员会的成员由省公路局委任。名额在 12—20 名之间，由县长、建设局局长、商会主席及公路局工程处处长、各管理处处长担任委员。各县筑路委员会设主席一名，由县长兼任。设常务委员一名，由委员会推举。并在委员会内部设不同职能部门。各县筑路委员的职能部门有所不同。如秀山县的筑路委员会下设六股：总务、土地、财务、民工、经理、调解。綦江县筑路委员会下设四组：总务、财务、粮食、工具。涪陵县筑路委员会情况特殊，因有本县工程和支援彭水县段工程，除县长担任主席外，增设一名常务委员；职能部门分设总务、后勤、工程三个处。

由于川湘公路地跨两省，各县段施工组织方式有所不同。湖南湘西段的工程处设在沅陵。四川段则设綦（江）彭（水）段和黔（江）秀（水）段两处指挥中心。綦彭段总部设在綦江，下辖綦江、南川、涪陵（含武隆）、彭水 4 个县工程段；黔秀段总部设于黔江，下辖黔江、酉阳、秀山 3 个县工程段。各自负责辖区路段的工程建设。此外，川湘公路还有 7 公里路段分别经过綦江接壤的贵州省桐梓县和秀山县接壤的贵州省松桃县，其接洽衔接事宜也交给上述两处指挥中心协调办理。

4

川湘公路修建战斗首先在四川路段打响。1935 年 11 月 28 日，綦江段首先开工。一个月后，也就是同年 12 月 31 日，秀山段开建。1936 年 1 月 31 日，南川段、涪陵段、彭水段、黔江段、酉阳段全线开工。1936 年 3 月，湖南湘西各县段次第开工。

从此，在全线 1000 多公里的崇山峻岭和深壑溪流中，70 多万民工以最原始劳动方式，用最短的时间，以血肉之躯，硬生生地"掘"出一条险象环生的山区公路。

据《湖南大辞典》《湖南公路》等文史资料记载，川湘公路湖南段修建过程中，有来自乾城、泸溪、保靖、永顺、永绥、古丈、凤凰等县以及从外地征调的民工，共 39 万人。据《新蜀报》《重庆交通史》《民国川事纪要》《涪陵地区简史》以及各县地方志等记载，四川各县征调民工数如下：綦江县 3 万人，南川县含万盛（万盛于 1955 年 9 月才从南川县折出）2.34 万人，涪陵（含武隆，当时武隆为涪陵县所辖的设治局，1945 年 1 月升格为县）6.5 万人，又支援彭水县筑路增派 2 万人，总计 8.5 万人，而《涪陵市志》载，涪陵县先后上路施工的共 10 万人，彭水县 7 万人，黔江县 2 万人，酉阳县 3.65 万人，秀山县 2 万人，合计 30 余万人。此外，还有从外地征调、聘请的各类临工、杂工、技工、难民约 5 万人。四川路段上共计筑路人数为 35 万人。川湘公路实际跨过川、湘、黔 17 个县境。上路民工合计 70 多万人。

工程开工之初，由于上路民工人数难以保证足额投入一线动土开挖，部分人员投入搭临时帐篷，修施工便道，搬运后勤物资，砍伐拦路林木，拆迁部分房屋，再加上绝大部分路工是农民，且以文盲为主，没有道路施工常识和技能，工程仓促上马，测量和设计几乎同时进行，以及工程拨款未能及时到位等种种因素，导致工程进展相当缓慢。情况反映到重庆行营，立刻电令四川省府派人稽查。省府饬令公路局切实查办禀报，公路局要求各县筑路委会主席（县长）上路督查，务必加快进度，否则，将受到严厉惩处。那时的县长很不好当，相当于今天耳熟能详的第一责任人。

征工派人，粮款筹备，施工进度，伤亡抚恤，补充劳力……几乎每件事都非常棘手。各县县长都叫苦不迭，但又必须完成任务。其中彭水县反应异常强烈。当时按县境段落实筑路任务，没有完全考虑到各县的人力、财力，分摊极不合理。比如彭水县境承担境内140.7公里修建任务，涪陵（含武隆）也是承担境内141.5公里筑路任务，而彭水县只有20多万人口，涪陵（含武隆）则有80万人口。两县财力也相差悬殊。情况汇报上去，省公路局、建设厅、财政厅呈省府同意，及时做了相应调整。下令涪陵（含武隆）县增派2万名民工支援彭水县。结果涪陵（含武隆）县投入修建川湘公路费用300万元，彭水投入110万元（数据均来源于《涪陵县志》《彭水县志》）。此外，省政府摊筹当时没有筑路任务的合川、铜梁、开江、长寿、忠县、开县、垫江、酆都8个县援助川湘公路建设款共9万元，在重庆市机关、法团、私营业主中募捐20余万元，用于川湘公路建设。据《重庆大事记》载，修建川湘公路各地方筹款方式有三种：一是征收代工（役）金；二是摊派款粮；三是借款。无论哪种形式，县长必须担责，且足额到位。

当时民工的征用和组织也有规定。征用基本按各乡镇丁口为依据，层层负责动员，登记造册上报核实。组织形式以县为大队，区为中队，乡为小队，保以下的单位又以30人为一组。各个层级又指定负责人。队有队目，组有组长。公路局又委派许多监工，统一受本县筑路委员会指挥调度。施工路段又细分成省公路局统一编制的序号路段，指定单位进驻施工。如涪陵县援建彭水的路段为23、25（24工区合并）、26三个工区。涪陵又将其分为5个大段，120个小段，确保2万名上路民工同时展开施工，并各自担负本段的修建任务。綦江县征工初次2.5万人，编为625组，每组40人。组以下10人为一班，每三班为一队。

川湘公路两省同时强征70多万民工仓促上路的细节我们今天

不得而知，毕竟时间已过去 80 年，而当年的上路民工几乎全部离世，我们无法采访到鲜活的资料了。但我在查阅稍晚一年多动工修建的滇缅公路史料时，似乎找到可资参考的细节，也是川湘公路修建的注脚。

时任《大公报》战地记者的萧乾曾写过"血肉筑成的滇缅公路"通讯："昆明至畹町，每天十多万人摆开一条 950 多公里的'人路'，十个民族一锄一挖，一挑一筐，生死都负在一条路上……""板锄、尖嘴锄、铁锨、凿子、竹编、粪箕——他们用最传统的耕作农具，依靠最原始的方法，焚烧碎石，拖碌碾压，肩挑手扛，开山撬石，填土砌基，压平路面，让滇缅公路一点一点向前延伸。"他深情赞叹道："这是一条用手指抠出来的路。"当时残酷的社会动员，当地县志和文史资料也有案例。时任云南龙陵县县长王锡光，某天收到云南省政府发的紧急公文，这是一封鸡毛信和一只木盒子。鸡毛信代表十万火急。这是中国古代传递紧急军情一贯的手法。木盒内装有手铐一副，意为如不能按期完成任务，不仅县长的乌纱帽难保，还得自戴手铐走进囚牢。当时云南主政者是极富个性的龙云，他向来做事干练、果决，以雷厉风行著称。可怜的王县长焦急万分，寝不安眠，致使左眼突然失明。但修建滇缅公路的任务还得层层压下去。他找到当地颇有影响的土司线光天，说："我是流官，你是世袭土司，如你所辖的潞江段公路拉了后腿，贻误了抗战大事，那么昆明我是没脸去了，只好拉你一道跳怒江谢罪了。"土司线光天不是等闲之辈，他既是土司也是区长，听县长把话说得这么绝，他深知筑路的重要性。于是二话不说，立即回去召开紧急动员会。并派他的三弟线光宇驻守工程地段监工。土司本人捐出 1000 多箩稻米，供民工们食用。结果龙陵县的筑路大军迅速上路，开始了近一年的抢修工作。

可以说，抗战期间，不仅普通民众发挥了艰苦卓绝的吃苦耐劳精神，各级政府、士绅、社会贤达、宗族力量、土司门阀等社会资源的整合能力，也达到极限。即便是抗日大后方，边陲小县城，同样有一股英雄浩气，氤氲于天地间，荡漾在广袤大地上。

5

川湘公路最惊险的路段在湖南吉首以西约 40 公里的矮寨段。近 80 年过去了，这条路仍被称为"矮寨公路奇观"。被今天旅游界选作湘西一个特殊的人工景点，也是我国山区公路建设史上的一个活化石，富有独特而丰厚的文化含量。渝湘高速公路也从矮寨上空通过，今昔两种公路对比强烈，让人顿生沧桑之慨。

川湘公路矮寨段以其地势之险，公路工程设计之巧妙，施工难度之大，转弯半径之小，每公里施工伤亡人数之多……成为全国公路多项指标之冠。该段公路长仅 6 公里左右，但垂直高度却达 400 多米。在水平尺幅只有 100 多米的山崖壁，坡度却高达 70% ～ 90% 的斜面上，硬是凿出一条公路来，其难度超出凡人的想象。该段路基 80% 在坚硬的石壁上凿出，路道转折 13 道锐角急弯，前方是悬崖，旁边是绝壁，公路需 180 度转弯，但没有条件，设计者巧妙地设置了仅容一车的圆形转台。车在台上围绕中心转 360 度后，继续前行。这段路上有 7 个转台。形成 26 截几乎平行重叠，上下垂直的令人心惊肉跳的公路。这段路在山巅处两个山头之间，还架有悬桥，使道路形成倒伏的阿拉伯数字"8"的形状，造成同一方向行驶前后车辆在此段让司机产生错觉：分明是同向行驶，前面的车却在不远处掉转方向朝自己开过来……实际是悬桥形成倒（卧）"8"字路线所致。这段险路修建时，有 2000 多人像壁虎一样"贴"在陡壁施工。其中一部分人用绳索捆绑，吊在半空打炮眼或放炮过后排危石。这些民工中的英雄真是命悬一线，随时都有生命危险。20 世纪 80 年代尚健在的一位赵姓村民回忆自己参加矮寨公路施工情景："……我是石工,专门抡锤掌钢钎在悬崖上打炮眼。因山陡站不住脚,就在施工位置上面打木桩,拴一根吊有大竹筐的粗绳子,人站在筐里再荡下去悬空打炮眼。筐里备有干粮和饮水罐,人放下去一天都不上来,饿了就吃,渴了就喝,连大小便都在筐里解决。下班时吊上来,两条腿都肿了……放炮后,多数石块滚下沟底,但总有些被炸松动而不掉落的石头需要排除,得派人持长钢钎吊在半空去撬动。一次,有磨盘大的危石突然掉下,当场就砸死两人,只好暂时停工埋人。"这段6公里长的施工段,仅半年即打通,却夺去了200多人的生命。平均每公里就吞噬了三四十人!为纪念死难路工,当局在矮寨山顶公路边塑了题为"开路先锋"的铜像。以立体册页的方式,记录历史,昭示后人。

川湘公路湘西段自1936年3月开工建设,同年9月9日举行土路竣工后的试车。1937年3月碎石泥土路面完工后全线通车。耗资总额为236.8163万元。

6

我的祖父,也是修筑川湘公路数十万民工之一。他生于清光绪二十六年(1900)农历七月初二,卒于1970年11月26日,四川省涪陵县马武乡中心村人。文盲。佃中农成分。一生务农。我小时候,常听他讲参加修川湘公路的故事。可是那时我才读小学,少不更事,根本没把他讲的内容记下来。时光流年像一面筛子,把记忆中大多数鲜活的细节漏掉,留下来的只是一些粗粗的颗粒。印象中,祖父讲的大约可用一个"苦"字概括。由于家穷,没有土地,他全靠租佃地主的土地为生,除栽秧割谷这些农忙季节在家种地外,一年中大约有一半的时间在外面下苦力。比如给油房老板挑桐油下涪州,到沙溪沟挑煤炭回马武,到南川水江镇挑钢锭到涪陵菜场沱，等等。他被征调去修川湘路白马段，要求自带扁担鸳筐工具和被盖衣服等。他说工地上饭可吃饱，只是活路很累人。工地上有监工，有大小队目，还有公路局的巡查人员，把我们管得很紧。每天早上吃饭时天不见亮，天黑才回临时工棚休息，中午那顿饭多数时间也是在工地上吃，有人把饭菜送来。山上房屋少，连猪圈楼上也挤满了人，又搭了许多临时工棚，睡通铺，一排挤十多人，连翻身也困难。夏天山上蚊虫多，又没蚊帐，睡前烧些柏枝、艾蒿类驱蚊，但早上起来身上总被咬出些红疙瘩。冬天民工们也穿水草鞋，多数人脚上都长皲口，走路便流血。他说放石炮很危险，以前种庄稼的人从来没见过那么大的阵仗。山上放炮山下遭殃。炮响后碎石满天飞，常常砸死人。工地上瘟疫流行，也经常死人；山崖常塌方，有一次就压死10多人。还有毒蛇咬死人，压马路大石磙压死人，马蜂群蜇死人，食物中毒死人，等等。总之死人是常事。起初人们还害怕，后来就见惯不惊了，心都麻木了。当时我们早晨出工时，都担心晚上收班还能不能回来。祖父说，不管工地怎样死人，但工地建设是不会停下来的。上面催促工期一阵比一阵紧。那些大小头目日子也不好过，听说经常挨上面训斥、责骂，他们又一层一层骂下来，弄得大家都很紧张，那日子就非常绵长。我们盼太阳快点落山好收工，那太阳偏搁在山尖上不动了，气死个人啰！祖父说，他能活着回来，肯定有菩萨保佑，才捡回一条命。他说他那时患过"打摆子"（疟疾俗称）病，高烧不止，几天颗米未沾，一个星期过后，居然活了下来，真是福大命大。他说，只要上过川湘公路下过力，回来种庄稼再苦再累的活都觉得不苦了。气力是个怪，气力使了气力在。只要肚皮吃得饱，啥子都吓不倒……祖父是文盲，至于川湘公路修来有何用，这条路对抗战大后方的影响，他浑然不知。也许大多数民工也和祖父一样，昏昏然上路，昏昏然回家。因民工按规定是轮换上路，一批人换下来，另一批人顶上去。祖父是中途换下来的民工，川湘公路通车后，他连汽车影子都没见过。因川湘公路由白马武隆方向进乌江腹地去了，离我们家老远老远。大约一个乡下靠卖苦力为生的人，最看重的是能吃饱，所以在工地上除了"苦"以外，就留下"吃"的印象。查相关史料得知，当时民工的伙食配额为每人每月 70 斤稻米，足可让大家吃饱。其间，有的县也掺进部分苞谷等，但总量不变。祖父还经常说起本乡本保上路民工的死亡情况，谁谁谁，何故死亡，仿佛一大串名字，可惜我现在一个也想不起来了。他说，人死后，由乡邻将尸体运回家，安埋了事。乡公所付安埋费，县政府给棺材钱。显然，这是民间说法，不够准确。查 1936 年 1 月，四川省公路局报呈重庆行营核准的《四川公路局路工伤亡抚恤规则》和《川湘公路义务征工发给赶工奖金医药抚恤费及工具购置办法》规定："凡被征民工伤亡或患病，由各县县长按标准发给药品或抚恤费。因工受伤致残者 30 元；因工受伤致死者 50 元，另给埋葬费 15 元；因工病死者 30 元，另给埋葬费 15 元。"由于各县财政收入都相当有限，修川湘公路又是新的建设项目，尽管重庆行营和四川省共同承担主要费用，各县分摊的钱也不是一笔小数。在实际操作中，各路段只有想尽办法来执行上述政策。多数县执行标准的变通办法是：在规定应征民工所需伙食费每人每天发给的 2 角钱中，实发 1 角 5 分，以剩余 5 分全县统筹，作为医药、伤亡抚恤及其他各费开支。这样集腋成裘，聚沙成塔，在民工每人口中匀 5 分钱，各县民工数以万计，日积月累下来不是小数，实实在在解决了医药、工伤抚恤的大问题。这项举措，你可以指责当局克扣民工的伙食费，严重损害民工的利益，但你不得不承认，在国贫民困的抗战时期，这是一种不得不这样施行的挖肉补疮办法。这和抗战时期，海外华侨为支持国内的抗战事业，发起"一碗饭"运动，号召华人每天少吃一顿，将节约的伙食费聚拢交给国内的行为，有异曲同工之效。

7

川湘公路修筑过程中，除了全线每天几乎都发生大小安全事故数十件以外，还多次发生各种各样的群体事件，其中最大的是黔江县西泡乡白腊园事件。

1936年3月16日，由于平时监工对施工民工管理太严格，质量管理太苛求，民工们对公路处西泡乡工区监工的不满情绪累积到极限。那天，100多名"联英会"（类似民间的袍哥组织）员突然举旗挥刀，呼啸呐喊，反对"义务征工"，在混乱中杀死该段工区监工熊子清、郭清云等3人。同时点火焚烧公私财物，导致黔江段工程全线停工。此事惊动四川省府和重庆行营，立即派人赴事发地查办。结果黔江县县长章黼因对此案办理不善，被撤职。几乎同时，川陕公路工地上也发生大规模群体事件，川北"红灯教"拥众数千人，不满政府的"义务征工"修路，起而抗争。3月28日，一度占领魏城，焚烧车辆，拆毁电话，截夺公粮，毁坏工具，斗争范围波及到绵阳、梓潼、剑阁、广元等县。这两次事件，迫使国民政府由完全的"义务征工"改成部分"给价征工"或"酌给伙食津贴"。当时的民众，法律意识淡漠，更相信丛林法则，一旦有人鼓动，很容易点燃郁结于心的怒火，发生大规模的群体事件。

为了赶工期，川湘公路管理部门在施工过程中，严格实行奖惩办法，该奖的奖，该惩的惩。如酉阳段第一分段办事处委员龚惠卿、李来之动员民工得力，在应征民工数额之外，还多征民工2000名，任务得到提前完成，龚、李二人获得嘉奖，并准予记功一次。酉阳县第三分段办事处委员何柏林、何开基，应征民工均能足额按时上路，工程进展顺利，两何委员准予传令嘉奖。而綦江县北渡乡联保主任违法超额摊派各保筑路费2万元，实际需要只不过4000元，被停职查办，追回多摊派的款额。1936年11月，

QINGCHUANG GUANYUN

晴窗观云

南川县段因工程进展缓慢，县长官维贤（1935—1937年3月在任）
受记过处分，全省通报批评。1936年12月，川湘公路修建已接近
尾声，蒋介石的左膀右臂，国民党军政界要员陈诚率队督察川湘
公路各路段危难险要路段进展情况，涪陵县县长李鸣和（1936年
7月—1939年1月在任）到白马段迎候陈诚。陈诚在铁佛寺召开
简短训话会，限令涪陵大队抽调强壮路工，迅速打通最艰险的豹
岩路段。豹岩路段是全线的控制性工程之一，这儿多次发生事故，
山高、坡陡，施工难度大。整个川湘路要求在一年左右全线贯通，
原则是"先求通，后求好"。于是涪陵组织民工实行两班倒，昼
夜赶修。在一次山体垮方中，压死民工10余人，造成重大伤亡事
故。这次事故是由于赶工期，上面硬压下来的任务造成的。工期
是赶上了，民工却付出了重大的生命代价。县长李鸣和没有受到
责任追究。他一直任涪陵县长职务，至1939年1月为止。个中原
因，已是历史之谜。估计那时平民百姓的生命如草芥，根本不值
钱。在辛亥革命至新中国建立38年中，涪州（涪陵县）一共有56
人先后任司令长官，县知事、县长、平均任职年限不足1.5年。
而李鸣和却任职两年零七个月，是任职时间最长的一位县长。这
位北京大学哲学系毕业的县长为四川遂宁人。他担任县长期间，
川湘公路建设正处于高潮，作为本县筑路委员会主席，必须用一
部分精力在两处筑路工段上：一是本县境长达140余公里的筑路
任务，二是征调万名民工支援彭水县筑路。据《涪陵市志·大事
记》载，李鸣和上任第一年，全县在春夏之交遭受大风冰雹袭击，
稻田栽上秧者不及一半，不仅导致全县田赋征收相当困难，第二
年春饥民遍野、饿殍载道。每天到南沱黄金梁挖观音土充饥者不
下1000人。据省民政厅调查，全县灾民占总人口的80%以上。四
川省赈务委员会涪陵县分会不得不抽调30名赈务员到各乡镇放赈
救灾。当年4月10日，四川省农村合作指导员驻涪陵办事处成
立，用省府拨款2万元放贷助耕。9月下旬，涪陵市场桐油价由每

担 42 元跌至 10 元；米价暴涨，由每斗（42 斤）1.3 元涨至 3.2 元。更令人震惊的是七七事变之后的全面抗战爆发。1937 年 11 月 5 日，历经 3 个多月的淞沪抗战以上海陷落结束；1937 年 12 月 3 日，南京保卫战结束，民国首都沦陷敌手；1938 年 10 月 27 日，武汉保卫战失利，中华民族的危机日益严重。作为西南大后方的小县城，心脏与祖国的脉搏一起跳动，社会与时代风云一起震荡。李鸣和县长的首要任务，是配合省政府和军事委员会，积极征调壮丁入伍出川抗日。到 1938 年 1 月止，涪陵县已征兵达 20000 人上前线。涪陵县兵役协会 1 月召开的第二次理事会决议，补制“光荣之家”牌匾两万块照册赠给全县抗敌军人家属，用以鼓舞全社会积极动员青年男子参军参战。1937 年 9 月，县兵役协会成立，内设兵役科、军事科、兵役监察委员会等机构。并派专人到各乡、镇保甲按《兵役法》的规定进行挨家逐户的壮丁调查，凡年满 19 岁至 35 岁的男丁为甲级壮丁，36 岁至 45 岁的为乙级壮丁。并按三丁抽一、五丁抽二原则，作好征丁安排。另外是思想动员，1938 年 1 月，四川省抗敌后援会涪陵县分会成立。其职责是大力宣传抗日方针，动员社会力量支持抗战伟业。1 月 16 日，抗敌后援分会组建的抗战剧社成立，并在涪陵城西门外禹王宫演出《布带队》《中国的母亲》《流亡三部曲》等节目。当年 2 月 28 日，涪陵县抗敌后援分会组织各界民众 5000 多人，在易家坝广场举行反日本侵略运动大会，会后组织了街头大游行。本年，在涪陵城区修筑防空设施 4 处，地对空射击阵地 8 处，以防止日机侵袭。10 月 25 日，武汉失守的消息传来，人心惶惶，涪陵市场物价再一次震荡，桐油、山货、榨菜价格惨跌，进口西药、布匹、煤油价格猛涨。民生艰难，社会动荡，财政吃紧，谣言四起。作为一县之长，要维持社会治安，要支援前方抗战，要平抑市场物价，要发展农业生产，要推进工商实业，要改革社会弊制，还要修筑川湘公路……李鸣和的担子并不轻松。据《涪陵市志》载，当时县长要兼任负责人的机构有清共委员会、赈务委员会、备荒委员会、水利委员会、新生活运动促进会、义务教育委员会、航空建设支会、兵役协会、防空协委、禁烟委员会、国民总动员委员会、地方自治促进会、节约建国储金委员会等20多个。县长公务繁忙，穷于应付，累无虚日。在他的任期内，1936年8月，中央银行在涪陵设立了分行。11月14日，涪陵县成立了禁烟委员会，设立戒烟所一处，收治瘾民达2.5万人。1937年4月，四川美丰银行涪陵办事处成立。7月3日，涪陵县消防委员会成立，其下设拆卸、水龙两个大队。9月，按国民政府要求，推行联保制，全县编为91联保，辖2046保，20370甲，207715户828904人。联保相似于乡，保相似于村，甲相似于社或组。县以下联保以上设5个区。保甲制度始于北宋王安石，他主张"变募兵而行保甲"。明、清两代有类似制度。国民党统治时期采用保甲制度作为基层政权制度，实行各户互相监视和互相告发的连坐法，也是强迫劳役，征抽壮丁的办法。当年秋季，涪陵县立初级普通农科职业学校在乌江东岸石桥沟创立。四川园艺试验场涪陵工作站成立。民国政府导淮委员会、全国经济委员会水利处、贵州省建设厅、四川省水利局于12月1日共同在涪陵成立乌江水道工程局，以炸滩为主的方式整治涪陵至思南的航道，改善乌江航运条件。6月，由涪陵县司法处改组的涪陵地方法院成立。7月1日，县合作银行金库正式开业，时有股份9000股，股金9万元，此为股份制银行在涪陵落地伊始。当年，涪陵油料作物试验场成立。国民政府军政部121后方医院从贵阳迁来涪陵李渡兰桂园，当时地方军阀换防频繁，为扩充军饷横征暴敛，激起民众反抗，其社会剧烈动荡程度可以下面一份史料一斑窥豹。

涪陵县县民抗捐同盟会通电

国急。南京中央党部、国民政府、四川省委会、省政府暨各省政府、各县市党部、各总司令、各军师旅长、各机关、各法团、各学校、各报社钧鉴：

天祸吾蜀，兵匪相循，十余年来，几无宁日；搜括之苦，剥削之奇，百余州县，涪陵尤甚。计自郭（汝栋）军驻涪积年以来，除巧立名目，所谓亩捐、指名捐、禁烟登记与夫各关卡每年征收数百万不计外，即以粮税而论，自前年八月至今，已由十九年预征至卅年。今日令下，明日勒缴，偶一推缓，捶楚立至。蚩蚩之氓，迫于淫威，卖妻鬻子，勉为缴纳。冀得一日息肩，稍苏民困，殊派款借款，层出不穷。加以本年亢旱不雨，匪盗纵横，农困于野，商病于道。现虽有雨可耕，低田禾稼多已失时，高地粮苗早经枯死。言生聚则千疮百孔，言状况则十室九空。嗷雁横飞，哀鸿遍野；水深火热，待救维殷。乃郭汝栋明令皇皇，又筹过渡费四十余万，预征卅一年粮税，以半月为一期，分三期缴纳……真是一月之间征收四年粮税，缴清之后以便另立名称。此种敲肌吸髓之法，不惟古今中外所无，即市井无赖亦不肯冒此不韪，以绝无底之欲壑。不意竟出于四川之国民革命军，竟出于自命忠实国民党之郭汝栋。况伊自返防以来，两次亩捐，五年粮税，榨取人民几及百万。喘息未定，加此重累，吾民何辜，丁此浩劫。里巷街衢，同声一哭；入地升天，何能逃死。惟于生机悬绝之日，出以铤而走险之谋，揭竿斩木，群起反对，庶几孤注一掷，或可偟生……三户亡秦，在此一举；蚁穴溃堤，衅不在大。全县人民即以身殉，实所心甘。盖人民出钱以养兵，郭则拥兵以殃民，共和国家宁能有此！所愿国民政府与省政府及川中各军将领主张公道，各县民众大力援助。青山不老，绿水长存，全涪人民，感德弥曁。

涪陵县八十万生灵同启

由此可见，修建川湘公路时民生艰难，背景复杂，社会动荡的状况。总之，川湘公路的修建，对各县的财力、物力、人力，以及执政者、管理者、施工者都是一次前所未有的严峻考验。

8

川湘公路修建实行各县分段施工的办法。四川段按每个民工每次上路的工作日数，不得超过 15 天为限。15 天以后，即暂免征工，尽快换班，让未轮上班的壮丁顶上来。如果照保甲名册该上路的民工全部轮换一次而任务并未完成，则第二次、第三次轮番上路，直至公路修好为止。这是一种理论上认为公平合理的设计，且暗含与民休息，爱护、保养民力的方略。国民政府 1935 年 4 月 25 日通令各省府妥拟人民服工役是"努力建设，厚培国力，为实现我国复兴之要策"。并指出，"要以不妨农事为第一要义"。但在实施过程中，根本办不到。一是民工来工地有远近，即使一批二批足额征工，也不能保证按时交接班。二是上路民工刚熟悉了施工环境并掌握了一定技术就立即撤下，又上一批新手，有劳力浪费现象。三是大规模换人换工具，各乡镇保甲的动员工作烦杂琐细，其中有的民工路上开小差，上路不卖力，混满 15 天为限。后来各施工段灵活处理，以确保工程进展为依据，允许乡邻之间，亲友之间，兄弟之间代工。比如涪陵县有 2 万人支援彭水，有的步行要 3—4 天才能到达，的确费时费力。农忙季节，在家的劳力为上路民工代种庄稼或帮助收割。因此，各工段上路民工的劳动时间都大大超出 15 天，有的甚至半年才换下来。尤其是一些

第三辑　心灯

技工，包括石匠、铁匠、木匠、篾匠、炊事员、放炮员、物资管理员等。

涪陵县筑路委员会担负两处工地总长达 200 公里修建的组织指挥和后勤保障，确实勉为其难。经向省上陈情，省政府饬令四川省建设厅主办涪陵县增援彭水县 2 万民工的筑路工作。由四川省公路局负责民工的分配管理。在彭水工地上民工的粮食供应、购运、管理、发放由四川省民政局、建设厅分别派员与公路局相关人员协商办理。该路段的公文由民政厅主办。款粮管发、伤亡安抚等事由，民政厅、建设厅会同工程段人员协商办理。但涪陵县筑路委员会部分成员以及大小队目必须随队前往，指挥组织施工事宜。就这样，涪陵县赴彭水这 2 万民工，俨然成了省上的"直属大队"类的特殊施工队伍。经过艰苦奋斗，按时完成了施工任务。

据《涪陵市志·大事记》载，民国二十五年，涪陵县"先后动员民工 10 万人参加修筑川湘公路，全县耗资 300 余万元，死亡民工 5000 余人"。

史料惜墨如金，数字冰冷无言。虽是 80 年前的往事，作为后辈儿孙，读来痛彻肺腑。5000 个死亡民工，就带来 5000 个家庭的无尽伤痛。10 万人上山筑路的壮举，同样是远离战火硝烟的战场。为民族生存，社稷稳固，反抗侵略，我们的先辈付出了多大的牺牲啊。

据史料记载，在 1938 年抢修滇缅公路过程中，死亡的劳工和工程技术人员共 3000 多人，平均每建成 1 公里要牺牲 3 人，伤残 10000 多人。而抢修滇缅公路昆明至畹町段的长度为 953 公里。修川湘公路涪陵县境段仅 140 多公里，加上支援彭水县境三个大段（细划 120 小段），总计 200 余公里，死亡人数多达 5000 余人。可见川湘公路涪陵段建筑难度之大，民工付出的牺牲之多，大大超出滇缅公路，达到每建筑 1 公里路平均牺牲 25 人。当然，川境内各县地形不同，施工难度也不一样。比如綦江、南川、秀山等路段，死亡的民工数相对少得多。其中，綦江和南川两个县段的筑路进度，都比其他县快，尽管开工之初南川县县长官维贤因工程进展缓慢而受到记过处分。到 1936 年底，两县工程率先完工，整整比涪陵、彭水、黔江、酉阳、秀山等县提前了 1 个月。

由于各县筑路进度参差不齐，才有陈诚亲自率队督察、训话之举。之后，重庆行营决定，1937 年初，在各县段分别举行通车典礼。这既是催促全线路段必须贯通的最后通牒，也是一种化整为零的无奈之举。据《新蜀报》报道，1937 年 1 月 16 日正午，綦江县段通车典礼在该县北较场举行；1 月 18 日上午 9 时，南川县段的通车典礼在县城西门外余园举行；1 月 17 日，涪陵县段的通车典礼在白马镇铁佛寺举行；1 月 19 日晨，彭水县段的通车典礼在县城社稷坛举行；1 月 20 日晨，黔江县段在县城南门外大桥头举行；1 月 21 日下午，酉阳县段通车典礼在城外钟灵山麓举行；1 月 22 日，秀山县段的通车典礼在县城举行。而湖南段的修建情况是 1936 年 3 月全线开工，同年 9 月 9 日举行土路试车，1937 年 3 月全线通车。湖南段基本在半年时间内抢修完毕土路工程，包括像矮寨这样号称鬼斧神工的艰巨工程，剩的时间补桥涵、砌堡坎、铺碎石。湖南段有土路试车和竣工修车两个阶段，整个工程似比四川段提前；而四川段是一次成型，未进行土路试车检验。湖南段总长比四川段少 126 公里，而投入的筑路民工比四川多 4 万余人。其社会动员能力，路工的吃苦耐劳精神，都值得后人学习。

9

值得注意的是，参与滇缅公路勘测设计和施工管理的一批工程技术人员，都是当年的进步青年知识分子。估计参与川湘公路同样工作的也大同小异。但前者史料较全，后者信息残缺。

投身滇缅公路的主要工程技术人员有：总设计师、副总工程师兼副总队长、代行总队长的李温平，是唐山交通大学1935届毕业生；滇缅公路局副局长陆振轩是唐山交通大学1923届毕业生；工务局局长兼总工程师龚继成是唐山交通大学1923届毕业生；工程处处长黎杰材是唐山交通大学1928届毕业生；桥梁设计处处长钱昌淦、桥工处设计股股长嵇储彬都是唐山交通大学1937届毕业生；下关总局技工兼工务科科长周赞邦，是唐山交通大学1911届毕业生；工程师王序森是上海交通大学1935届毕业生；刘增达是上海交通大学1936届毕业生；李宗达、殷之澜是唐山交通大学1933届毕业生；徐为然是复旦大学1925届毕业生；王度是清华大学1925届毕业生；下关滇缅公路局公务科科员周绍良，也是清华大学1925届毕业生。此外，对滇缅公路有巨大贡献的，还有交通部公路管理局总管理处处长赵祖康，是唐山交通大学1922届毕业生；徐以枋是复旦大学1928届毕业生；夏舜参是哈工大1930届毕业生；交通部桥梁设计处工程师梅旸春是清华大学1932届毕业生；等等。

那么投身川湘公路的工程技术人员是哪些人呢？他们的学业背景，学习专业，担任技术职务，等等，似乎都淹没在历史烟云之中，或是笔者手头资料有限，未能查核准确，本文只能付之阙如。但有一点是肯定的，由于抗战形势日益紧迫，滇缅公路和川湘公路都是边测量、边施工的，两条路所经过的路段几乎80%都是在崇山峻岭或危崖深壑中进行。勘测设计是排头兵，是一条公路建设真正的开路先锋。如果说一条路的大致走向是由高层主政者或封疆大吏来确定的话，那么工程技术人员则是将蓝图变成现实的尖兵团队。他们既要纸上谈兵，又要身体力行；既要具有理想情怀，又要富有献身精神。他们要用脚步仗量大地，要用智慧指点江山，用心血绘出草图。复杂的地形，多样的地质，危险的环境，瞬息万变的气候，各种有毒瘴气的侵扰，等等，对实地勘探测量都是道道难关。攀岩走壁，披荆斩棘，风餐露宿是他们的工作常态。在我们的文化语境中，长期以来形成的痼疾是比较忽略工程技术人员的引领作用，当一项工程竣工剪彩时，在喧天锣鼓声中，出彩的往往是大小领导或劳动模范，鲜见工程技术人员的身影。或许他们早已退居幕后，哪怕是真正应该受到尊重或表彰的英雄。据史料记载，蒋介石亲自抓川湘公路的选线和修建，足见这条大后方的公路在当时主政者心目中的重要地位。80 年过去了，这条抗战公路仍是今天国道 319 线的大致走向（319 线是西起成都，东至厦门的东西干道，全长 2200 多公里），也是目前国家高速公路网上包茂（内蒙古包头至广东茂名）公路的重要组成部分渝湘高速路的大致走向。按今天的科技进步和经济实力来看，如果川湘公路选线不太合理，今天完全有实力另起炉灶，不必拘泥于旧时线路。但事实证明，不仅现代化的高速公路依然沿川湘公路逶迤前行，而且铁路渝怀线的走向，也大部傍川湘公路而行，可见，前人的选线具有其科学性、合理性。其中，饱含那些为川湘公路付出心血和汗水的工程技术人员，哪怕我们今天已不知他们的具体名字，但他们的贡献，同样值得我们追怀和铭记。

10

　　川湘公路的修筑是在没有任何机械取代人工劳作的情况下拼力完成的。其间的艰辛、苦累，让今人为之动容。

　　在那个科技落后、国贫民困的时代，所有的工程，全靠人工。那时，还没有逢大山修隧道的方法。所谓逢山开路，其实就是依山而建盘山公路。像川陕路两省交界处的明月峡，在半崖石壁上凿 800 多米长的半隧道，已是当年了不起的先进工程和明星工程，受到业界普遍关注和民众赞赏。而在川湘公路上，连半隧道也不曾修过。一般路段是半挖半填，靠山坡一面开挖，将土石方运到坡矮一方垒筑、压平。如坡陡，则里面、外面都要垒彻坚固的石头堡坎。路上的堡坎抗拒山体滑坡，路下的堡坎确保路基稳固。因而路段上就集聚了大批石匠。铁锤叮当，加上石工号子就成了工地上的主旋律。有的路段在平坝田土中穿过，挖掘、挑土、垒路、压实，每道工序同时进行，那是普通民工最集中的地方，形象的说法叫作"蚂蚁搬家"。锄头、爬梳、鸳篼、扁担、抬杠、箩篼、十字镐、搭钩、铁铲等是主要工具。修涵洞，架桥梁、建渡口，也是石匠、木匠、泥水匠聚集之处，一般民工只是给专业匠人打杂，或开挖基脚，或提供灰浆，或抬运石料、木料。那时没有压路机，筑路大军以两种方式实施压路：一种用石夯，一种用石磙。石夯是小型工具，选一头大尾小的长方体石条，将底面铲平，约80厘米高，在靠上某部位凿相对应的两条沟槽，槽沟穿进两根木柄，以竹篾捆牢。由4人两两相对，以单手提起砸下，反复将松土夯实，名叫"打夯"。它的优势是操作简单，运用灵活，边边角角都可砸尽。缺点是威力小，效率差。石磙就不同了，一般压路石磙直径都在1.5～2米之间，也有直径超过2米的，每个石磙的重量都在5～10吨之间，属于原始压路工具中的庞然大物。这家伙制作不容易，得选巨型整石，开破打磨，在两个剖面原心处打方形孔，安上笨拙的青枫或杂木木架，然后在两面木架上套上绳索，由十多二十人同时拉动，靠其自重，压实路基和松土。它的优势是效率高，压的质量好。缺点是笨重，不灵活，在半山坡陡之处，运用起来须格外小心，一旦没控制好，滚下山去将造成重大伤亡事故。那时炸掉石山，工程处有配发的正规炸药，导火装置是引线，由人工点燃引爆。有的路段为了抢进度，也试行自制炸药，由芒硝、柽炭、铁灰按一定比例混合，威力当然小得多，但可以解决工地上的燃眉之急。制作过程中容易造成安全事故。还有一种古老的破石方法，在川湘公路工地上也用过。那就是火烧破石法。这种办法对砂岩质石头效果不佳，但对付坚

QINGCHUANG GUANYUN

晴窗观云

硬的龙骨石，即石灰岩类石头，效果较好。将柴火堆在石头上猛烈燃烧，让石头温度达到极高时，突然泼去足够的冷水，让石头瞬间炸裂。这种方法，可以省去打炮眼这道工序，山区的柴火原料充足，简单易行，也可减少炸药放炮带来的危险，许多路段，都采用过这种方法。石料运得远的地方，且是平路或下行路段则用石船。先挖好沟槽，将大树锯断，一剖两开，弓形面为船底，其上载石头，沟里临时浇水，让其润滑，拉起省时省力。可加快工程进度。民间蕴含的智慧在抢修公路中处处闪光。无论哪种方法，哪道工序，民工们都是拼体力，拼耐力。只有下雨天，民工才有短暂喘息机会。在全线数十万民工的奋斗中，一条九曲十八弯的山区公路在一点一点地延伸。《新蜀报》一位记者描述川湘公路乌江段施工场景时写道：

> 一条长龙人万千，
> 好似蚂蚁把家搬。
> 号子吼得天地动，
> 汗水冲走打鱼船。

在川湘公路工地上，还出现过一些直接为工程服务的行业。比如铁匠铺，负责打制锄头、爬梳、铁铲以及修理上述工具。篾匠棚，专门编制篼箕、箩箕、绞制竹绳等。木匠铺，提供抬杠、扁担、木甑、锄把、条凳等。草鞋担子，是附近农民抽空编织的竹麻草鞋、蓑草草鞋、谷草草鞋，集中挑到工地上出售。那时的民工，下力时都穿草鞋。草鞋是生活必须品，也是易耗品。特别是离场镇远的工地，人们很难为一双草鞋上街去购买。还有剃头担子，水果担子，麻糖担子，卖炒米糖的背篓，接骨逗榫的游医，卖仁丹、狗皮膏药流摊，卖草帽、斗笠的山民，等等。

工地上，基本是男人的世界，残酷而又需要下重力的筑路劳动，必须让女人走开！如果偶尔有女人路过，那些臭嘴男人们老远就吼起了山歌野调，其中充满了恣意的调侃和淫狎的挑逗。一般女人会咕哝几句，红着脸尽快躲开；若遇到伶牙俐齿的女人，非得将肇事者骂得狗血淋头，外加让他祖宗蒙羞不可。她们的底气来自对家园故土的依赖，来自族群团结的自信，来自文明对野蛮的轻蔑。据史料记载，施工过程中，多次发生外地民工和本地山民的冲突事件。有的是民工偷鸡摸狗，有的是言语不顺，有的是以强凌弱，其中不乏为这类挑逗女人而发生口角之争酿成群体械斗事件。结果几乎都是本地人大获全胜。山里人勇猛剽悍，耿介热忱。平时各扫门前雪，危难时抱团取暖，一致对外。以恩报恩，以牙还牙，毫不含糊。当然，外地民工和当地居民融洽和睦的占绝大多数。比如伙食团的米汤潲水让房东和附近山民喂猪，粪便给他们土地增加肥料，山民们有了三病两痛到工地卫生员处拿点药，遇红白喜事自然多了许多人义务帮忙，平时不太值钱的鸡蛋、蔬菜、水果卖上好价钱……有的人还互相认了干亲，认了本家，认了门派，比如残存于世的民间帮派组织哥老会，各个乡场都设有堂口。如果民工中原在本地参加了哥老会，只要在工地附近拜了堂口，什么仁字号、义字号之类，那就关系亲近，感情热络得很。凉水乡的"接龙社"、平桥乡的"全体社"、中嘴乡的"中和公"等堂口，都各自接纳了筑路民工。在三溪段，一个监工平时对质量要求严格，经常训人骂人，民工们都很怕他，据说他有背景，腰上还挂手枪。有一天，他突然肚子剧烈疼痛，卫生员的药不见效，刮痧之类的土法也不行。结果是那位哑巴房东老太太，从墙缝中找出一坨黑色的东西，抠出耗子屎大一点的给他用开水吞下，不一会儿痛苦就解除了。后来听说那是鸦片烟膏。过后，监工成了老太太的干儿子，从此也不太骂人了。他后来给老太太买了一个铜灰炉，让她冬天暖手。有道是：四川人，竹根亲。当你远离故土家园，身处陌生环境时，那种孤独无助之感会油然而生。但如果你能入乡随俗，暂将他乡作故乡，认本家，依辈分；认表亲，喊姑舅；认道口，排位次……就可以很快和当地人融为一体，受到亲情礼遇和堂口欢迎。那种天涯孤旅惆怅会一扫而光，乡风民俗的温暖会应时而至，疲惫苦累的身心会得到阳光雨露般的抚慰。那种感觉大有古代蒙古诗人哈菲兹的作品的意韵：

> 拿酒来——
>
> 酒染我的长袍
>
> 酒涤我的尘埃
>
> 我为爱而醉
>
> 梦中有祥云入怀
>
> ……

11

1937年，七七事变之后，日本侵略军迅速占领了中国北方的京津地区，南方的上海、南京、汉口、广东等华东、华中及华南地区，包括中国主要的大城市以及 95% 的工业、50% 的人口。更严峻的是，中国沿海几乎所有的港口都落入了日本人手中，中国内河航运的大动脉长江也在宜昌以上三峡口被拦腰截断。武汉会战以后，中日双方进入了战争的相持阶段。每场大大小小的战争，都变成了消耗战。对国力贫弱的中国来说，物资供应问题异常严峻起来。几百万军队所需的武器装备、兵源补充；维持经济运转所需的各种原料材料；无数内迁到大后方的人们所需要的基本消费品……都要急运快运。形势急迫。运输成了事关全局的战略问题。

此时，川湘公路、川陕公路刚刚完工。川鄂公路渠（县）万

第三辑　心灯

（县）段初通。滇缅公路正在抢修……

川湘公路在抗战时期为军事运输起到了非常重要的作用，担负了许多援华物资的输入和战备军械向前方输出的任务。从 1938 年起至次年 7 月止，川黔路货运量为 4550 吨，川湘路为 9778 吨。此后平均每月一万吨至两万吨。1940 年至 1942 年，川黔线抢运物资 8 万多吨，川湘线抢运 12 万吨。下面是检索川湘路加入水陆联运的一些历史碎片，可具体感知这条战备公路所发挥的实际作用。

1940 年 6 月，宜昌沦陷。长江航运受阻，川江出口通道被日军掐断。为了粉碎日军的封锁，同年 8 月 1 日，国民政府交通部饬令招商局、民生公司迅速组建川湘、川陕水陆联运管理处，立即实施水陆联运，开通东南与陪都的交通线。除了部分物资直接用汽车长距离运输外，绝大多数物资采取水陆联运办法，因这样可以大大节约运输成本。

川湘水陆联运路线为：大宗物资装船由重庆港出发，经 124 公里水路抵达长江乌江交汇处涪陵，转小型船由乌江行驶 305 公里抵达彭水。在此分成两批，第一批又分两路：一路以公路运抵黔江，翻土门坎进入湖北咸丰、恩施；另一种以汽车过酉阳、秀山、花垣、吉首，抵达湖南泸溪三角坪，全程 1256 公里。第二批用船抵达龚滩。然后用人挑马驮行进 70 公里抵达酉阳龙潭，再转木船沿酉水河航行 287 公里抵达湖南沅陵，沿沅江航行 203 公里抵达常德，全程 989 公里。那时，川盐济湘、济楚，军粮东运，伤兵北返，汽油西药入川，桐油山货出海，都靠这条战时大通道。川湘公路贯通后，形成的水陆联运体系，堪称大后方支援前线的重要物资补给线和前方将士的生命线。它和稍后建成的国际大通道滇缅公路，史迪威公路以及空中的"驼峰航线"，共同为抗战伟业做出了不可磨灭的历史贡献。

据四川省内河航运资料记载，1937 年涪陵港主要出口和入口的货物，总计达 29 万公担，抗日战争时期，湘盐、楚盐都由长江改走乌江，单食盐一项就达 2.5 万吨。

　　据《彭水县志》载："……所运物资，多为食盐、米粮、砖茶、铜币、水泥、矿产、兵工器材等。比如食盐，湘西、沅陵、常德等地需要川盐接济。盐务总局每月配送花盐 20 载（船），即 2.52 万市担（每担 100 斤），最高时每月达 3.2 万市担；又如米粮，宜昌失守后，恩施处于抗战前线，军米每月需 1500 余吨，从民国三十二年起，恩施军米改由彭水接济，责成川湘水陆联运处运输。砖茶为湖南特产，为中国与苏联重要贸易物资，宜昌失陷后，改走乌江路线。铜币铜圆由国民政府中央银行所统一收存，当时存放在湖南沅陵甚多，中央下令由川湘水陆联运处负责运抵重庆。还有水泥、矿产及兵工器材料等物资，都靠这条大通道。当时涪陵至龚滩的木船多达 56 帮 448 只。涪陵船帮拥有船帮职工 1 万人。涪陵船帮帮头是彭水万足乡苗族人贺兴发。洪水期货船从涪陵至彭水需 50 天，至龚滩为 70 天。平水期涪陵至彭水需 15 天，到龚滩 25 天。"据《涪陵市志》载："民国 28 年 9 月和 29 年 6 月，武汉、宜昌相继失守后，长江出川航道断绝，改道乌江转运战略物资和民用商品，涪陵港货物吞吐量大增。时川湘联运处有木船 285 艘，另调用各吨级民船 1821 艘，每月由涪陵逆乌江上运彭水和龚滩的济湘食盐 20 载（船），1260 吨，最多时达 1600 吨，加上五金器材、日用百货进口，四川桐油、湖南砖茶出口，以及转运军需物资，等等，乌江全线每月往返运输量合计达三四千吨，民国 31 年 4 至 6 月、10 至 12 月这 6 个月间，仅食盐、商品和原煤等，涪陵港中转量即达 43173 吨。"《武隆县志》载："抗战时期，汽车在川湘公路往来，但不办理县内货物运输。"实际是抢运长途军用民用物资。《涪陵地区简志》载："1938 年 4 月 4 日，在台儿庄抗日战役牺牲的一二二师长王铭章遗体辗转运回四川，经川湘公路酉阳龙潭镇时，学生和居民到公路两旁列队致哀。""1938 年春，南昌飞机制造厂内迁南川县丛林乡海孔洞，改为第二飞机制造厂。"其设备和人员均通过川湘公路运抵。"1943 年 3 月，被宋美龄誉为'断头将军'的二十军一三三师三九八团二营营长，涪陵庙垭人王超奎在第三次长沙会战中壮烈殉国后，遗体经川湘公路运回，涪陵民众举行隆重的王超奎营长殉国纪念碑"揭幕仪式。"1939 年 8 月 29 日，国民政府军事委员会委员长蒋介石及其夫人宋美龄等乘车（沿川湘公路）抵达南川，下午抵三泉镇公寓。"这是民国时期中央政府最高官员首次来到南川。同年，国民政府主席林森来南川县巡视……

因川湘公路贯通，国民政府先后在公路沿线建立一些军用、民用设施和机构。如在秀山县兴建军用机场，而彭水和酉阳、龚滩、龙潭等地，因是水陆联运交结点和物资集散地，也市场兴旺，人员往来频繁。隶属军委会战时运输管理局的川湘鄂区汽车联运处设于黔江。南昌飞机制造厂迁建南川。中国战时儿童保育会直属第七保育院从重庆迁至南川。中央第二飞机制造厂子弟学校随厂迁入南川。国民政府林业部在南川三泉设立金佛山移民垦殖区办事处。1938 年 1 月，面对日益繁重的运输任务，川湘公路、川黔公路部分桥梁急需改建加固，重庆成立了川黔、川湘公路桥渡工程处，下设九桥桥工事务所于黔江，负责修建改建溪河桥、长途河桥、冯家坝桥、两河口桥、苦竹坝桥、姚家湾桥和茶峒桥等后续工程。其中，中国战时儿童保育会直属第七保育院值得介绍，不能让历史淹没。

抗战初期，为拯救炮火蹂躏下的难童，保存民族的元气，一批有识之士强烈要求国民政府将战争中的儿童教育作为一项重要的事业来办理。1938 年 3 月 10 日，"中国抗战儿童保育会"在汉口成立，宋美龄任理事长，李德全（冯玉祥夫人）任副理事长。此后，全国相继成立了 20 多个保育分会和 50 多所固定保育院，先后有 3 万多名战区儿童、孤贫儿童得到及时的收容和教养。1938 年 10 月，武汉沦陷，保育总会西迁重庆，在四川设立

QINGCHUANG GUANYUN

晴窗观云

了 10 个直属保育院。1939 年 5 月，日机对重庆进行了疯狂的无差别野蛮轰炸，保育总会决定将在重庆城内的直属第七保育院迁至距城里 90 余公里的南川县。1939 年 7 月，直七院院长夏一芝到达南川，与县长陈文藻接洽建院事宜。商定在川湘公路旁的马鞍山下鲜氏宗祠设院。随即着手修缮房屋，添置桌凳、购制生活用品，因陋就简，于当年 9 月收接难童。该院共收 480 多名儿童，绝大部分难童是湖北、安徽、湖南诸省难童，本县只有 30 多名难童入院。1942 年元旦，宋美龄亲笔题写"南州冠冕"匾额赠送该院，以表彰南川马鞍山直七保育院在保教事业中所做出的卓效成绩。保育院以年龄分班，实行以"保教合一"的方法。既有文化教育，又有思想培养。孩子们念完小学以后，经过考试，成绩优秀者升入指定的国立中学，其余孩子被送到各个工厂学一门技术。据《战时儿童保育会八年来工作总结报告》载："八年以来，共收养儿童二万九千四百八十六名……总计历年来离院升学者共五千一百六十人……"中国战时儿童保育会的工作，是中国近现代教育史上的一次救灾壮举，为战时保存国家希望，培育后备人才，做出了特殊的重要贡献。

12

同样在大西南崇山峻岭中修筑的川湘公路、滇缅公路和史迪威公路（中印公路），在艰苦卓绝的抗日战争中都发挥了不可替代的巨大作用，历史不能忘记，人民不能忘记，后辈儿孙不能忘记。

美国《华盛顿邮报》当年报道史迪威公路时这样写道：

> 与修史迪威公路相比，修建金字塔就像小孩子过家家。而修筑巴拿马运河也只能是用桶和铁铲就能完成的

第三辑 心灯

工作。

英国《泰晤士报》在连续三天发表文章和照片报道滇涌公路修通的新闻中说：

只有中国人才能在这样短的时间内完成。

美国驻华大使在途经滇缅公路赴重庆后曾感叹道：

此次中国政府能于短期内完成如此艰巨的工程，此种毅力与精神，实令人钦佩。且修筑滇缅公路，物资条件异常缺乏，第一缺机器，第二纯系人力开辟。全靠沿途人民的艰苦耐劳精神，这种精神是全世界任何民族所不及的。

美国为纪念第二次世界大战 50 周年，曾发纪念邮票。邮票上不是日本军机偷袭珍珠港，也不是罗斯福总统在国会发表对日宣战演说，而是我国修建的滇缅公路。

为什么川湘公路鲜见外媒评价呢？

我认为，一是滇缅公路和史迪威公路都是国际反法西斯斗争大通道，且修建目的与美英盟军战略利益息息相关。以史迪威公路为例，起点在印度东北小镇雷多，经缅甸密支那后分成南北两线，南线经缅甸八英、南坎至中国畹町；北线经缅甸甘拜地，过中国猴桥口岸，经腾冲、龙陵，两线都与滇缅公路相接，终点为昆明。该路由中方组织修筑，美方技术配合。1944 年竣工后，以中国战区总参谋长、美国将军史迪威命名。施工时，约有 1.5 万名美国人参与了筑路，其中 9000 人是黑人。每公里死亡民工 4 人，其中 1 人是美国人。滇缅战场拉开了中国反攻序幕，滇缅公路自然成为焦点。中国远征军此前部分在印度受训，教官都为美国人和英国人。后中英军队协同作战，共同打击日军，胜负攸关，他们怎能不上心呢？二是川湘公路地处内陆腹地，修建时间也比滇缅公路早两年，比史迪威公路早七年，其修建过程的艰辛场景，很少吸引外国人目光。国内很多民众，也不一定清楚有一条山区公路是靠数十万民工一锄一担全凭体力修出来的。今天我们建高速公路，有现代化的大型机械打主力，有高科技引领，有强大的经济实力作后盾，一条路动辄要三五年时间才能完成。而川湘公路长达 1256 公里，全靠人力在短短一年左右时间修成，的确是公路建筑史上的奇迹。其实别人怎么看并不重要，我们自己珍视这一在国运艰难、民生困厄中取得的战备交通重要成果，铭记那些无名劳动英雄，才是铭记历史，缅怀先烈题中应有之义。

《解放军报》在纪念中国人民抗日战争暨世界反法西斯战争胜利 70 周年前发表的《昭昭前事，惕惕后人》的文章中说："如果历史的火焰不再照亮未来，人类将在黑暗中徘徊。""民族之强大，首先在于精神之强大。"是的，强大的民族精神来源于人民的伟大创造，来源于洞鉴古今的科学史观，来源于深厚的文化传统，来源于实事求是的求真的勇气和海纳百川的宽阔胸襟。

有道是，没有英雄的民族是悲哀的，漠视英雄的民族是没有希望的。那些在战场奋勇杀敌流血牺牲的英雄值得我们永远尊重和爱戴，那些为挽救民族危亡而付出艰辛劳作的平民英雄群体，同样值得我们铭记和缅怀。

史迪威将军指挥过中国远征军在缅甸对日作战，也见证了中国军民的抗战壮举，他在给夫人的信中写道：

> "在我们面前也许还有若干黑暗的日子，但是我敢保证我们正在逐步地走出来。这个国家是一个后起的国家，但是她却最富于勇气，因此我们一定会打胜的。"

他的信心来源于对中国军民同仇敌忾共赴国难的深入了解，来源于人民大众万难不屈的奋斗精神。

当年修建川湘公路的 70 多万劳动大军，作为一个个鲜活的生命，早已去世，但那气壮山河的英雄气概和万难不屈的奋斗精神却长存天地之间，与江山共存，与日月同辉。

纪念英雄的方式之一是立碑。有鲜活的口碑，有立体的石碑，有无言的心碑。其中石碑是最通行形式。有人说，石碑是岁月深处盖在大地上的一枚枚印章，让后人在寻寻觅觅中得以窥见某些过往事件或人物，触摸历史纹理和脉络，体察社会风俗流变及世事沧桑。

川湘公路是有纪念碑的，这碑立于 1937 年，地点在湘省境内矮寨公路山顶。为纪念这段天险公路施工中死难的 200 多名员工，工程结束后，当局即在路中天桥附近铸立了一尊铜像，取名为"开路先锋"。可惜这铜像毁于战乱。50 年之后的 1987 年，由湖南省人民政府拨款，按原型重新复建了铜像，另建了"湘川公路死难员工纪念碑"。该碑与"开路先锋"铜像遥相呼应，共同记录那段历史，缅怀平民英烈。碑高 5.7 米，重 0.9 吨。由时任湖南省省长熊清泉先生题字。

遍寻川湘公路川境段（今属重庆市），未发现有类似的纪念性文物遗存。散见于各地的方志、史料，对当年轰轰烈烈的这条战备公路建设的记录也是凤毛麟角，或惜墨如金，蜻蜓点水；或语焉不详，雾里云山。对历史的淡忘始于麻木，对历史的敬畏出于良知。今天，我们有太多太多的人削尖脑壳往官位上挤，也有太多太多的人收折腰身往钱眼钻。各路大腕明星你方唱罢我登台，追求娱乐至死；各类自诩英才机关算尽寻财路，梦想一夜暴富……什么家国情怀，人间正道，社稷苍生似乎通通抛到九霄云外。近翻一份颇有地方影响力的报纸，以几乎整版的篇幅登载文章：寻访唐天宝时期给杨贵妃送鲜荔枝的古道。从什么地方起，经过了哪些地方，从而为古道命名云云。这和争潘金莲的出身地真有异曲同工之妙。我们可以用弘扬传统文化的名义去给千年前的古人洗脚，却不热心为抗战时期普通民众的爱国壮举立碑。我们愧对先人，愧对历史，尤其是那些被有意无意遮蔽的角落。

抗战是全民族的抗战，胜利是全民族的胜利。有道是：抗战胜利是雪百年耻辱，复万里河山；我们该写三楚文章，悼九泉将士。誓死为国家以招来者，壮气塞天地是曰浩然。我想为八十年前修建川湘公路的数十万民众献一炷心香，掬一把清泪，立一方心碑。

但愿心到神知。

（为纪念中国人民抗日战争暨世界反法西斯战争胜利 70 周年而作）

第三辑 心灯

点燃心灯

时间如脱兔，倏忽间，就从龙年跳进马年。霜叶未枯岸染绿，云雀初鸣柳含烟。虽十面"霾"伏，也挡不住丰姿绰约的新春脚步。

过去一年，我国经济建设稳中求进，改革开放攻坚克难，社会事业齐头并进，惠民善政可圈可点。最引人注目的是，反腐惩贪利剑高悬，不断挑落一个个位高权重的贪官。人们在兴奋、错愕之余，也在思考制度的某些缺陷。如何把权力关进笼子，少出或不出贪官。

天祚国运泰，官清民自安。除了严密的法制环境外，官员的道德自律也是不可或缺的重要条件。清官廉吏从何而来？源于内化于心的文化学养，源于对历史的认知，对社会的担当，对天地的敬畏，对良知的持守，对人民的忠诚，对公平正义的追求……不骄不奢，自警自励。内心阳光，为人坦荡。这些品德和行为，古代官吏中也有榜样。

"得一官不荣，失一官不辱，勿道一官无用，地方全靠一官；穿百姓之衣，吃百姓之饭，莫以百姓可欺，自己也是百姓。"这副自警联，出自清代康熙年间河南内乡知县高以永之手。习近平同志在山东考察时，特别将其推荐给地县委书记们学习。高是浙江嘉兴人，在内乡任知县九年。兴利除弊，政声鹊起。后升任直

QINGCHUANG GUANYUN

晴窗观云

隶安州知州，再迁朝廷户部。他一生清廉自守，不积私财，晚年离任时，只有几箱书籍为伴。以至死后灵柩运回乡的路费也靠亲友资助。晚唐诗人白居易少时家境贫寒，靠科举入仕，官至左拾遗、刑部尚书这类朝廷中枢大员。但他关心底层民众的思想始终未变。在《观刈麦》中，看到麦收时节农民劳动艰辛后感叹："今我何功德，曾不事农桑。利禄三百石，岁晏有余粮。念此自私愧，竟日不能忘。"哪像鲁迅说的某些人"一阔脸就变"。涪陵北崖有一副题刻："官守当为斯民造福，臣心誓与此水同清"，也是自警自励的佳构。把官员职责和个人操守说得明明白白。此联出自清代道光年间涪州知州毛震寿之手。毛不是靠科举当上的地方官，而是军功显赫转任知州，时称"军授"。先后在酉州、涪州任职。其政绩如何，不得其详。但在复兴乡麻溪河上民间集资建的明月桥，残碑上至今仍有他的批文，并带头"助银一封"，可一斑窥豹。青海丹噶尔镇厅署门上有一副楹联："居官当思尽其天缘，为政尤贵合乎民心"，民本思想卓然朗目。清代州府县衙大门前，都立有戒石碑，上书："尔俸尔禄，民膏民脂。下民易虐，上天难欺。"这是朝廷警示地方官的语录，提醒你须奉公守法，清正廉洁。明代叶县衙门有一副楹联："受半文，不值半文，莫谓世无知者；做一事，须精一事，庶几心乃安然。"把人格操守，工作作风对举提示。

为人不易，为官也难；为庸官易，为清官更难。从古到今，概莫能外。现代社会，红尘滚滚，思想多元，诱惑多多，香雾弥漫。官员们面临更严峻的考验。有人拼命搞"政绩"，实为个人升迁；有人鞠躬尽瘁，心系百姓冷暖。似乎大家都在辛勤付出，其实高下判若云泥，口碑却在民间。所谓付出，不仅有鲜花掌声，还有汗水里的盐，泪水中的苦，人生向上向善的脚印点点。有智者说："与其诅咒黑暗，不如点燃心灯。"实为至理名言。

第三辑　心灯

远去的大师

　　加夫列尔·加西亚·马尔克斯走完了他 87 年的生命历程，于 4 月 17 日在墨西哥首都墨西哥城因病去世。这位享誉世界的文坛巨匠辞世，立即引起多方注目。哥伦比亚总统曼努埃尔·桑托斯表示："对于史上最伟大的哥伦比亚人的去世，感到千年的孤寂与悲伤。"而墨西哥总统培尼亚·涅托说："我谨代表墨西哥，对于本时代最伟大的作家的去世，表示悲痛。"美国总统巴拉克·奥巴马发文说："世界上失去了一位睿智的伟大作家，他也是我自幼开始最爱的作家之一。我曾有幸在墨西哥见过马尔克斯，他送给我一本《百年孤独》，我至今还珍藏着。我希望马尔克斯的作品在时代流传中能够不朽。"美国前总统比尔·克林顿也对马尔克斯的去世表示哀悼："得知马尔克斯去世的消息，我十分悲痛。四十多年前阅读《百年孤独》时，我就为其独特的想象力、清晰的思维以及带有情感的诚实而折服。无论在现实还是梦幻主义中，他都捕捉到了人性普遍的痛与乐。"古巴前领导人卡斯特罗，我国作家陈忠实、莫言、余华、马原、苏童、格非等，都是马尔克斯的粉丝。在莫言眼中，马尔克斯是绝对的高峰，"年轻作家靠得太近就会被熔化，我们离得越远越好，可以学习他的思想和本质，学习用小说处理现实的方法，学习他们写作的角度，不是在字面和细节上机械照搬。""他从根本上颠覆了我们这一

QINGCHUANG GUANYUN

代作家对文学的认识"。

马尔克斯 1928 年 3 月 6 日生于哥伦比亚马格莱纳省的阿拉卡塔卡小镇。父亲是邮电所报务员兼医生，母亲是一位上校的女儿。他在外祖母家长大，外祖母善讲神话故事和鬼怪传说，这给作家日后的文学创作带来深刻的影响。马尔克斯 1941 年移居首都波哥大，进大学攻读法律。内战使他中途辍学。先后为《宇宙报》《先驱报》《观察家报》驻欧洲、联合国记者。1961 年移居墨西哥。1984 年重回哥伦比亚家乡居住。晚年再居墨西哥城。职业记者生涯为他广泛了解社会以及历史提供了广阔的舞台。1982 年，由于"他的《百年孤独》把我们带进一个奇异的世界，将不可思议的神话和最纯粹的现实生活融于一体，反映了拉美大陆的生活和冲突"，获得诺贝尔文学奖。《霍乱时期的爱情》《迷宫中的将军》《家长的没落》《绑架的消息》等都是其代表作品。

马尔克斯早年受哥伦比亚先锋派创始人萨拉梅亚·博尔达的熏陶，后来又深受乔伊斯、卡夫卡、福克纳等人的影响，始终把反映现实生活作为自己的最终的艺术追求，作品虽荒诞离奇，但无不根植于拉丁美洲民族的土壤。在政治上坚定地站在穷人与弱者一边，反对压迫和欺凌。他的作品博大精深，艺术上别具一格，创造源泉来自古印第安文化的回忆，来自不同时代西班牙巴洛克文化的倾向，来自欧洲超现实主义和其他现代派的影响，变现实为幻想而又不失其真的魔幻现实主义，被认为是以拉丁美洲人的认知方式去表现拉美客观现实的真正写实主义。"孤独""死亡"一直贯穿于马尔克斯的整个创作中，一种生命悲剧意识既使人惊恐，又给人启迪。喜剧与荒诞错综复杂，狂躁与激情杂糅交织，而现实才是魂灵。他说："生活本身就是灵感的源泉，对于梦幻，在我看来那只是生活的一部分，现实常给我的才更加丰富。"

大师远去，他留下的宝贵遗产太多太多。值得文学界的朋友借鉴和学习，但绝非照抄照搬。

一纸户籍　几多辛酸

有道是：一张户籍纸，身份各不同。欲识真面目，云山几万重。

户籍本是登记居民户口的册子，中国古代称"丁籍"或"籍账"。始于战国时期秦献公十年（前375），至唐代渐臻完备，由户部掌管。历代统治者都将户籍作为稽查人口、课征赋税、抽派兵丁等依据。新中国还将户籍用于统计人口、编制国民经济和社会发展计划、保障公民合法权益、维护社会治安。作为社会管理的一种文化符码的户籍是中性的，其功用不容置疑。但在户籍中注入了附加内容，尤其是城乡分野、身份歧视、职业鸿沟等，户籍就复杂沉重起来。日前国务院发布《关于进一步推进户籍制度改革的意见》，将尊重城乡居民自主定居意愿列为户籍改革的基本原则。这是继2006年全面取消农业税之后，中央政府在惠及亿万农民的顶层设计又一项重大突破。堪称一声迟到的春雷。

迁徙自由是个人自由的核心，中国有"树挪死，人挪活"的古训。但长期以来，我们的户籍制度却反向而行。新中国成立之初，为优先发展工业，人为地固化了城乡隔绝的制度安排，户籍制度是其最大的推手。1955年，国务院颁发《关于建立经常性户口登记制度的指示》和《国务院关于城乡划分标准的规定》，将全国居民划分成"农业户口"和"非农业户口"。从此，5亿多的

QINGCHUANG GUANYUN

晴窗观云

农民彻底失去了获得国家粮食供应的权利，而只能依靠农业合作社集体分配口粮。此后发放布票、油票、盐票等生活必需品计划，也是厚城薄乡。1956 年底至 1958 年初，国务院连续发布 4 个关于限制农民"盲目外流"的指示，把农民牢牢地固定在居住所在地上，在城乡之间建立起难以逾越的巨大鸿沟，以此限制农村人口向城市自由流动。农村青年参军服役期满，未提干者回农村；农民子女读书，未考上大学、中专者回农村；机关人员犯错误，处分方式之一是"发配"到农村；农村学校缺教师，以民办教师充任；农村缺医生，以赤脚医生充数……连 1954 年颁布的《宪法》在选举法中规定：每位人大代表所代表的农村与城市的比例为 8:1，1995 年改为 4:1，2009 年才改为 1:1。农民在社会群体中，始终是二等公民，是沉默的大多数。风调雨顺年景尚可维持生计，遇 1959 至 1961 年那样连续三年的大饥饿，农民就陷于自救无力、他救无门的悲惨境地。因为户籍限制，连外出逃荒也是非法的，公安部门要抓"盲流"关押遣返。焦裕禄这位县委书记之所以得到兰考人民的拥护和怀念，其中有初到兰考时顶住上面压力让灾民外出乞讨活命的善举。北宋仁宗时期四川遇大饥，皇帝也诏令"两川饥民出剑门关者勿禁。"（《宋史·仁宗纪二》），相反，我们则非禁不可。从 1953 年起到 1990 年止，国家靠"剪刀差"威力，工业从农村取得剩余资金总额高达 11594 亿元。这种以牺牲农民利益为代价的工业化是不可持续的。1999 年，国家财政支出的社会保障费用 1103 亿元，其中城镇支出 977 亿元，农村支出 126 亿元。所占比例城镇为 88.6%，农村为 11.4%（《新华文摘》）。这种触目惊心的城乡差别，导致"三农问题"日益严重，直接拖累改革全局。

纵观古今中外，还罕见有中国 20 世纪中期以后出现的户籍制度安排，虽然我们是一边倒地全盘学习苏联老大哥，但我们在这条歧路上走得更任性，更决绝。以致今天要解决公平正义的问题，户籍制度改革必须付出巨大的努力。

这次户籍制度的改革，彻底拆除城乡藩篱，直接惠及数以亿计的农民，是一项改善民生的重大举措。让农民活得有尊严，让公平的阳光照耀每一个公民，还有很长的路要走。

魔弹发威　核击日本

——曼哈顿计划的台前幕后

"三兄弟"艰难诞生

第二次世界大战前，德国法西斯分子在疯狂扩军备战的同时，还大肆推行种族歧视，残酷迫害犹太人等种族的科学家。为了逃避法西斯分子的迫害，许多科学家逃亡到美国，包括被称为相对论之父的德国著名犹太人科学家爱因斯坦、被誉为美国的"氢弹之父"的匈牙利出生的犹太人物理学家爱德华·特勒等。这些科学家和专家，总计有 2000 多人。

出于对人类命运的担忧，他们中的一些人忧心如焚，认为反法西斯国家必须在法西斯国家之前造出原子弹。否则，人类将无力制止那个企图征服世界的狂人发动核灾难。

1939 年初，丹麦物理学家波尔从两位逃出纳粹统治的科学工作者那里，得知德国科学家正在研制原子弹的确切消息。不久，他来到美国，把这个消息告诉了流亡美国的费米和西拉德，建议美国必须刻不容缓地研制原子弹。

3 月 17 日，费米前往华盛顿游说，试图引起美国军方高层注意这一重大事件。可是，由于军方领导人高科技知识的贫乏，使

第三辑　心灯

他们对这件事的态度十分冷淡。他们没有魄力和远见对待这个具有划时代意义的新生事物。

继费米之后，西拉德和特勒也来到华盛顿游说。岂料不仅遭白眼，还被视为"怪人"，是精神臆想和胡说八道。

1939年7月，一些流落到美国的科学家聚集在一起讨论，一致认为必须直接去说服白宫首脑，而最有效的办法是绕过那些官僚们，直接与富兰克林·罗斯福总统接洽。

但是在美国有谁既能够接触到总统，又能够理解自己的使命，并使总统接受科学家的意见呢？

科学家们想到了伟大的科学家、这时因纳粹迫害已经定居美国的阿尔伯特·爱因斯坦。只有他既对美国总统具有影响力——罗福斯非常敬仰他，又对原子科学事业具有超凡的理解力和远见卓识，同时又具有强烈的正义感和对人类的责任心。完成这项庄严的使命，非他莫属。

1939年7月下旬，西拉德与特勒驾驶汽车冒着酷暑来到了爱因斯坦的住所，与爱因斯坦进行了长谈。

尽管爱因斯坦一生厌恶暴力、致力于和平事业，而且一直没有直接参与核能的研究，但是他的正义感、责任感和敏锐的科学直觉，使他立即接受了科学家的委托。

他们三人在一起研究，由爱因斯坦执笔，给罗斯福总统起草劝说信。

考虑到总统对原子科学的理解水平，写了一短一长两封信。短信比较简明，只有两页纸，长信则对原子弹作了比较深入的解释。

爱因斯坦决定将那封长信托人呈交总统。这封信的大致内容是：

总统先生：

我从寄给我的手稿中获悉费米和西拉德近来的工作，这使我预期在不久的将来，铀元素将一举变成新的重要能源。这种情势有些方面看来亟须要加以关注，如有必要，政府应采取果断的行动。因此，我认为有义务提请您注意下述事实及建议。近4个月来，由于法国的约里奥及美国的费米和西拉德的工作，用大量的铀达到原子核链式反应似乎已成为可能，由此便可产生极其巨大的能量和大量新的类镭元素。看来，这项成就的取得，已是指日可待了。

这种新的物理现象的发现也将会导致炸弹的制造。纵然把握不足，但可以想象，一种新的极有威力的炸弹是可以这样制造出来的。这种炸弹仅需一枚，用船运载到港口爆炸，就可以完全摧毁整个港口连同它周围的部分地区。但这类炸弹也许过于笨重，不便空运。

美国的铀矿含铀贫乏，且数量不多。加拿大及前捷克斯洛伐克有好铀矿，而最重要的铀资源则在比属刚果。

有鉴于此，您也许将认为有必要在政府与那批在美国从事链式反应研究的物理学家保持某种经常的接触。对您来说，做到这一点的一个可取的方式是，把这项工作委托给一位您完全信任的人，他不妨以非官方的身份出面。他的职责是：

1.沟通政府各部门，及时将进展情况告诉他们，并向政府提出行动建议，特别要注意确保美国的铀矿供给。

2.为加速目前一直在大学预算范围内进行的实验工作，可由他组织愿意为这项事业做出贡献的私人提供资金，如果需要这样的资金的话，并且，或许也可以靠他取得具有必要设备的工业实验室的合作。

我得知，德国如今对它占领的捷克斯洛伐克的铀矿所出产的铀实际上已经禁止出售。竟然采取这一先发制人的行动，其原因大概无须解释。因为德国外交部国务秘书的儿子魏扎克已被任命参与柏林凯撒·威廉研究所的工作，在该研究所里，眼下正在进行着若干美国对铀进行过的研究。

忠诚于您的爱因斯坦

信的下面还有其他一些科学家的签名。

信写好后，科学家们又犯了难，由谁来将这封信呈交总统最合适呢？

经过权衡，最后科学家们选中了罗斯福总统的好友及科学顾问、经济学家兼银行家亚历山大·萨克斯博士。

8月2日，萨克斯拿到了这封非同寻常的信，可他一直未得机会呈交总统。罗斯福总统的繁忙，只有白宫高层知晓。非官方人士见总统，他的阁僚和卫士们要挡驾。即使是好友萨克斯，也难以见到总统一面。

这是一段令科学家们感觉漫长而又焦灼的等待时日。直到1939年10月11日，萨克斯才获得机会去见总统，呈交爱因斯坦的信，同时他也带去了西拉德准备的一些附件材料。

罗斯福靠在他那高背座椅里，默默地听着萨克斯宣读爱因斯坦的信。在萨克斯接着又继续读西拉德准备的两份详细备忘录时，谁知此时疲劳的罗斯福伸出手来说：

"亚历克，真抱歉，今天我太累了。这样吧，明天早晨你到白宫来和我共进早餐，那时我们再谈吧。"

萨克斯回到豪华的卡尔顿大饭店，深感自己责任重大，夜不能寐，担心明天早晨自己能否打动罗斯福。他独自坐在饭店旁边那个公园的长椅上冥思苦想。猛然，他计上心来，胸有成竹地站起身回到房间睡下了。

事实上，在当天晚上，罗斯福总统也在深入地思考这个十分陌生而又棘手的重要问题：到底应不应该接受爱因斯坦的建议呢？

第二天早上 7 点多钟，萨克斯与罗斯福同坐在餐桌旁。

总统多少有些滑稽地说："今天不许再谈爱因斯坦的信，一句话也不许谈，明白吗？"

"我想讲一点历史。"狡黠而又聪明透顶的萨克斯看到总统眼里含着笑意，立刻采取了迂回战术，说：

"英法战争期间，拿破仑在海上屡战屡败，这时，美国发明家富尔顿向他建议：把战舰的桅杆砍断，撤去风帆，装上蒸汽机，把木板换成钢板。可是这位伟大的科西嘉人，面对着这个至关重要的陌生问题却想，船没有帆还能走吗？木板换成钢板会不会沉没？拿破仑眉头一皱，把富尔顿轰了出去。历史学家们在评论时认为，这是由于拿破仑缺乏见识而使英国得到了幸免。如果当时拿破仑郑重考虑富尔顿的建议，19 世纪的历史就得重写。"

说完，萨克斯注视着罗斯福。

萨克斯的言外之意十分清楚。罗斯福沉默了几分钟后，说出了一句足以影响历史的话："你胜利了！"

然后，他在一张纸条上写了几个字，递给仆人，仆人很快带回一个纸包。

罗斯福慢慢把它打开，纸里包的是一瓶拿破仑时代的法国白兰地。两个朋友互相干杯。

萨克斯激动得满眼是泪！如果说，爱因斯坦的信已经摇动了总统禁锢的头脑，而萨克斯的历史故事却像一把威力巨大的铁锤，敲开了总统头脑的大门。富兰克林·德兰诺·罗斯福，这位美国历史上最具传奇色彩的总统是民主党人。四次当选总统，1945 年死于任上。他推行的新政，使美国在经济大萧条时期，渡过难关。

在外交上，推行"睦邻政策"，缓和与拉丁美洲各国间的紧张关系。"二战"爆发后，他与英国首相丘吉尔一起提出《大西洋宪章》，坚决反对德、意、日的侵略政策。以作风果断、意志坚定、雷厉风行著称。

又过了一会儿，罗斯福伸出他长长的手臂，果断地按一下在桌下的电钮。

总统军事助理，外号叫"老爹"的沃森将军，应声而入。

总统指着爱因斯坦的信及其他各种说明材料，平静地说："老爹，需要行动起来了。"

10月19日，罗斯福派人给爱因斯坦送来一张便条，写道："该材料关系重大，我已召集了包括国家计量局首脑及由海军选出的代表参加的全体会议，以全面研究您所提出的关于铀元素的各项可能性。"

10月21日，也就是两天之后，遵照罗斯福的指示，美国成立了研究原子武器的委员会，代号："S-11"。主要成员有布希博士、陆军部长史汀生、哈佛大学校长科南特博士，爱因斯坦作为非正式成员的顾问。罗斯福指示，该委员会的有关情况要直接向他报告。

1940年6月，又成立了国防研究委员会，主席是布希博士，原子委员会则成为它的一个分会。国家暂拨款6000万美元，供国防研究委员会执行一个宏大的原子能研究计划。

1941年12月6日，即珍珠港事件的前一天，罗斯福批准了一项更大规模的研制原子弹的计划。

翌年8月11日，美国陆军工程兵团建筑部副主任格罗夫斯将军以马歇尔和史汀生的全权代表的名义主持了"S-11"厂委员会成员会议，并将分散在海军各大学和实验室里独立进行的研制工作统一起来。这项工作名为"曼哈顿计划"。其研制工作统由新的领导机构"曼哈顿工程管理区"（简称"曼工区"）接管。在田纳西州诺克斯维尔市东北 27 公里处的小镇克林顿附近建立了厂址，名为："克林顿工厂"（从 1943 年夏季起，一般称之为"橡树岭"）。

统一后的"曼哈顿计划"直属总统，任何人不得干预，甚至连副总统都不知道它的全盘机密。在参加"曼哈顿工程"的 15 万人当中，仅有 12 人知道全盘工作计划。以致时任副总统的杜鲁门在罗斯福去世后接任总统后才知道"曼哈顿计划"时大发其火，暴跳如雷。足见保密工作之成功。

1942 年 9 月 17 日，格罗夫斯将军被任命为该工程的领导人。

1942 年 12 月 2 日，在芝加哥大学斯塔格运动场的看台下面，费米领导建立了世界上第一座铀——石墨反应堆。

这个装置长 10 米、宽 9 米、高 5.6 米，内装核反应材料 52 吨（含 6 吨金属铀，其余为铀的氧化物），一层铀、一层石墨，共有 57 层；上面有洞，插入镉的控制棒。这个装置的总重量达 1400 吨。因其形状如堆，因此称为"堆"或"反应堆"。

当天下午 3 时 36 分，裂变反应开始，链式反应持续 28 分钟，到 4 时零 4 分止，控制杆回到原位。实现了人类历史上第一次人工控制的核反应，从实验上证明了链式反应理论的正确性，也为原子弹的制造提供了可靠的基础。

提供核反应材料的工厂的建立是原子武器生产的关键一环。1942 年，在依阿华州立大学，由佩汀领导研究解决生产铀的技术问题。这是一项非常复杂的工作，科学家和工程师们夜以继日地奋战着。

1943 年 6 月 21 日，在位于田纳西州的橡树岭，建立了生产铀 -235 的工厂，该工厂又称为"克林顿工程局"。到 1945 年 5 月，招雇工人最多时达 8.2 万人。

适合于核反应的材料是铀 -235，而天然铀是以铀 -238 为存在形式，其中混有铀 -235。如何将铀 -235 提炼出来呢？当时在哥

第三辑 心灯

225

伦比亚，由哈罗德、C. 尤里指导的科学家小组与在菲利普斯·阿贝尔桑指导下的华盛顿卡内基学院海军研究所合作，解决了提炼铀 -235 的理论问题。

从刚果运来钒酸钾铀矿石后，美国科学家用气体扩散和电磁分离两种方法，在 1945 年 6 月底生产了 20 公斤铀 -235。这足够装填一颗原子弹了。

在研究铀 -235 的同时，曼哈顿工程的科学家也对钚进行了研究。经过充分论证，确认钚 -239 也是核反应的良好材料。

于是，1943 年 2 月 28 日，开始在汉福莱特建设钚 -239 的工厂，由加利福尼亚大学的西伯格博士领导。到 1945 年 7 月，西伯格博士的研究小组生产出了 60 公斤的钚 -239，也够装填一枚原子弹了。

1942 年 10 月，在新墨西哥州的荒原上修建了洛斯—阿拉莫斯实验中心。在这里的工作是史无前例的，它聚集了大批的土木工程师、冶金学家、化学家、物理学家和军人。

这里交通不便，生活艰苦，实际上已经与世隔绝，他们的妻子仅知道丈夫唯一的地址是：美国陆军邮政信箱 1663 号。

他们在奥本海默的领导下，通力合作，终于在 1945 年 7 月初制成了两枚原子弹，其中一枚装料为铀 -235，另一枚为钚 -239。不久，第三枚核弹也降生了。它们的代号分别是"小男孩""大男孩""胖子"。"三兄弟"历经艰辛，终于降临人世。它们将改变世界大战进程的具体发威地点还一无所知。

为制作这 3 颗原子弹，美国总共动用了约 10 万名科技人员和工人，政府拨款一再追加，最后共耗资 20 多亿美元。

这三兄弟形状各异，静静地躺在保险库中，反射着暗蓝色的光。

它们的外面，戒备森严，人人都怀着惊恐而又疑惑的心情等待着在试验场进行试验的那一刻，设想着"魔鬼"被释放出来的狰狞样子。

在第一枚原子弹出世之后，格罗夫斯和奥本海默就忙着去寻找试验场去了。他们走了许多地方，最后选择了新墨西哥州阿拉默果尔多空军基地的沙漠。试验场的范围为29公里宽、38.6公里长。

"大男孩"被确定作为试验弹。需要把它从工厂运到试验场。为安全起见，专家们将它装在一个巨大的钢质容器内，其内径为3.05米，长7.62米，内壳壁为15.24厘米厚。这样一来，试验弹连同它的保险装置又高又大，得了一个"巨物"的外号。

动身的日子到了。"巨物"首先被装上了去拉默果尔多空军基地的火车，下了火车之后，又被装上了一辆特制的有36个轮子的拖车，拖运了大约48公里，穿越了茫茫大沙漠，来到了试验中心。

这里已经矗立着一个30.5米高的钢塔，孤零零地从平坦的沙漠中钻出，直刺苍穹。

原子弹被小心翼翼地卸下来，然后又被装到了那钢塔的最顶端，它将在那里爆炸。

在准备试验的那些日子，经常下大雨或连续潮湿天气，科学家们怕使原子弹爆炸用的电路以及各种仪器的电子线路受到损害，不得不一再推迟试验时间。

但是，为了使试验赶在波茨坦公告之前，使日本尽早考虑"无条件投降"这一最后通牒，原子弹的试验不能再等待了。

"原定7月16日清晨举行试验，"据格罗夫斯说，"定在这一时间是基于以下想法：在那时进行爆炸是由于附近地区所有的居民都几乎尚在睡梦中，所以不大会引起他们的注意。此外，为了把爆炸情景拍摄下来，我们也需要在黑暗中进行。"

由于天气的原因，试验时间最初推迟了1小时，后来又推迟了30分钟，但天气仍不见好转，多云还有小雨，正值酷暑，温度很高。

后来，专家们在一起讨论后认为，这种不理想的天气试验可以进行。试验时间终于确定下来了。

在预定开始行动之前的30分钟，一直守卫着原子弹的5个士兵，离开了塔脚监视点，分乘几辆吉普车返回掩蔽指挥所。当这5名士兵离开弹塔的时候，开亮了事先安装好的几个大灯，给观察机做标识。

倒计时在继续进行着。

5时25分，一支绿色的火箭升空了，大本营警笛一声短鸣。

离爆炸还有两分钟，预警火箭嗞嗞作响了，大本营警笛一声长鸣。

爆炸一分钟前的预警火箭在5时29分点燃。此时，有人听到奥本海默说："主啊，这些时间真令人紧张得心里难受。"

5时29分45秒。点火的线路合拢了，起爆器在32个起爆点上同时点燃，爆炸波各自暴增起来，在百万分之一秒内产生80代裂变，温度达几千万度，压力达几百万公斤。

人们隐蔽在远远的观察所中，屏住呼吸等待着……

突然，一道令人炫目的闪光从半地下隐蔽所的观察孔中射入室内，照亮了所有角落。正在人们惊骇之际，随着闪光传来旷古未闻的巨大的爆炸声，地动山摇。方圆400公里范围内，原本暗淡的晨空，霎时间通亮炽白，地面一切景物失去了轮廓，犹如1000个太阳突然落在了人间，一个巨大的火球腾空而起，高大的蘑菇云随之疯狂地直向上蹿，升到了万米高空。

爆炸的巨响，在160公里以外都可以听到，290公里以外的锡耳佛城竟也有玻璃被震碎，整个美国西南部都能感觉到这一爆炸。

零区的温度等于太阳表面温度的1万倍，产生了1亿个大气压！

那钢塔被高温高压完全蒸发掉，已经无影无踪了，半径700

米内的沙地被冲压成一个硕大的盘子，晶莹坚硬，因为高热高压把沙子烧化成一片玻璃状物质。方圆1.6公里以内的所有动植物——响尾蛇、仙人掌和沙漠荒草，全部化为乌有！

试验成功了，威力空前巨大的原子弹从此诞生了。

"小男孩"施魔广岛

1945年，日本在军事上的败局已定。但是，日本军国主义势力不甘心失败，他们准备把日本国民，特别是那些受反动民族主义情绪煽动起来的年轻人，推向垂死顽抗的绝路，搞所谓本土决战；妄图以流血震惊美国，争取在较为有利的条件下结束战争，而不是"无条件投降"。

1945年春天，日本进行军事动员，降低征兵年龄，扩大征兵范围，并从中国、朝鲜等地向本土调兵。7月，全国实行第三次动员。这时日军的人数达到370万，飞机达到7000架。

日本实行决战的指导思想，就是要在海上、空中和陆上都实施不断的特攻作战。所谓陆上特攻作战，就是拼刺刀；对坦克实行自杀式肉搏攻击，用一个士兵的生命去换取炸毁一辆坦克。

日军参谋次长在6月8日的御前会议上声称，在日本本土决战，对美军不利，对日有"绝对优势"条件，他提出"发挥1亿国民的特攻攻击精神"，以"互相刺杀的战法，消灭敌人，保卫大日本帝国国土"。

1945年7月17日，美国总统杜鲁门、苏联部长会议主席斯大林和英国首相丘吉尔，这几位被称为同盟国"三巨头"的人，为处置战败后的德国和讨论欧洲及其他问题在波茨坦举行会议。

会议正在进行时，美国陆军部长史汀生乘飞机匆匆赶来。他向总统报告说，原子弹试验成功了，威力极大。另外两颗原子弹"小男孩"和"胖子"，将分别在8月1日和6日装配、测试完成，达到使用标准。

紧接着，杜鲁门把这个消息告诉了丘吉尔，并征求他的意见，是否让斯大林知道这件事。丘吉尔最初不同意，后来，他们反复权衡利弊才取得一致意见，认为应该告诉斯大林而且研究了告诉的方式：在他们与斯大林的一次会晤之后，由总统非常随便地告诉对方。

7月24日，"三巨头"又一次会谈。会谈间歇时，斯大林正和他的翻译巴甫洛夫单独在一起谈论着什么。这时，杜鲁门装出一副漫不经心的样子，走过去告诉斯大林，美国研制成功"一种毁灭力量极不寻常的武器"。

斯大林听后冷静地而又很有分寸地回答说："我听到这个消息很高兴，希望美国好好地运用它来对付日本。"

从表面看，斯大林没有表现任何吃惊的神情，其实，苏联的情报机关在一个月前，就获得了美国将在新墨西哥州进行第一次原子弹试爆的情报。因此，斯大林早有思想准备。

1944年12月，美国参谋长联席会议拟订了在日本本土实施登陆的计划。但是，美国也很清楚，在日本本土登陆，将会牺牲许多美国军人的生命。美军在日本冲绳登陆，作战82天，阵亡和失踪12500人。美军在太平洋岛屿战中，对于日本人顽强凶残的表现深有体会。美国统帅部认为，美军要在日本本土登陆，共需动用150万部队，付出50万人的伤亡代价，这是个相当大的代价。如何使用较小的代价迫使日本法西斯投降呢？

美国的首脑们自然想到了第一次原子战的轮廓便由模糊渐渐清晰起来。

美国准备对日本实施原子弹打击，其动议不是在《波茨坦公告》发表之后，也不是在原子弹试验成功之后，应该说是早有准备的。事实上，早在原子弹即将诞生之前，美国总统杜鲁门就于1945年5月31日任命了一个以史汀生为首的临时委员会，研究原子弹运用于日本的问题。经过激烈争论，终于决定："应尽可能从速对日本使用原子弹……原子弹由于它的特点，使用时不宜事先提出警告。"这项决定得到了杜鲁门总统的批准。

1945年7月14日，在美国原子弹试爆成功之前，已经开始把投向日本的第一颗原子弹的铀-235组件向国外的基地起运了。

这一天，一支由一辆封闭的黑色卡车和7辆载运保安人员的小汽车组成的运输队离开圣菲，开往阿耳伯克尔基。从阿耳伯克尔基，用空军飞机把它们运往旧金山市郊的汉密尔顿机场。从那里又转运到杭特角。这颗原子弹的零件是装在一个大的条板箱和一个小金属圆筒里，由"曼哈顿"工程办公室的弗曼少校和洛斯—阿拉莫斯基地医院的射线工作者诺兰上尉监护着。

7月16日清晨，这颗炸弹（除最后一点必须的铀-235以外）被装上"印第安纳波利斯"号巡洋舰，并立即起航，经过10天的秘密而又紧张的航行快速而顺利地于7月26日抵达提尼安岛。

原子弹的最后部件铀-235，是从阿耳伯克尔基空运到提尼安岛的。由两架性能较好的大型运输机并配以最好的驾驶员运送。

根据杜鲁门批准的使用原子弹袭击日本的计划，美国陆军部于7月24日下达了作战命令：

美国陆军战略空军司令斯帕茨将军：

1.第二十航空队，五〇九混合大队应于1945年8月3日以后，在气候许可目击轰炸的条件下，立即在下列目标之一投掷特别炸弹：广岛、小仓、新泻和长崎。为带领陆军部派遣的军事人员和非军事的科学人员进行观察和记录炸弹的爆炸效力，应另外派飞机随同运载特种炸弹的飞机飞行。观察机应离开炸弹爆炸点数英里距离以外。

2.在本部准备就绪时，即运去投掷于上述目标的炸弹。关于上述地区以外的其他轰炸目标，另候命令。

3. 一切发布有关对日使用的武器的情报都由美国陆军部长和总统掌握。非经事先特别批准，司令官不得就这个问题发布公报或透露消息。任何新闻报道都将送到陆军部作特别检查。

4. 上述的指令是奉美国陆军部长和参谋总长指示并经他们的批准而发布的。希望由你亲自将这个指令的副本送给麦克阿瑟将军和尼米兹海军上将各一份，供他们参考。

代理参谋总长、参谋团将军　汉迪

1945年7月24日

在选定原子弹轰炸目标时，美国军政首脑及各方面的专家主要着眼于两点：其一，能对日本军政当局产生最大的心理效果；其二，能构成对全世界、尤其是对苏联当局的实力威慑。

此外，他们还考虑了以下因素：（1）携带原子弹的飞机的航程。（2）适宜的目测投弹方式以保证最有效地使用原子弹。（3）在目标区域内可能出现的天气情况。

杜鲁门总统与军方经过认真讨论确定的原子弹预定攻击目标广岛、小仓兵工厂、新泻、长崎四个城市的情况是：

1. 广岛。被认为是最理想的目标。它是日本第八大城市，人口34.3万余，疏散人口只占一小部分，城中留有24.5万人。它位于本州岛、本州河口，是日本陆军的一个重要的军运港口，也是日本海军护航舰队的集结地，城里有当地陆军司令部，约有军队2.5万人，他们曾是侵略中国山东、河南的主力部队。该城市主要集中在4个小岛上，军事工业也很发达。另外，据查该地区有20余天没有降水，房屋干燥，易燃；地形平坦开阔，在2000

米的半径内挤满了建筑物；河渠可以成为天然防火道，所以也是理想的核爆实验、实地考察原子弹杀伤破坏作用的场所。再者，美军已查明这里没有战俘，不必担心伤害战争法规中所保护的第三国人员。

2. 小仓兵工厂。该厂是日本大型军火工厂之一，从事多种类型的武器和其他防御材料的制造。厂区约长1200米、宽600米，相邻有铁路车辆厂、机械厂和发电厂。此地虽有军事意义，但政治影响不大。

3. 新泻。它是临日本海的一个重要港口，有炼铝厂和一个巨大的铁工厂，并有重要的炼油厂和一个油船终点站。

4. 长崎。一开始并未选长崎，而是选京都。京都既是工业城市，又是日本故都。战时没有遭到轰炸，由于其他城市受到破坏，很多人和工厂都迁往这里。后来史汀生坚决反对，决定取消京都为目标。他认为，京都是日本故都又是历史名城，毁掉它必将引起不必要的仇恨，遗留下日后无法解决的纠纷和责任问题。因此，后来将京都改为长崎。该城是日本九州岛西海岸大港，人口40万。

7月29日，战略空军司令卡尔·斯帕茨少将在关岛第二十航空队司令部召集会议，传达总统命令，宣布攻击目标依次是：广岛、小仓、长崎。到底将当时手中仅有的一枚核弹（另外一枚还没有装配好）投向哪一目标，还需要根据目标区域内的天气情况临时决定。

8月2日，杜鲁门总统结束了波茨坦会议，正在返美途中，他在所乘的"奥古斯塔"号巡洋舰上发出了攻击命令。

从7月27日到8月1日，美国每天都出动飞机在日本各城市上空散发波茨坦公告和传单。传单上警告说，如果不接受波茨坦公告，它们将会受到更猛烈的空中轰炸。每次传单散发之后，紧接着就是一次普通炸弹的猛烈轰炸。日本政府对此无动于衷。根本没把波茨坦公告放在眼里，继续梦想在本土作战中给美军以沉重打击。

8月1日，执行轰炸任务的美军第五〇九混合大队进行了最后一次演习。

8月2日，航空队司令下达了作战命令，确定用七架B-29型飞机轰炸广岛。其中一架飞机载运原子弹，由大队长蒂贝茨上校亲自驾驶，另有两架飞机担任观测，三架飞机担任直接气象侦察。此外，还有一架飞机作为预备队，留在硫黄岛机场，随时准备替换发生故障的飞机。另外还有两架飞机负责在轰炸以后进行效果检查。由第二十航空队负责担任海空援救任务。

8月4日，蒂贝茨和他的机组进行了一次模拟轰炸试飞。这时候，他们虽然都已知道他们正在和一种特殊类型的炸弹打交道，但当听说这种炸弹的爆炸力相当于2万吨TNT炸药时，全都为之大吃一惊。

8月5日早晨，天气预报表明，第二天可能是一个大好天气，于是决定6日执行任务。

5日下午，"小男孩"原子弹准备就绪，技术人员把一小块铀-235固定在弹壳内，然后把这颗5吨重的原子弹放在早已准备好的牵引车上。为了隐蔽，外面用帆布覆盖好，送到早已挖好的装卸坑。最后再打开机身腹部的舱门，从装卸坑吊到B-29上。原子弹被牢牢地固定在机舱内。

5日傍晚，最后的检查工作已经全部完毕，原子弹安然无恙，飞机随时可以起飞。

起飞前，炸弹和飞机一直在保安人员和各个重要的技术小组代表的严密监护之下。

半夜时分，前线指挥官向飞行员作了最后的飞行指示，继而让他们吃了起飞前的早餐，举行了宗教仪式。

8月6日，起飞基地提安尼岛时间1时17分，三架气象飞机首先起飞。

2时45分，装载原子弹的飞机机组共12人上了飞机。

这架B-29飞机被命名为"埃诺拉·盖伊"号，这是驾驶它的驾驶员蒂贝茨上校母亲的名字。投弹手是托马斯·费雷比少校，机械师是帕桑斯海军上校，电子技术军官是摩利斯·杰普逊海军上尉。

"起飞"命令下达后，装载原子弹的飞机冲向跑道，加速前进。

这架飞机太重了，它上面除了装有5吨重的原子弹以外，还有26500升汽油。飞机以每秒80米的速度全速滑行，眼看就要到达跑道尽头了，可是飞机仍起飞不了。

这时，蒂贝茨万分焦急，浑身已被汗水浸透。在千钧一发之际，他用尽全力把驾驶杆一拉，在距离跑道尽头只有几厘米的地方，机头终于抬起来了。

按事先规定，如果广岛、小仓、长崎这三个城市都被云遮蔽，不便目视，可以把原子弹带回。根据气象机的报告，当时广岛上空云量极少，完全可以目视轰炸，因此最后决定轰炸广岛。

"埃诺拉·盖伊"号起飞后不久，另外两架B-29飞机各以两分钟的间隔起飞，在空中赶上了"埃诺拉·盖伊"。

在万米高空中，三架巨型飞机编队飞行。其中一架叫"伟大艺师"号，载着年仅24岁的芝加哥大学物理学家哈罗德·阿格纽。他带着一套复杂的仪器，准备测试这次核爆炸的当量和范围。另一架编号为"91"号的飞机上，坐着圣母大学物理学家拉里·约翰斯顿博士，他带着快速实验照相机，准备用16毫米的彩色胶卷拍摄爆炸时的火球和烟云以及破坏现场。这两架飞机将在轰炸杀伤范围以外的高空工作。

6时零5分，三架B-29飞机在硫黄岛加油，然后直飞日本。

飞机起飞后15分钟，"埃诺拉·盖伊"号上的助手机械师帕桑斯爬进了弹舱，用了 15 分钟为"小男孩"完成了最后的装配工作。

7 时 30 分，杰普逊换下炸弹的保险插头，接通电路，这样"小男孩"就处于待爆状态了。

7 时 41 分，蒂贝茨的耳机中传来气象飞机在日本上空发来的报告：第一目标、第三目标（即广岛和长崎）天气良好，第二目标天气恶劣。

8 月 6 日清晨，广岛整个城市从睡梦中苏醒过来，像往常一样，人们忙着去做自己的事情。

7 时零 9 分，广岛防空警报响起（这是美军的侦察机飞临广岛），繁忙喧闹的大街上，匆忙赶路的人们抬头一望，看到原来只是一架飞机，于是付之一笑，并没有介意。广岛人已经对这种只响警报而没有轰炸的情况习以为常了。学校照常上课，工厂的工人照常干活。

8 时零 9 分，蒂贝茨向指挥部报告："发现第一目标。"B-29 编队经过 2000 多公里的飞行，历时 6 个半小时，比预计到达广岛的时间只晚 30 秒钟。

广岛又一次响起空袭警报。市民们看到有 3 架飞机出现在空中，没有听到飞机投弹轰炸，仍然满不在乎。

8 时 14 分 17 秒，广岛大桥的中心出现在蒂贝茨上校的平行瞄准镜中，这就是指定的投弹目标。在这稍纵即逝的刹那间，蒂贝茨启动了自动控制装置。

45 秒钟后，驾驶舱内响起了一个响亮讯号声，预告：还有 15 秒钟"小男孩"要离机了。

机舱里的全部人员迅速拉下厚厚的黑色镜片罩在眼睛上。

8 时 15 分 17 秒，拖着降落伞的"小男孩"从 9600 米的高空脱舱而出向地面坠下……

蒂贝茨立即绷紧全身的肌肉，做了一个反复训练过的 150 度的俯冲急转弯——"小男孩"再有45秒钟就要爆炸了,他必须迅速飞离此地。

迅速逃离现场的"埃诺拉·盖伊"号上的机组人员,紧张地回眸注视着自己扔下去的那东西,只见一个小黑点越来越小……

突然间,天空强光一闪,人类第一颗用于实战的原子弹爆炸了。

机组人员亲眼看到:先是一团火球,数秒钟之后变成了紫色烟云和火焰,并翻卷而上……

在机尾就座的卡隆中士说:"我看到整个市区笼罩着一层厚厚的、紫色的、好像带有液体的东西,约有30米厚,并不断从市区的爆炸点向外弥漫,然后在浓烟和灰尘中爆炸闪光。"军械师帕桑斯说:"在浓烟的边缘有少数火头,但市区什么也看不到,灰尘和瓦砾形成的浓烟翻滚了好几分钟,一个白色云柱从爆炸中心升到12000米,从飞机上平视可见它那巨大的蘑菇状的头,而且还在不断地翻滚着,看上去就像从地面立起的一根粗大的擎天柱。在它的脚下——市区的四周,仍布满着翻滚的灰尘云团。"

广岛完全笼罩在地狱般的恐怖之中。

原子弹在广岛城中心——相生桥——稍偏西北600米的空中爆炸,随着一道使人双目失明的强烈闪光之后,传来震天动地的轰天巨响,炽热的狂风席卷全城,翻滚的烟幕笼罩了全市。爆炸产生了上亿度的高温,炽浪以每小时48—64公里的高速荡涤一切。所到之处,垣崩石散成为灰烬,钢筋水泥建筑物倾颓崩塌,城中心区那些稠密拥挤的木板房,悉被大火吞噬、荡平,较远地区的建筑物,则被烧成残骸,凄然立于灰烬之间。

强烈的闪光虽然为时短暂,但产生的辐射热危害极大。凡露天之人,皮肤立即被烧成焦黄或黑色,以致在数分钟或数小时内便一命呜呼了。在爆炸中心,再也没有什么人和物的痕迹了,后来人们只能在地上发现一些似乎是勾勒出来的影子一样的人体外形，而尸首则早已气化。在离爆炸中心远一点地方的尸体，大部分都保持着原来的姿势被烧焦了。在电车的残骸里，挤满了把着扶手带的尸体，再远一点，那些幸存下来的人们，已被烧得面目全非，不堪一睹了。

一位目击者在事后说："……我听见从小树丛传出询问声：'能给点水喝吗？'我看见了一件军服。我以为那里只有一个军人，我弄来水，当我走进树丛时，看见大约有20人，样子可怕极了，他们的面部全烧坏了，眼窝里没有东西，眼珠化为晶体流淌满脸，由于剧痛，他们无法张开嘴巴将水送入口中。"

广岛日军第二陆军总司令藤井也在最初的几分钟内被烧死在城堡附近的司令部里。整个指挥系统失灵了，日军在广岛的通信器材全遭破坏无法使用。

原子弹爆炸全过程虽不足5分钟，但是，它却宣告了战争史上一个新时代——核战争时代的开始。

广岛所有的钟表指针都停在8时16分的位置上。

在核爆炸那令人恐怖的瞬间过去之后，虽是上午时分，可天色越来越暗，只有大火映着烟云，城市全被烟、火占据了。

突然，又下起了"黑雨"，刚才被爆炸抛上天的残骸碎片，连同放射性微粒夹杂着灰烬和蒸气纷纷落下，并把放射性尘埃波及周围地区。随之落下的炽热的金属碎片和燃烧的木头，如倾盆大雨一般落在已经惊恐不安的广岛人头上，又增加了新的伤亡数字。

在离爆炸中心较远的尚有逃难能力的人，则沿着羊肠小道奔跑到附近的小山中避难。

这枚威力相当于1.7万吨常规烈性炸药的原子弹，把约11.4平方公里略成圆形的城市中心一带夷为平地。全市建筑物总数是76327幢，全毁者48000幢，半毁者22178幢。当日死者计为78150人，受伤和失踪者为54108人。

据 1946 年 2 月占领日本的美军总司令部所发表的数字，即为"罹灾者达 176987 人，其中死亡和失踪的有 92133 人"。——这还被日本方面认为是"为了减轻美军的责任，已将估计数字尽量缩小"。

而且，众多的未遭闪光烧伤、冲击波撞伤或建筑物砸伤者，几天后发现腹泻带血，在几周、几月或几年中相继死去。经解剖验血，发现血液中白血球几乎全不存在，骨髓逐渐变坏，喉头、肺、胃及肠的黏膜发炎，此即原子病。这些人在以后的 20 年中，受尽折磨，缓慢死去，因而日本方面认为："实际死亡人数可能超过 15 万。"

原子弹的巨大威力，表现得淋漓尽致。同时，也使人们看到，日本法西斯发动的侵略战争，不仅给被侵略国人民造成灾难，也给本国人民带来了巨大痛苦。

在广岛受难者中，不仅有日本居民，还有数以百计的在该市的外国人，其中包括一些同盟国战俘（美国、英国、澳大利亚、中国、荷兰、印度和马来西亚人）。幸存者中知名的有后来加入美国籍的英国战俘沙威，澳大利亚人凯斯、布鲁和寇尔。11 名当时在广岛的中国留学生中，只有 5 名得以幸存。后来，有人采访了幸存者，他们讲述了他们的可怕经历。

中国留学生初庆芝当时只有 25 岁，在广岛理科大学进修。她所在的学校，离相生桥大约 4 公里，离爆炸中心很近。当时，她走进学校一间研究室看书。房子是钢筋混凝土建筑，墙有一米厚。她的座位离开窗子有 8 米远，窗外有浓密的树荫。她刚坐下，就看到特别亮的光。她莫名其妙地站起来，一下子就昏倒了。背后一个巨大的书架倒下来，书把她埋了起来。后来，她清醒过来，走出大门，才发现自己满身是血，左臂也折断了。她看到满天黑烟，所有的民房都倒塌下来，到处是木板、钉子、废墟。回城的路也被封死了。往日叮叮咚咚响的电车也在燃烧，到处是被烧伤

第三辑 心灯

的人。她不知该到什么地方去。正在这时候，听见什么人在喊："前面有急救所。"她不由自主地跟着跑，她在无意识中朝着郊外的方向，逃过了放射性沾染物的致命威胁。跑出几千米，来到一座由军用被服厂临时开设的救急所。这时，整个城市都燃烧起来，半边天都烧红了。伤员太多了，医生们无可奈何地摇着头说："这不是燃烧弹的烧伤，没见过，没法治。"确实，医生们对"辐射病"既未见过，也没听说过。医生给初庆芝做了初步检查后说："你死不了。"给她折断的左臂上了夹板。其实，她的内脏已经出血了，不一会儿她就躺在了地上。谁也顾不上管她，没吃没喝。直到两天后，另两位幸存下来的中国留学生找到她，才用一副担架把她抬到郊外一个熟人家里，在那里慢慢养伤。

王大文，辽宁人，1943年赴日本东京留学，当时年仅20岁。8月6日早晨，他到学校一间很小的音乐教室里自习，等候老师来上课。大约8时15分，忽然听到飞机的俯冲声，但是没有听到警报，不知什么原因？他推开窗子，想探出头看个究竟，突然一道闪光袭来，并听到如雷的隆隆声。他意识到情况不妙，赶紧趴到一张桌子下面，立即失去了知觉。当他醒来时，发现下胯和嘴巴都是泥土。幸运的是，屋顶的大梁掉下来后在他头顶上支撑了一个小空间，否则他就完了。门口被乱七八糟的东西堵塞了，他便从墙壁缺口处爬了出去。他爬出去后，看到整个广岛市有一个巨大的烟柱升到高空，还有几处火光在闪动。城市的轮廓也看不到了，因为烟尘像一个庞大无比的帷幕把它笼罩住了。一个星期后，他才知道这是美国人投掷了原子弹。爆炸中心离学校有2400米。王大文上课的教室是在大楼的深处，窗户又背着爆炸的方向，原子弹爆炸的反光是反射过来的，因而他未被灼伤。他后来到东京医院接受检查，发现红、白血球很少，在医院治疗了半年多。东京的医生也不知道该怎样治疗，每天给他注射葡萄糖增加营养。回国后，在北京又检查了一次，没有发现问题。他自我感觉良好，并结了婚，有了两个孩子，孩子也都很正常。他真是太幸运了。

英国战俘沙威是英军高射炮连士官，是 1942 年初在太平洋帝汶岛被俘的。当时，他正和其他战俘从一艘 5000 吨的旧货轮上卸糖包。沙威、凯斯、布鲁和寇尔四人先下进舱里，把每包糖搬上起重机放下的载板。忽然，强烈的白光照亮了全舱每一个角落。把人们都照得看不见了。船被吸得下沉，强大的力量使船剧烈地摇摆震动，船身撞到混凝土码头上。他们都被重重地撞到底舱上。外面还传来巨大的隆隆声。电灯也熄灭了，舱内一片漆黑。他们都不知发生了什么事。外面发出怪异巨响，他们紧紧抱住糖包，任轮船摇晃跳动。澳大利亚人说，可能是炸弹扔到了码头上。可是奇怪，又没有通常的爆炸声。他们扯起嗓子喊，也听不到回音。舱内温度陡然增高，使人忍受不住。他们想攀梯爬出去，金属梯烫得没法用手握，连水下的舱壁也是热的。他们四人待在"烤箱"内任其烘烤。不久，又下起雨来了，巨大的黑色雨点从舱口落入舱内，不一会儿雨点就变成了如泼如泻的大雨。突然，滂沱的黑雨停止了，外面静得出奇。真是富有戏剧色彩。过了很长一段时间，才听到甲板上有人走动。他们出来后，看到外面一片凄凉的景象。到处是烧焦的尸体和散发的窒息人的臭味、倒塌的建筑物，真是惨不忍睹。他们的运气好，正好在船舱里干活，才大难不死。

日本政府于 1951 向美国政府递交了 6 名被原子弹炸死的美军俘虏名单。出于政治上的考虑，美国政府并没有如实地通知死者的家属，政府不想让他们知道他们的亲人是被美国自己研制的原子弹炸死的。

"胖子"发威长崎

日本首相铃木收到原子弹袭击广岛的消息后，一开始怎么也不相信一枚炸弹竟然有这么大的威力。当他全面了解情况后，十分震惊。为了避免人心动荡，国民战争意志衰退，日本政府向人民封锁了原子弹袭击的信息。

杜鲁门是在乘船归国途中获悉原子弹爆炸的，据当时在场的人回忆，总统兴高采烈地大声说："这是历史上最大的事件。"

第一颗原子弹轰炸广岛成功后，美国开动宣传机器，向世人展示新式武器的威力。当天上午 11 时，白宫通知各报社：总统将要发表一个重要的公报。

原子弹轰炸日本的保密工作做得非常成功，舆论界对此毫无准备。白宫的通知没有引起记者们的特别关注，因为那些专门坐镇白宫的记者对此已习以为常，没有丝毫的新鲜感。

但是，当总统新闻秘书站起来宣读公报，"比 2 万吨 TNT 炸药还厉害"这句话刚一出口时，记者们就嗅到了这次新闻发布会重要性的味道，纷纷冲到门口争抢放在小桌子上的那些印好的公报。有的记者奔出去打电话，有的记者折转自己的办公室。

美国总统的新闻公报借助传播媒介的激动、兴奋和震惊。在各大报纸上广泛传播。

与此同时，美国在太平洋的岛屿上正发动一场对日本的宣传攻势。他们的目的是"使日本人民把原子战的真相铭记在心"。美军在塞班岛上的电台每隔 15 分钟向日本人广播一次，他们告诉日本人，投在广岛的那颗原子弹"约等于 2000 架重型轰炸机 B-29 在一次飞行任务中所携带的爆炸力"，要求日本人民"吁请天皇结束战争"。美军利用塞班岛上的印刷厂，将广播内容印成传单，向 47 个人口超过 10 万的日本城市散发。

舆论可以鼓舞人民支持战争，鼓舞士气进行战争；舆论也可以孤立敌人，动摇敌人，打击敌人。但是，最终还是要靠实力解决问题。

由于原子弹在广岛爆炸后，日本方面尚无迅速投降的迹象，美国立即决定在日本人惴惴不安、惊魂未定的时候，紧接着扔第二颗原子弹。

这次投掷的是美国研制成功的三颗原子弹所剩下的最后一颗，它的名字叫"胖子"。

8月9日凌晨3时47分，"胖子"在热带暴雨中，伴着闪电划破茫茫黑夜的亮光起飞了。这架飞机的驾驶员是斯威内少校，比汉上尉是轰炸员，阿希沃恩海军中校是军械师，巴恩斯中尉是电子测试军官。与这架飞机同时起飞的还有两架观测机。

这次轰炸目标只指定了两个，主要是小仓，其次是长崎。为了尽可能轰炸第一目标，规定不管天气预报如何，轰炸机必须尽量靠近第一目标飞行，只有在肯定第一目标没有进行目视轰炸的可能以后，再飞往第二个目标。

"胖子"所搭乘的飞机，在起飞的时候，发现了一个非常严重的问题：有一个燃料泵有毛病，使得大约有800加仑的汽油不能从炸弹仓的油箱里打到发动机里去。这意味着，不仅飞机不得不在缺乏燃料供应的情况下起飞，而且，还得在去日本作战的往返途中背着这800加仑汽油的包袱。

"命令如山倒"，既没有时间调换飞机，又没有时间进行抢修，身价2500万美元的"胖子"就搭乘这么一架飞机去步"小男孩"的后尘。

9时零9分，三架飞机在九州以南屋久岛上空集合，后来其中有一架观测飞机失去了联系，于是载着原子弹的轰炸机和另一架观测飞机向小仓飞去。

当它们飞抵小仓时，小仓的天气变得很不好，目视轰炸已经不可能。飞机反复盘旋，先后进入小仓上空3次，用时45分钟，但都没有发现目标，于是他们便朝向第二个目标长崎飞去。

上午10时，飞机飞抵长崎上空后，发现长崎的天气也不好，云量很浓。阿希沃恩和斯威内考虑到能见度很差，而汽油量又不足，于是决定采用雷达轰炸。

10时58分，在即将准备用雷达指挥投弹的一瞬间，突然听到投弹员比汉惊喜地喊叫声："我看到了！我看见目标了！"

当时，长崎居民已从报纸上模糊得知广岛被毁的情况，然而并未引起足够的重视。清晨7时48分，长崎曾经拉响空袭警报，但至8时30分，警报解除，大部分人警惕性松懈了。当B-29飞临长崎上空时，日本人竟然连空袭警报也未能发出。

9日上午11时零2分，原子弹"胖子"脱离机舱，闪动着它那可怕的灰黑色的身躯，从8500米的高空坠向长崎市。

瞬间，"胖子"在长崎上空爆炸了。据当时身临其境的助理机务员弗拉上士说："先是一阵从未看见过的可怕闪光，紧接着便涌起了球形的烟云。"座机中每个人都感受到了炸弹的震撼。驾驶员斯威内少校说："我们在8公里外，看见震波像池塘激起的水纹，向我们的飞机冲来，震波有两次重重地打击着我们的飞机，飞机颠簸得非常厉害。"

美国《纽约时报》记者威廉·劳伦斯是美国总统在原子弹轰炸后发布的新闻公报的起草人，是唯一的特别被挑选出来了解"曼哈顿"工程的新闻记者，也是唯一的随B-29轰炸机进行原子战现场报道的记者，他在观察机上目睹了长崎的原子弹轰炸。他这样写道：

"在原子弹爆炸时，似乎从地下升起了一个大火球，它一面上升，一面放射出一圈又一圈的浓烟。紧接着，一个紫色的火柱以极快的速度上升到大约300米的高度。

"当我们的飞机又掉过头来，向着爆炸的方向飞去时，这条紫色的火柱已升到与我们同样的高度了。这时，离投弹时不过45秒钟，我们惊恐地看到，它像一颗彗星那样飞过来，不同的是，它是从下面飞来的，而真正的彗星是从外层空间飞来的。当它穿过白色的云层升向高空的时候，变得越来越有生命力。它已不再是烟尘，不再是烟与火，而成了有生命的东西，成了一个新种属的生物，这个生物，在我们的眼前不可思议地诞生了。

"在这个生物进化的某个阶段，即亿万分之几秒内，它变成了一个巨型图腾柱似的物体，其下部有 5 公里长，越往上越细，到顶部只有 1 公里长。它的底部是棕色的，中间是黄棕色，顶端是白色。这个图腾柱是活的，它上面雕着许多面目狰狞的形象，个个都像在朝着大地狞笑。

"然后，当这个图腾柱似乎成了某种固定的东西的时候，在它的上端出现一团蘑菇云，这使它的高度增加到近 1400 米。这团蘑菇云比这个柱形的东西更活跃，在它的躯体里翻滚着烟和火的浓白色的泡沫，带着嘶声向下面扑去，又升向高空。

"这团蘑菇云像野兽一样，怀着巨大的愤怒挣扎着，企图挣开羁绊。只用了几秒钟，它就摆脱了柱体，迅猛异常地向上飞去，一直飞到 1.8 万米以上的同温层。

"就在这个时候，又有一团较小的蘑菇云从柱体上冒了出来，像被砍了头的怪物又长出了一个头似的。

"第一团蘑菇云升向蓝天的时候，变成了一朵花的样子。它的巨大的花瓣里面是玫瑰色，外面是奶油色，边缘向下弯曲。后来，当我们从 300 公里以外最后一次观察它时，它仍然保持这个样子。从这个距离，仍可以看到五颜六色、翻滚蒸腾的柱体，它就像无数杂色彩虹组成的大山。这些彩虹中，有许多有生命的物质。柱体颤巍巍的顶部，穿过白云，活像史前的怪兽戴上了'脖套'。纵目望去，只见这个'脖套'上的绒线，又向着四面八方伸展开来。"

"'胖子'是钚装料的，尺寸、重量和威力略大于前一颗。在其爆炸的一刹那，在地面零区的周围区域，市民可闻极巨大的震吼声，且感觉到猛烈的震荡波及高热度。"

一位长崎的幸存者回顾说："我仅见一闪光，并觉身体变热，然后见所有物体均四处飞扬。我祖母被一飞扬之屋顶碎片击中头部，正在流血……"

另一位回忆说："我正在办公室工作，与一友人在窗前谈话，见全城处在红色火焰之中，我即闪避。碎玻璃片击中我的背部及面部，衣服亦被玻璃划破。我立即起身，跑向山旁有良好掩蔽室之处。"

长崎被炸的情形，在该市的行政报告中曾有生动的描写：

"由地面零点起 1000 米半径之内，因极其剧烈的爆炸波及热度，全部人畜几乎立即死亡……房屋及其他建筑物均被扫光、倾颓或破坏，各处并发生火灾。三菱钢铁厂房强固而复杂的构架，均扭曲如软糖状。国立学校的钢骨水泥屋顶均被破坏。爆炸威力之大出乎想象，大小树木均被炸去枝叶，或连根拔起，或自树干处折断。"

繁华的城市变成一片焦土，街道狼藉，尸横遍地……

长崎地处多山的狭窄海岸，建在浦上川和中岛川两河盆地之上，城中地形起伏，因而未引起"暴风火"。而且，当时原子弹是偏离了原定目标而落到了浦上川盆地上，因有小山保护，城中半数以上的住宅得免于严重的损害。在总计 52000 余幢住宅中，有 14146 幢被烧毁、5441 幢严重毁坏，其余受轻微损坏，约有23753 人丧生、5000 人失踪、43020 人受伤。

8 月 10 日，杜鲁门总统对日发出警告：如不投降，将有更多的原子弹投下……

1945 年 8 月 15 日正午 12 时，日本天皇利用广播向全国发布了《终战诏书》。日本政府已受旨通知美、英、中、苏四国，宣布投降。一场正义战胜邪恶、波及三大洲、四大洋的第二次世界大战终于落下大幕。

（本文写于中国人民抗日战争暨世界反法西斯战争胜利 60 周年之际）

石不能言最可人

——《石刻涪州》引言

1

天地万象，阴阳五行，日月星汉，古往今来，飞禽走兽，草木山川，稻菽黍麦，风雨雷电……共同构成了这个深邃辽阔的大千世界。

在相对的时空里，石头是不朽的，人却是速朽的。但人毕竟是万物之灵长，天下之主宰，能够凭劳动和智慧改变环境，创造历史，一旦把饱含思想的文字或图案镌刻在石上，人也会跟着石一样不朽了。所谓"默石不言，文化有声"。石伴随着人类成长进步一路走来，相依相伴，不离不弃，并且还将会走向永远。

当原始人类从树上来到地上，开始直立行走时，与人类的生存和生命息息相关的首先是石了。为躲避猛兽害虫袭击，抵抗严寒酷暑侵扰，人就栖息山洞，与石为伴。为生息繁衍，劳作和自卫，他们以石块为工具和武器，进入了旧石器时代。后来，磨制石器产生，石器进一步发展丰富，磨制石器安上木柄，用来更省力；磨制石簇安上箭竿，在弯弓上射得更远；小型石器磨孔穿线，便于随身携带；垒石成墙，可遮风挡雨。于是，人类缓慢进入了

第三辑 心灯

新石器时代。新石器时代的诞生，促进了组合工具的发展，生产力空前提高，物质也随之丰富。石器时代的结束，不是石头用完了，而是铁器产生了。源于生活的语言、文字、绘画、音乐、舞蹈、宗教等，都渗透到石质材料中，象形文字、拼音文字、楔形文字……这些靠摩崖石刻、碑刻凝固的古老文明，奠定了人类走向现代文明的基础。岩画、石像、符咒等宗教赖以生存发展的物质材料，也是依托各种各样的石为载体。从某种意义上说，一部浩瀚精深的人类文明史，一部分抄写在书籍中，一部分镌刻在石头上。而石上的文化符号，比书中的文字图案古老得多。石头既是大地山川的坚硬的骨骼，也是思想文化壮丽的册页。石文化推动了人类文明的发展，人类文明也带动了石文化的进步。可以说，不同人种，不同文化，不同信仰，不同地域的人，几乎都有一个共同的雅好：亲石、敬石、畏石、赏石。

2

在地球上的石头，由两部分构成，一是来自天外坠落的陨石，二是地球上固有的岩石。据科学资料显示，每年由天外飞落的陨石，有1万多次造访地球，但绝大多数在进入大气层后即被烧毁破碎而化成尘埃。未烧毁的碎片，又大部分掉进海水里，真正落在陆地上的微乎其微。因此，地球上已知的陨石，被人们视为珍宝，科学界将其作为研究外空物质形态的重要样本；普通民众则都把陨石视为神物，加以敬畏和珍藏；宗教界则把陨石赋予多重信仰愿景，置入一些本教派的内容加以传播。目前，已知全世界最大的陨石重达6吨，于1816年坠落在巴西境内，现保存在里约热内卢博物馆。该陨石应是镇馆之宝一类的顶级文物。在沙特阿拉伯的宗教圣地麦加城内，那个禁寺广场中央的天房外，有一墩黑色的陨石，被穆斯林视为圣物。朝圣者路过这墩陨石，都要与

QINGCHUANG GUANYUN

之亲吻或举双手致意，表示对陨石的顶礼膜拜。

事实上，陨石来源于陨星。陨星是指大质量流星体在地球大气圈层中未被完全燃烧而坠落地面的残骸。有碎片和整块，按其化学成分分为三大类：石陨星（陨石），约占陨星总数的92%；铁陨星（陨铁），约占陨星总数的6%；石铁陨星（石铁陨石），约占陨星总数的2%。石陨星在下落时比较容易崩裂，一般比铁陨星小。研究陨星，对于研究太阳系的形成和演化，生命的起源，空间科学技术等，都具有重要的科学价值。我国是记载陨星最早的国家。夏、商、周时代都有雨金（"陨铁雨"的别称）和雨石（"陨石雨"的别称）多次记录。春秋时已知道陨石是天上的星陨落地面而成。目前世界上最大的铁陨星是落在非洲西南部的纳米比亚境内，重约60吨。关于陨石雨的记载，从古至今散见于国史和地方志"灾祥"类记载中。据广东《德庆州志》载：明武宗正德八年五月（1513）"日中雨石，其日倏然天变，南方一条青烟之气，自下腾空，震动有声，天略阴曀，顷向落石城内外，大如掌，小如卵，其色赤而黑，人皆拾之"。1976年，吉林陨石雨也是典型事例。陨星高速冲击地面爆炸形成的坑穴，叫作陨星坑。呈圆形，世界上发现并被证实的有300余个，其中最大的是南极洲威尔克斯地陨星坑，直径达240公里。中国已发现两个陨星坑：一个在广东绍兴龙斗蜂，直径约20公里，1982年发现；一个在吉林九台上河湾，直径达30公里，1984年发现。与陨石、陨铁相似还有一种罕见的天象，叫陨冰。它是从星际空间陨落地面的冰块，到达地面不久便溶化成水。一般认为，陨冰母体比陨石母体大几十甚至上百倍。如今已获认证的记录有多次，如1955年8月30日陨落在美国威斯康星州卡什顿城附近，重约5公斤；1963年8月27日陨落在苏联莫斯科附近，重约5公斤；1983年4月11日陨落在中国江苏无锡市区，直径50～60厘米，重约5.9公斤；1995年3月23日陨落在浙江余姚，有三块，重量不详。

第三辑 心灯

由此看来，陨石由遥远的星空而来，是一种神秘的来客，值得地球人敬畏、了解、认识和研究。

3

地球上固有的岩石，是地球固体圈层的最外层，通称地壳。其厚度各地不一。大陆地壳平均厚度为 35 公里，大洋地壳平均厚度为 70 公里。均由坚固的岩石组成。地壳表层因受大气、水、生物的作用，可形成土壤层，风化壳和沉积层，厚度在 10 公里之内。而土地是陆地的表层部分，它由岩石，岩石的风化物和土壤构成。而土壤的前身，也是岩石。构成地表的高山大川，其骨架是岩石。构成河床、海床的深谷大洋，其基础也是岩石。因此，可以说，地球上一切生物，无论生存在水中、陆地还是空气里，又都无一不生活在石之上。石头的坚固沉稳，石头的静默和奉献，无不唤起人的归依感和安全感。人们亲近石头，既是对大地的感恩，也是对生命的寻根，更是对生存环境的礼赞。

地表石头大小不一，形状各异，色泽多样，质地悬殊。人们认识石头，欣赏石头，大约有两类，一类为自然之石，未经人工雕琢、移动；一类为人文之石，为人打磨、分解、利用、加工、搬运、雕刻。应该说，地球上自然之石最多，它们千百万年前就存在，即使有地震、火山、海啸、雷霆，飓风之类的肆虐，但对它们的整体破坏也微乎其微。只是它们隐居于荒原高山，人迹罕至，不为人们发现罢了。而人文之石往往是处于人类宜居之地，古城、名山、乡村、庙宇、桥梁、码头、庠序、驿站、道路、坟墓、公园、私第、府衙、民居……凡是有人类活动或栖息的地方，似乎都有石文化的身影。人们对石文化的认识、理解、研究，往往是后者。这是由自然条件和社会生活决定的，选择和扬弃，亲近和疏远，认知和漠视，都是由人主观意志决定的。

不过自然之石的神奇和壮丽、雄浑和厚重，颇具惊魂夺魄的审美魅力。比如世界上最大的独体巨石，是耸立在澳大利亚中部平原西侧的乌卢鲁一卡塔楚塔国家公园内，1872年被欧洲人艾尔斯发现而得名艾尔斯巨石。该巨石长3600米，高348米，基围8500米，基底下不知多深，犹如一头巨兽爬卧在荒漠中。巨石奇处有三：第一是硕大无朋的巨石上寸草不生，也没有任何鸟类和野兽在上面栖息。第二是经亿万斯年雨水冲刷和风化，使岩石上形成许多奇特的裂缝和洞穴，洞内竟然出现古老的壁画，壁下还有一根巨型石柱，被土著人当作神物的象征。第三，岩石的颜色会随时间和天气的变化而变化，比如早、中、晚、阴、晴、雨分别出现淡红、紫红、橘红、大红、赭红等不同色彩，吸引了四面八方探险者的目光。又如位于欧洲巴尔干半岛西北部的斯洛文尼亚境内，有一个名叫波斯托伊那的溶洞，深藏地下200多米处，全长24公里，是世界上最壮观的自然伟力作用下的石质洞穴长廊，其神秘幽深令人叹为观止。再如位于巴基斯坦东北部有一全世界海拔最高的巨型怪石，名叫特兰格塔石。以其形状怪异，悬挂在地球第三级海拔数千米悬崖峭壁上，且摇摇欲坠而令人惊心动魄。此外，还有非洲西岸的安哥拉中部的马兰热市郊，有一黑色独柱巨石，是马兰热颇为壮丽的自然景观，为这座高原城市增添了神秘色彩。在南亚次大陆缅甸仰光东南面的群山之中，有一座耸立在巨石上的佛塔，名叫剑提幽佛塔。它的神奇之处是：只要你用力推这块巨石根部，巨石和其顶部驮负的佛塔就会轻轻地晃动，但无论怎样用力，巨石和佛塔都不会倾倒。在北美洲加拿大境内，有一墩巨大的布道石，其顶部平整光滑如砥，而侧面却凌空垂直600多米，令人胆战心惊、脊骨酥软。……在广袤的大地上，千姿百态的自然之石散布各地，或突兀，或隐伏，或庞大，或精巧，或狰狞，或慈祥，或气势雄浑，或憨态可掬。以千载不变，万代无声的安详宁静，等待着人类去发现，去认识，去拜谒，去研究。

4

　　和自然之石相比，人文之石无处不在。它们和人类更亲近，更友善，更温馨，更纯真。人文之石渗透到哲学、艺术、宗教、建筑、祭祀以及世俗生产、生活的各个领域，既和人类生命、文化、审美息息相关，又和历史、天象、灾祥紧密相连。一部人类文明史，也是一部石上文化史。

　　在澳大利亚卡卡杜国家公园内，保存着2万年前的山崖洞穴原始壁画5000多幅，内容反映的是澳洲土著先民的生产、生活方式以及野兽、飞禽的图像。这可算人类最古老的石刻艺术。埃及的金字塔共有100多座，其中埃及第四王朝法老（国王）胡夫的金字塔，塔高145.75米，正方形塔基边长232米，由230万块巨石砌成，为世界最大的金字塔。它建于公元前2560年，距今已有4500多年历史。金字塔是全人类最神圣的生命图腾！它比我国最早的夏朝（约在公元前21世纪—公元前16世纪）还早数百年。这个人类文明史上最古老的伟大建筑，并非死亡的象征，乃是生之崇拜，生之渴望，生之欲求。它是古代埃及建筑艺术的精华，凝聚着埃及古代人民卓越的智慧和难以估量的创造才能。同一时期由埃及卡夫拉王所建的狮身人面像，高达21米，长57米，耳朵长2米，由整块巨石凿成。当拿破仑在1798年进军埃及时，见到胡夫金字塔，发出无限感慨："将士们，四千多年的岁月在金字塔的顶端注视着我们啊！"那种对古迹文物的敬畏感和庄严感溢于言表。埃及的卡纳克神殿是世界上建筑面积最大，也是建筑施工时间最长的神庙，从公元前19世纪一直修到公元前1世纪，大约建了两千年，地点在卢克索。这里巨大的帝王雕像栩栩如生，各种石碑如林而立，绘画、雕刻无处不在。它也是地球上最大的用石柱作支撑的寺庙，它的大殿可以装下整个巴黎圣母院，占地超过半个曼哈顿城区。以其浩大的规模和精湛的艺术而名扬世界。因而有人说："人类所有思维都僵死和失落于此。"这座神殿是古埃及艾米诺菲斯三世为祭奉太阳神阿蒙、他的妃子及儿子月亮神而修建的。到第十八王朝后期，经拉美西斯二世扩建，才形成今天见到的规模。是一代代人前仆后继，锲而不舍完成的一项跨越两千年的伟大工程。那种为祭祀亡灵，高唱哀歌，那种对太阳、月亮的神秘想象，都是人类透过灭绝向永生发出的竭尽全力的呼唤。他们坚信，坚固的石头是不朽的，因而可以象征永恒。世界最高的教堂是德国科隆大教堂，高达 157 米的双尖塔已成科隆市的象征。1248 年 8 月 15 日，由科隆教区主教康拉德·冯·霍施塔登在圣母升天节这天，为大教堂动工兴建举行了奠基仪式，整整历时 632 年后这座教堂才最终完成。科隆大教堂以轻盈、雅致、精巧著称于世，整个建筑全部由磨光的花岗石块砌成，堪称石头艺术的杰作。世界上规模最大的岩石画廊楚鲁特岩画群，位于蒙古国西部色楞河南岸地区，是一座规模宏大，内容丰富，长达 120 公里的巨型岩画廊。画中有许多壮观的狩猎场面和动物形象，具有典型的匈奴——突厥族"野兽风格"特征。这些岩画从公元前 16 世纪起至公元 3 世纪止，连续创作了近两千年。是北方游牧民族杰出艺术家群体的伟大创作，也是蒙古先民遗留后世的文化艺术瑰宝。我国的四大石刻艺术圣地都和宗教紧密相关。莫高窟从公元 366 年起，制作一直持续到元代，历经 7 个多世纪，创作壁画 45000 多平方米，塑像 3000 余尊。云冈石窟从公元 460 年始建，持续了半个世纪，留下 53 个洞窟和 5 万多尊石像。龙门石窟从公元 494 年始建，先后持续了 4 个世纪，留下 1300 个洞窟和 9 万多尊石像。大足石刻最晚，从唐初始建持续了 3 个多世纪。乐山大佛身高 71 米，体态魁伟，端庄慈祥，为世界上最大的石质佛像。建造始于唐开元年（713），止于贞元十九年（803），历时

90 多年，是中国单体石刻造像的翘楚。此外，还有天水麦积山石窟，新疆克孜尔千佛洞，柏孜克里克千佛洞，须弥山石窟等，都是中华大地上石刻艺术结晶。单就建筑而言，地球上还有许许多多由石头砌成的伟大作品。如意大利的比萨斜塔，佛罗伦萨的圣母百花大教堂，米兰的多摩大教堂，希腊雅典的帕提侬神庙，罗马尼亚的布加勒特凯旋门，埃及底比斯 500 多座古墓，阿布·辛贝勒神殿，罗马的斗兽场，根特的圣巴夫大教堂，墨西哥的杜伦遗址中数十根巨型石柱，秘鲁的马丘比丘古城，波利维亚的太阳门，智利复活节岛上的 1000 多尊巨人石像，印度的泰姬陵，巴基斯坦的拉合尔古堡，巴林的"万冢之岛"，叙利亚的布斯拉古城，黎巴嫩的巴勒贝克古城，以色列的哭墙，耶路撒冷的岩石图顶清真寺，柬埔寨的吴哥窟，泰国的大王宫和玉佛寺，英国的温莎堡，法国的巴黎圣母院和雄狮凯旋门，俄罗斯圣彼得堡的诸多宫殿、教堂和古堡要塞，莫斯科的克里姆林宫，圣母升天大教堂，我国的故宫和天坛以及众多古城等，都是石头建筑的伟大杰作。

除此之外，石头还以器物、工具、用具、玩具、文具等多种形态渗透到生产、生活的方方面面。比如石棺、石墓、石墙、石盆、石缸、石桌、石槽、石堰、石井、石椅、石沟、石瓦、石凳、石砚、石碑、石洞、石梯、石枋、石磙、石门、石坎、石屋、石碓窝、石桥、石碾、石廊、石笋、石砂钵、石棚、石锁、石球、石雕、石敢当、石牌坊、石鼓文……中国的文房四宝，笔、墨、纸、砚，其中两样与石相关。《石经》是我国儒家经典刻在石头上的巨型石书。从汉代以来共有 10 多部。它们是：东汉"熹平石经"，也叫"一字经"，东汉灵帝熹平四年（175），蔡邕用隶书写成的《周易》《尚书》《鲁诗》《仪礼》《春秋》《公羊传》和《论语》各经。"正始石经"，也叫"三伴石经"。魏曹芳正始中（240—249）刻石，是用金文、篆、隶三体刻的石经。唐"开成石经"，唐文宗开成二年（837）用楷书刻成的《易》《书》

《诗》《仪礼》《周礼》《礼祀》《左传》《公羊传》《穀梁传》《论语》《孝经》《尔雅》共十二种。清康熙七年（1668），复补刻《孟子》。"蜀石经"，五代时，蜀孟昶命母昭裔督造，以楷书刻石，始于广政元年（938），又称"广政石经"，有《孝经》《论语》《尔雅》《易》《诗》《书》《仪礼》《周礼》《左传》共十种，北宋时，刻全《左传》，并续刻《公羊传》《穀梁传》《孟子》共三种。"北宋石经"，也叫"二字石经"，宋仁宗时刻石、嘉祐六年（1061）竣工，又称"嘉祐石经"。用篆、隶两体，有《易》《诗》《书》《周礼》《礼记》《春秋左氏传》《孝经》《论语》《孟子》共九种。"南宋石经"，宋高宗时刻石，又称宋高宗"御书石经"。有《易》《书》《诗》《左传》《论语》《孟子》，以及《礼记》中的《中庸》《大学》《学论》《儒行》《经解》五篇。"清石经"，清乾隆年间刻石，共十三经。嘉庆八年（1803）曾加以磨改。除此之外，在我国还有几处佛教经典刻石，山东的泰山、徂徕山，山西太原的风峪，河北的响堂山，房山云居寺等最为著名。世界上最长的石刻经书，在缅甸曼德勒山上的石碑上。1871 年，由 440 多名高僧云集于此，同时按顺序将佛教经典刻于 729 块石碑上。每块石碑都建有塔亭保护，形成一片雪白的塔林，成为研究佛教文化的石质资料，也是石刻文化的宝贵遗产。以石为纸，雕刻文化经典，是石头深度浸透思想火花的典范。明清之际的大学者顾炎武，清代学者万斯同，都有研究石经的著作《石经考》。近人马衡的《汉石经集存》，张国淦的《历代石经考》等对石经的源流、文字都有考辨研究，且形成了一个专门学科。

　　在浩瀚的北太平洋，有一个由 600 多个岛屿组成小国，名叫密克罗尼西亚。其中波纳佩岛东边有一处具有 1500 多年历史的巨大石头建筑群，其他岛上时代不详的石头古迹比比皆是，其中包括国王陵墓，是用圆柱形的玄武岩建成的巨大围场。最为奇特的

是在一个叫雅浦的小岛上，居民至今还使用一种精美的石币。据称石币有 7000 多个，能够和当代的货币同时流通，甚至可以兑换美元。岛上还专设有石币银行，在商品交换和金融业务中独具一格。石头建筑群和石币是这个国家的重要标志。在亚平宁半岛东北部，有一个完全建在石山上的袖珍小国，名叫圣马力诺，人口不足 3 万。但每年到此的游客多达 300 万。为什么一个弹丸小国有如此大的吸引力？相传公元 3 世纪后期，一个名叫马力诺的石匠来到蒂塔诺山上采石，他为人正直，又乐善好施，做了许多扶危济困的善事，本人又是一个虔诚的基督徒。有个贵妇人为感谢他救了自己的儿子，就把自己的领地蒂塔诺山赠给了马力诺。后来一些遭受不同迫害的人纷纷投奔马力诺，逐渐形成了一个平等友善的"石匠公社"。公元 301 年建国，以罗马天主教为国教。1243 年成为共和国。为纪念其创始人圣徒马力诺，而将国名命为圣马力诺。这个小山城国，四周都被意大利国土包围。它是世界上绝无仅有的不设防国家。只有一座国门，无军队，无哨所，无边卡，无边检，无海关，无须签证，国人和外国人均可自由出入。管理国家事务由两名通过选举的执政官负责，他们由议会选举产生，任期半年，不许连任。他们没有任何薪酬，完全是义务为人民服务。圣马力诺居然是工业和第三产业高度发展的国家，是欧洲生活水平较高的国家之一。财政收入主要靠旅游业，纪念品经营和邮票，有"邮票王国"的美誉。这个石头上的国家，对石头怀有特殊感情，来到这儿，举目皆是石文化。石路、石桥、石栏、石堤、石墙、石阶、石亭、石房、石碑，可谓清一色的石垒建筑。伟大的开国石匠圣马力诺的巨石纪念碑，高高耸立于市中心。彼得大教堂也是石质建筑。1894 年建的国会大厦也是一幢石楼。石楼形似教堂，它的正面三个尖状拱门，上面刻着"心底无私，公平决断"的铭文，有点类似于我国古代衙门墙上的官箴。圣马力诺城小广场石头雕塑多，这是他们历史悠久的双执政官体制下市民民主生活的必备空间，也是他们国家持续安定康乐的生动象征。

5

中国的石刻文字起源于商、周。泰山被称为"五岳独尊"，其山上的文字源远流长。《庄子》曾云："七十二君登封泰山留石刻一千八百余处。"虽然上古帝王七十二君所留一千八百余处石刻难以令人置信，但春秋战国时泰山上已有摩崖石刻则是完全有可能的。都说泰山是一部写在石头上的天书，书写的时间之长，作者之多，内容之广，让世界上所有的石山都难以望其后项背。据统计，现存的泰山石刻恰是一千八百余处，分布在岱庙、岱麓、登山东路、岱顶、岱西、岱阴及灵岩寺、神通寺等处。这些石刻主要包括历代帝王封禅告祭文，寺庙创修重修记，石经墓铭，颂岱诗文，题景或楹联，等等。显然，多数不是出自上古帝王之手，而是春秋战国之后。在这些题刻中，文字多的洋洋上千言，少的只有区区一字；既有帝王的御言，也有黔黎的咏叹；既有高大的"万丈碑"，也有盈尺的小碣石；既有文章大家手笔，也有普通石匠的凿痕；既有如斗的大字，也有蝇头小楷……漫观这些题刻，真是琳琅满目，瑰丽多姿。这不仅是中国书法艺术的一座宝库，也是中华民族的文化珍品。中国的名山大川，宫观寺庙，陵寝墓园，隘口驿站，古街官衙，边陲帝苑，庠序码头，几乎都有石刻、石雕、石碑、石塔。以石纪事，以石抒怀，以石祭奠，以石祈祷，以石明志。大到帝王将相的安邦治国，小到平民家民的慎始追远，无不在石上刻下深深浅浅的印痕。

石雕艺术、石刻文字无疑是中华民族传统文化宝库中的绚丽瑰宝。历代文人雅士爱石、品石、写石、咏石、赏石构成了一道独特的文化风景。从汉代起，咏石、赏石已进入诗文中。发展于南北朝，到唐代逐渐形成潮流。李白、杜甫、白居易、杜牧、刘禹锡、皮日休、陆龟蒙都是奇石爱好者。李白在《望夫石》诗中写道："佛姑古容仪，食愁带曙辉。露如今日泪，苔似昔年衣。有恨同湘女，天合类楚妃。寂然芳霭内，犹若得夫归。"刘禹锡也有一首《望夫石》："终日望夫夫不归，化为孤石苦相思。望来已是几千载，只当昔时初望时。"据《李园石谱》载，杜甫得到一方奇石欣喜若狂，竟以南岳五峰之首"祝融"为石命名。白居易写过许多关于石头的诗文。他在《太湖石》中写道："烟翠三秋色，波涛万古痕，削成青玉片，截断碧云根……"他还作《太湖石记》，甚至在其《北窗竹石》中，把石头奉为终身伴侣。柳宗元钟情于山水，在《永州八记》中，篇篇写石头，且写得活灵活现。宋代欧阳修喜石爱石，把获得的一方青紫石把玩之余，还写有《紫石屏歌》。据《石林燕语》载，宋代大书法家米芾见到一块奇特的巨石，居然称之为"石兄"，设席跪拜，于是被人戏称他为"米癫"。《桃花扇》作者孔尚任曾作《六合石子》诗，其中有"五岳五色珠，剖分始盘古"之句。蒲松龄除了创作《聊斋志异》寄托孤愤外，还编有一部《石谱》，同样是以石来抒发心中的不平。《西游记》中的孙悟空，原是一只聪明绝顶的石猴。《红楼梦》原名"石头记"，贾宝玉原是女娲补天时遗落一块石头，误入红尘而演绎出一串串悲欢离合的故事。《牡丹亭》里的杜丽娘，《西厢记》里的张生与崔莺莺，都曾在太湖石上做过甜蜜的美梦。近现代爱石、赏石、咏石的人依然大有人在，邓石如、张大千、徐悲鸿、沈钧儒、郭沫若、梅兰芳、老舍等大批文艺巨匠都有赏石雅趣。苏东坡因获一枚雪浪石而把书房命名"雪浪斋"。沈钧儒把书斋命名为"与君居"，"君"者，石也。书画家以石为名的有齐白石、傅抱石、尹瘦石、杜大石、欧阳中石等；政界有乔石、饶漱石、蒋介石等。郑板桥擅长画竹石、瘦石，在画中他题写："燮画此石，丑石也。丑而雄，丑而秀。"以此抒发他对石头的独特认识和一片痴情。政治家们对石头的喜爱之情往往融入其理想抱负之中。东汉建安十二年（207）5月，曹操北征乌桓曾路过碣石，留下"东临碣石，以观沧海"的名句。毛泽东于1954年夏天在《浪淘沙·北戴河》中借用曹操《观沧海》的典故，抒发"换了人间"的政治豪情。1964年春，毛泽东在《贺新郎·读史》中，有"人猿相揖别，只几个石头磨过，小儿时节"之句，把人类从猿到人的漫长进化过程经历了石器时代，用"只几个石头磨过"代称，真是沉雄豪迈的奇思妙想。晚唐宰相李德裕是一位石痴。他在洛阳城郊置有平泉山庄，"采天下珍木怪石为园池之玩"。在其《题罗浮山石》一诗中写道："名山何必去，此地有奇峰。"认为他搜罗的奇石，足可以代表天下所有的名山巨峰了。白居易在《太湖石记》中，也有同样的见解："石有族聚，太湖为甲，罗浮、天竺之徒次焉……撮要而言，则三山五岳，百洞千壑，视缕簇缩尽在其中。百仞一拳，千里一瞬，坐而得之。"据《宋稗类抄》载，米芾在宋哲宗绍圣四年（1097）去担任苏北涟水的军史，常到安徽灵璧淘石。屡有斩获，把玩不已，还为每块石头赋诗一首。由此耽误了政务。安徽人杨杰担任巡察吏治、考核官员的按察使，来到涟水，见米芾玩物丧志，就严厉批评道："你身为命官，本该勤于公务，忠于职守，怎能整日欣赏石头？"米芾上前对杨公说道："这样的石头怎能不爱呢？"他从袖中拿出一块石头，只见剔透玲珑，色极青润；接着又从衣袖中摸出另一块石头，只见层峦叠嶂，空灵奇巧；紧接取出第三块石头，真个五色斑斓，秋水碧空。他口中还在叹息："如此奇石，焉能不爱！"谁知杨杰高声叫道："这样的美石，不独你专爱，我也爱之。"说时迟，那时快，他从米芾袖中夺下三石，抱在怀中，扬长而去。这则故事出自稗官野史，似有米芾和杨杰都不是好官之嫌。但查正史《宋史》，米、杨均有传记，且"官声"不错。何况两人都有特长，堪称贤才。野史只留下两贤与奇石结缘的佳话，并未损伤两人的形象。米芾是北宋书坛巨匠，与蔡襄、

第三辑　心灯

苏轼、黄庭坚合称"宋四家"，对后世书法艺术影响深远。

中国现当代作家对石刻文化有精深研究的首推鲁迅。他收藏碑拓从辛亥革命后就开始了，一直到他去世，从未间断。1986年为纪念鲁迅逝世五十周年，鲁迅博物馆和上海鲁迅纪念馆合作出版了《鲁迅辑校石刻手稿》，共18册。包括两汉至隋唐石刻拓本手稿，共790多种，1700多页。鲁迅博物馆整理出的馆藏全部拓片共6000余张，包括碑碣、画像、摩崖、造像、墓志、阙、经幢、地券等。研究作品有《寰宇贞石图》《汉画像考》《大云寺弥勒重阁碑校记》《徐法智墓志》《郑季宣残碑考》《吕超墓志铭》《会稽禹庙窆石考》等。

6

我在乡下当过几年石匠，修过水库、电站、公路、码头，也进涪陵城做过几处开山垒石建房工程，对石头有特殊感情。这次参与涪陵历史文化系列丛书编写工作，就顺理成章地选择了《石刻涪州》这个专题。题目选定后，才感觉自己才疏学浅，知识有限，难以担此重任，心中难免忐忑。即使我选择的是在故乡这个小范围说石，也有相当的难度，因为那些散布山川土地上的石头上刻下的文字图案，有大地的肌理，有岁月的波痕，有世事的沧桑，有历史的呼吸。正如美国作家福克纳所说："我的像邮票那样大小的故乡，是值得好好描写的，而且即使写一辈子，我也写不尽那里的人和事。"虽然福克纳所写的是美国南部密西西比州拉法艾特县和奥克斯福镇上的人和事，是小说；我关注的却是川江历史上称为涪州大地石头上的遗存，是文化记忆，不可同日而语。但我仍感到面前是一部历史大书，它的每一册页都似乎蕴含许多未解之谜。我总是怀着对先人的敬畏，对历史的忠诚，对文化的谦卑来从事这项工作。

长江、乌江交汇的古城涪陵，上古为梁州之域，战国曾为巴国之都。唐初置州治，宋、元、明、清1300余年间袭旧制，仍称涪州。1913年改涪陵县。1949年后为涪陵地区、涪陵市。1997年后为直辖重庆市涪陵区。这是一座具有2500多年历史的江畔古城，因兴建三峡工程，老城大部已永埋江底，为抢救部分文化记忆，十年前，我曾写过一本《半淹之城》。但严峻的现实是古城几乎全迁，取而代之的是一座新城。这一次我试图从另一个角度入手，把目光投向乡村，搜集那些散落在石头上的文字和图案，以对碎片化的石刻文字的整理、认识，来保存一方古城的历史记忆。这是一次笨拙的历史文化抢救行动，也是一次以石文化为专题的田野调查。涪陵区委宣传部、文化局、文联和作协的多位领导和文友都分别参与了这次活动。为了对一座以古城为中心的文化根脉的保育和认识，有意抛开短期行政区划界限，目光仍然投向晚清时期涪州作为散州的辖境。这块"像邮票大小"的地方，实际幅员面积约6000平方公里（含今武隆县大部、垫江县鹤游坪等地）。这是一片最低海拔156米，最高海拔1980米，沟壑纵横、地貌复杂的山区兼丘陵地区。我们踏春蹈秋，经冬历夏，栉风沐雨，含辛菇苦，奔走在山水之间，进行实地调查、考证。这次田野调查花去了近20个月时间。我们攀悬崖、披荒荆，进深谷，谒墓冢，和毒蛇遭遇，与野蜂周旋，读残碑断碣，辨湮灭诗文……在田野调查中，让人感受最深的是，近六十余年间，文物古迹遭到毁灭性的破坏，包括石头上的众多精品。据清同治九年（1870）《重修涪州志》、民国十七年（1928）《涪陵县续修涪州志》，1995年《涪陵市志》，1993年《垫江县志》，1994年《武隆县志》以及相关文史资料含部分家族谱谍综合统计，涪州境内有石拱桥，石平桥500余座，现仅存90多座；州境内有各种宗教场所宫、观、寺、庙、亭、阁、坛760余处，如今尚存不足50处；州境内有功德牌坊、贞节牌坊、墓园牌坊600多方，如今仅存不足 60 方；州境内有摩崖石刻，路引石刻，水文石刻 1000 多段，如今仅存 100 余段；州境内有大小寨堡 110 多个，如今只剩遗址和残垣断壁；州境内有石硐楼、石牌楼、石塔共 720 多处，如今仅存不足 80 处；州境内有较高规模的清代石墓 2000 多处，如今仅存 400 多处，且多数遭到盗墓者破坏……其中许多具有很高工艺水准的石雕石刻艺术品，被打碎用来修塘，筑堰，铺路，垒猪牛圈，做洗衣槽，垫墙脚，改田改土。有文史专家指出：在全球范围内，还没有一个民族像我们这样自毁传统文化，自断民族根脉。即使在两次世界大战中被毁损的文物古迹，如德国的科隆大教堂，胜利柱；波兰的华沙王宫；等等，战后也都很快得到修复或重建。德国人、波兰人都把这些文物看成民族精神的象征，值得全体人民尊重。而我们却是在和平的环境中，以神圣的名义对文物进行了野蛮的扫荡，实在让人痛心疾首。我们今天收集到的，仅仅是一些散落在山陬水肆的石刻碎片，而很难找到一件完整的作品。有的是环境遭到严重破坏，有的精美塑像被砍头去尾，有的寺庙原本金碧辉煌，现已成为一片废墟，有的墓园陵寝被夷为平地。另一方面，近年有些人又造一些既无文化含量，又无艺术价值的假古董，这些假古董工艺粗劣，文字错漏，造形鄙俗。无论在城区还是乡村，都有碍观瞻，污染环境，糟蹋圣贤，亵渎文明。其中，有的是金钱的狂欢，有的是权力的舞蹈，都缺乏对文化的敬畏和尊重。虽本意不坏，不过是附庸风雅，但无意中，又形成了一种伪文化泛滥的局面。

　　我们在田野调查中，应该说始终痛并快乐着。我们和石头亲近，和石头交流，和石头对话，心里总有一种崇高，一缕温馨。历史在走，风俗在变，这载有先人心灵印痕的石头却安静地躺在那里，等着我们的拜谒、叩问、抚摩、欣赏。两年来，夕阳牵月，行云带雨，轻霜洗面，瑞雪洁尘，我们走在乡间的小路上，走在祖先的来路中。"我有枯肠聊自润，好收风景入诗囊。"我们以脚步丈量大地，用心灵寻访故人，广采博闻，手记笔录，力求准确，不敢妄言。让事实说话，听石头发声，是我们不懈的追求。《石刻涪州》是当代涪陵人对本土历史的一次深情回望，是对故园山川文化碎片的一种搜集网罗。我们深知，传统文化中，并非全是精华，也有许多糟粕，要批判和扬弃。相信读者自有慧眼和洞见。但限于才情和修养，书中错谬不少，疏漏很多，有待方家和读者批评指正。

宋代诗人陆游有诗云："花若解语还多事，石不能言最可人。"我取其中一句为引言标题。当代著名诗人邵燕祥先生有一首《石头》诗，我借用来作本文结尾。

> 不要问我从哪里来
> 我诞生天地之间，且无所不在
> 或在水里形成，或经烈火熔炼
> 有迹可考的，是树木变成，还带着青葱岁月的年轮
> 却也偶然在身上，留下冰川的擦痕
> 那旷古的冰川，也曾把我冲得，从西到东
> 从南到北，只得方向而不知里程
> 那时没有度量衡
> 随着冰川激荡，我留在山巅，我留在谷底
> 留在不毛之地，有风日侵蚀
> 留在沙滩，磨碎成鹅卵也似
> 我在这里，那里，星罗棋布
> 星星眨眼，而我木然黯然
> 棋子进退，而我一动不动
> 有陨石落在我身边，也是来自远方的兄弟
> 哦，原来，虽为石头，也可以在太空运行
> 横渡银河，周游亘古，越无数光年

闯大气层，发光发热，甚至訇然有声
我不甘匍匐，我不甘沉默
我动了上山的心思
便有若神赐而滚上山
终不能忘怀大地的吸引
又从山顶滚到地心
谁说我铁石心肠
我身上写下《石头记》
青埂峰下的人间至情
谁说我沉默，无是无非
听高僧讲道，我也曾点头示意
你们只知道蔑视石头为贱物
渺小的人类啊
百岁光阴一闪而逝
却不知石头与天地同寿
以地质和天体纪年序齿
可笑你们竟学钻穴的蝼蚁
开山崩石，毁坏自然的大地
还别出心裁，把石头投入粉碎机
如同你们以绞肉机绞杀你们自己
你们解剖石头　掏取其中藏的玉
无非满足你们的虚荣与贪欲
你们还要摄取石头中珍稀元素
用于穷奢极欲
穷兵黩武的技艺
只有漆黑的庄周，嘲笑过你们的愚蠢
只有李义山发出过挽歌般的预言
听着　有一天

石破天惊逗秋雨

啊！一场连绵的秋雨

我虽不言

却默默记下了大千世界

点点滴滴

包括光荣和梦想，虚妄以及贪欲

不管你愿意不愿意

第三辑　心灯

旅顺口的记忆

2005 年 7 月下旬，我第一次来到旅顺口，虽是丽日蓝天、海风习习的盛夏。但浑身却像掉进冰窟一样寒彻，心情也像灌满铅一样沉重。

这里是辽东半岛的最南端，也是名扬世界的军港。那支脍炙人口久唱不衰的歌曲《军港之夜》就诞生在这儿。当然这是和平年代海军生活的艺术写照。我们来到海军公园，岸边有一尊巨大的海豚雕塑，是李鸿章创建新式海军时于 1882 年花 169 万两白银建造的。这尊纪念性的雕塑作品，一下子就将我们拉回到 100 多年前那场海战。

旅顺口南临黄海，西濒渤海，背靠辽东半岛，地理位置十分重要。当年李鸿章奉命组建北洋海军时，选择了山东半岛的威海卫和这儿作为两大军港，应该说这种选择是有战略眼光的。旅顺口的东南面是两座大山，南边那座名黄金山，北面那座叫白玉山。据说当年北洋大臣李鸿章来旅顺考察军事要塞时，这儿还是一处偏僻荒凉的滨海渔村小镇。李鸿章见南面那座山在阳光下熠熠生辉，就问地方官吏那山叫什么。极擅长溜须拍马的地方官说，李大人给我们带来福气胜过金银珠宝，那叫黄金山。李鸿章拈须一笑，说："有黄金必有白玉。"于是北面那座山就叫白玉山了。在黄金山西边，是状如虎尾的一长长半岛蜿蜒而来，中间形成一处狭窄的海上通道，进入这个通道以后，右边是一处非常广阔而又封闭式的天然港湾，是停泊战舰或军训的隐蔽海域。黄金山和虎尾滩之间的狭窄通道，就是旅顺口的由来。在黄金山和虎尾滩构筑炮台把守，真是一夫当关，万夫莫开的险要。如今，战争的烟云已随时间远去，极目远望，是湛蓝色的大海，灰白色的海鸥在自由飞翔，不时有大小船只在海面耕耘收获。近处青山披黛，绿树成荫；海边游人如织，车水马龙。到处是一派和平祥和的海滨休闲景象。但黄金山炮台，电岩炮台，白玉山古炮台，东北面的大小案子山堡垒，椅子山堡垒，北面的松树山堡垒、二龙山堡垒、日俄监狱……到处都是战争遗迹遗址，到处都是鲜血浸透的土地山岗。

　　这是一片多灾多难的土地，自1894年以来，这儿曾经发生过两次大规模的战争，一为甲午中日战争，一为日俄战争。两次战争均为日本人挑动，两次战争都给中国人民造成巨大的灾难。1894年7月的某日，经过长期密谋策划和军事准备的日本军舰在丰岛海域突然袭击中国军舰，造成700多名中国官兵死亡，挑起了侵略中国的甲午战争。中国北洋海军奋起抵抗，在海军提督丁汝昌等将领的率领下，在陆军总兵徐邦道等人的指挥下，形成了海陆两个战场。中国海陆军官和辽东半岛以及山东半岛人民，以血肉之躯及爱国壮志和日本侵略者展开了殊死搏斗，写下了气壮山河的爱国篇章。经过4个多月的激烈战斗，北洋海军几乎全军覆没，陆军却在金州、田庄台等地与日军血战。当年11月下旬，日军占领旅顺口。凶残的日本侵略军登岸后将旅顺口全城2万多人全部杀害！在田庄台一次就杀死2000多军民……

　　据新华社日前公布的《日本近代侵华史主要事件》表中载，"……（1894）11月，日军占领大连、旅顺。旅顺全市近2万中国人全遭杀戮，36人幸免于难。"而据我们实地考察了解到，当时的生存者不是36人，而是24人。为什么仅剩24人没被杀害呢，绝不是日本野兽发什么善心，而是强迫这 24 个强壮男人替他们运送尸体！当时旅顺口真是血流成河，尸骨如山。若干年后，当地人挖出许多千人坑、万人坑。"幸免于难"这个"幸"字极不准确，当这些青壮男人被日本人捉住挑选出来，眼睁睁地看着残暴的日本刽子手以各种方式杀害老人、小孩、兄弟、姊妹和本城其他骨肉同胞时，其内心的惨痛和煎熬，真难于言表。简直是生不如死，何"幸"之有？

此后，虽有俄国军队占领，但日俄战争以后，日本人占领旅顺口长达 40 多年。如今旅顺大连人 80% 来自山东，而当年日本人在此犯下的滔天罪行的历史永远无法抹去。

让文学温暖世界

回顾，为了铭记；盘点，为了思考。

本期出刊时，辛卯年的新年钟声即将敲响。《乌江》创刊至今已蹒跚走过了 30 年历程。蓦然回首，顿生沧桑之慨。一份地方文学期刊，两代编辑同人，为了同一个目标，薪火相传，筚路蓝缕，辛勤耕耘，携手推出 128 期刊物，发表了近 3000 件各类文学作品。其间，见证了时代风雨，也沐浴着生活阳光。由双月刊、季刊，再恢复双月刊，文学的圣火，始终在热烈燃烧着。《乌江》在当代文学大花园中只是一株小草，身份卑微，影响有限，却是大批文学作者的精神家园，心灵故乡。一批又一批作者从《乌江》起步，走出乌江，走向全国，走进文学殿堂。作为一个文学刊物编辑，长年在海量的来稿中披沙拣金，呵护文学新人，捍卫文学尊严，既是一种幸福，也是一种责任。

一个民族的觉醒，首先是文化上的觉醒。文学作为文化中的重要元素，以其独特的思想艺术方式，参与文化建设，并渗透到日常生活的细节之中。文学作品不仅是时代的记录和反映，更是精神星空的火炬，给人们以灵魂慰藉和思想温暖。恩格斯说过："文化上的每一进步，都是迈向自由的一步"，而自由是人生的至高境界。岁月能衰老人的容颜，但不能衰老精神星空的艺术。任何健旺的民族，必有与其精神标杆相辉映的文学艺术作品。今天，高贵的文学更具有着眼于伟大的民族复兴的特质。我们深感任重道远。上善若水，泽被万物。我们期盼那些有思想高度和艺术质感的作品源源不断地出现，以润物无声的姿态渗透进生活血脉之中，屹立在神圣的艺术殿堂之上。对文学的深刻理想，对创作规律的遵循，对文学责任的担当，都是从事文学活动的作者和编辑共同的历史使命。

我到俄罗斯进行文化交流发现，俄罗斯人似乎都有艺术至上的气质。圣彼得堡、莫斯科的教堂、宫殿、街区、纪念地、博物馆、桥梁、雕塑，到处充满浓浓的艺术氛围。俄罗斯人非常看重他们的作家。也许他们的经典作家都用文学来诠释真理，勇敢地批判社会痼疾，同时拷问自己，在黑暗中点亮生活的灯火。

让我们记住冰心老人的名言："爱在左，同情在右，走在生命的两旁。随时撒种，随时开花。将这一径长途，点缀得香花弥漫，使穿枝拂叶的行人，踏着荆棘，不觉痛苦，有泪可落，却不是悲凉。"（《寄小读者》）

文学的一大意义就是照亮人心。文学的圣火可以温暖世界。

清虚之气与文人风骨

《世说新语》载，晋代权臣庾亮去拜访前贤周颉。颉说："你有什么高兴的事儿，一下子这样肥胖？"亮语塞，少顷反问："先生有什么忧愁的事儿，一下子变得这样清瘦？"颉回答说："我没有什么忧愁的事儿，只不过清虚之气一天天增多，滓渍污秽之气一天天减少罢了。"

庾亮何许人也？正宗皇亲国戚。他前后辅佐元帝、明帝、成帝三个皇帝，妹妹嫁给晋明帝，任中书令，权倾朝野；而周颉任过尚书郎和尚书左仆射，也是高官，比庾亮年长二十岁。亮访颉时年龄尚不足三十岁，发胖实属太早。前辈调侃，似隐玄机。颉却年过半百尚显清瘦，看来清虚之气确实有益健康。何谓清虚之气？正直耿介，风骨嶙峋，勤奋廉洁当属此类；反之，虚伪狡诈，阿谀奉承，贪赃枉法等，只能算渣渍污秽了。冯亦代先生也说过，阿谀也是一种增肥剂，因为要讨好别人，没有骨气就虚胖；说话不算数，自己打自己的耳光也会发胖，有"食言而肥"的成语为证。

本来人的胖瘦和风骨没有直接联系，不过是借题发挥罢了。由此想到文坛诸多不良现象。众所周知，人有风骨，才有品格骨气；文有风骨，才会清新俊朗。独立人格和自由思想本文人必备的道德风范和文化学养。但当今文坛泥沙俱下，鱼龙混杂，清虚之气稀缺而浮躁之风汪洋。有人三分创作，七分运作，争牌夺奖

"功夫在诗外"；有人抄袭剽窃，剪刀加糨糊，粘贴加改贴，批量产赝品；有人把文学当新闻来写，把新闻当文学来弄（虚构），不惧南辕北辙；有人把文场当官场，把人品当商品，协肩谄媚，沽名钓誉；有人不接地气，漠视苍生苦痛，人云亦云，官云亦云，甘当廉价传声筒；有人自我阉割，自我矮化，只求在权贵们灯红酒绿中讨乞残羹；更有甚者，出卖良知，人格委顿如泥，溜须拍马，甘当邪恶势力鹰犬……且不说像苏东坡赞扬韩愈"文起八代之衰而道济天下之溺"那种历史担当，也不说像晚清梁启超、秋瑾那批文人志士的壮怀激烈，单是和五四新文化运动时那批作家相比，今天那些沾沾自喜，乐于吊在秤钩上显摆的文人们也应感到汗颜。

文坛的浮躁之风，污秽之气则应当坚决扫除。让清虚之气驱散雾霾，让阳光烛照心灵。文人的风骨，应如高山松柏；文人的心灵，应如深谷幽兰。一切有文化自觉和道义担当的作家诗人们，都应植根大地，仰望星空，从事浸透理想的笔耕，踏踏实实创作出有风骨有光芒的作品。

敬畏诗歌

本期推出诗歌专号，让一批诗歌作品集中亮相。

我们集中编发新老诗人的作品，既不是吹集结号，也非奏冲锋号，而是在众声喧哗的诗坛，搜寻那些带有思想露珠和生命质感的作品。我们一直坚信，真正的诗歌是从诗人心里涌出的生命之歌。

随着文化多元格局的逐渐形成，尤其是网络文学的兴起，诗歌写作已然进入"全民时代"，几乎人人都可以写诗，人人都可以发诗，仿佛诗歌面世已经没有门槛。模仿成风，复制盛行，拼贴抄袭大行其道，许多作品像从机械模具中出来一样。千人一面，千部一腔。读诗让人有一种开放中的压抑感和虚夸的繁荣感。那种"二句三年得，一吟泪双流"的诗歌传统早已离我们远去，那种刺骨锥心，荡气回肠的作品已属凤毛麟角。诗歌创作从来是诗人生命个体内在修为的崇高精神磨砺，是思想胸襟和文化气度的艺术外化，是汗珠和泪水的结晶，是智慧和思想的火花。模仿没有出路，复制更不是创造。创新是每个诗人必须面对的艺术难题。

诗歌呼唤个性。没有对生活粗粝的抚摩和细节的捕捉，没有独特的眼光和心灵的烛照，没有深刻的思考和探索，诗歌就缺乏高贵的精神追求和精湛的艺术表达。捍卫诗歌的尊严，充分释放诗歌雄浑丰润的精神力量，必须写出个性，让诗歌作品有体温，有风骨，有激情，有思索，有诗人独特的体悟和表达。

诗人需要担当。任何诗人都生活在特定的历史语境中，诗歌是否回应了现实矛盾，是否写出了社会生活的褶皱和时代洪流的旋涡，是否参与了当下公共普世价值的建设，在小我中有大我，在个人之外有大众，也是衡量诗人文野高下的试金石。须知道德风骨，器识文章，从来大道通古今。

让我们共同努力，敬畏诗歌，呵护诗歌，热爱诗歌。让诗歌有风度，有气派，有尊严，有理想，有光芒。

一条小河弯又长

——《乌江》与涪陵文学

　　涪陵两江交汇，万古如斯；涪陵人亲水近水，百代皆然。把长江称为大河，乌江为小河，不知始于何时何人，一直流传至今。将一份小小的文学期刊与江河联系，既是创意，也是宿命。大约是小花小草也有生命，小城小刊并不卑微吧。

　　乌江，从贵州西北部乌蒙山东麓蹒跚起步，盘曲向东，蜿蜒朝北。一路挟风带雨，穿山劈谷，呼朋引伴，汇纳百川。以力的交响，震荡古今；以浪的舞蹈，醉美山川。狂泻两千里，惊涛裂岸；波飞几万重，大气磅礴。终于在涪陵麻柳嘴一头扎进长江，奔向大海。

　　《乌江》，从巴国故都城墙根下破土萌芽，沐浴改革开放的喜雨春风，拔节向上。吮吸时代的思想营养，风骨嶙峋；聆听人民的脉搏跳动，虬根深扎。以笔为旗，纸上排兵布阵；以文会友，登高煮酒赋诗；以小草的歌唱，唤醒沉睡的大地；以大海的情怀，拥抱火热的生活。

　　乌江的危崖陡滩，让懦夫却步，叹为天险；《乌江》的坎坷曲折，令诗人兴会，共克时艰。日月清辉，江河不老；星汉灿烂，文灯长明。

流水不腐，小河大浪淘沙；岁月更替，文坛英才辈出。

乌江因滋润了《乌江》，使一方热土更丰饶壮丽；《乌江》因点染了乌江，让一座古城更五彩缤纷。

《乌江》创办于1981年，为涪陵地区文化局主管的公开发行文艺双月刊。1987年出版第一期后停刊整顿，公开刊号被吊销。1988年将刊物更名为《巴都文学》季刊，以内刊形式继续出版发行，同时将文艺期刊改为文学期刊。1991年再次恢复为《乌江》，沿用至今。1990年地区文联成立，地委宣传部决定《乌江》由文联主管。1981年至1994年4月，《乌江》由刘敏捷两次担任主编。1994年至今，由李世权任主编，先后担任刊物副主编的有冉冉、李霞。李继威担任过刊物负责人。先后调进编辑部工作的有华万里、秦阳间、秦熙德、何梅仙、谢学康、李继威、李伟民、黄敏、刘俐、尹常友、陈静、刘畅、秦大可。2003年机构改革，《乌江》编辑部被撤销。人员合并到区文化馆，刊物留给区文联继续主办。

《乌江》创刊前后，何丽佳、刘敏捷做了大量准备工作，张百三、余兆楠、黄节厚等付出大量心血。刊物名称由余兆楠、张百三、刘敏捷商定。刊头题字为著名版画家吴凡题写。创刊号封面国画《桐花烂漫》为著名国画家苏葆桢的墨宝。《乌江》创刊号共印5000册。面世即销售一空。引起社会关注和热烈反响。后来刊名几经变更，题写刊头的有著名书法家邹鲁滨、胡永庆。

《乌江》问世以来，已出刊160余期（含《巴都文学》）。开设栏目20多种，发表小说、散文、诗歌、戏剧、剧本、纪实文学、影视剧本、文艺理论和文学评论等作品3600余件，共2800多万字。为扶持文学新人，联系老中青作家，活跃基层文学创作，发挥了较大的作用。经三十多年的风雨洗礼，当年的文学百花园中的一株幼苗，已长成根深叶茂的杂花树。先后有阳翰笙、马识途、刘文典、陆石、何洛、张继楼、殷白、杨益言、刘庶凝、聂云岚、汪曾祺、吴芳吉、陆棨、陈犀、杨山、唐大同、方敬、梁上泉、余薇野、戈焰、孙茵、鄢国培、吕进、徐康、傅天琳、李钢、余德庄、华万里、王尔碑、杨大矛、柯愈勋、培贵、张新泉、栈桥、邹静之、廖亦武、李亚伟、石定、陈川、冉冉、朱亚宁、陈乐陵、周伦佑、何小竹、吴建国、谢再明、粟光华、吴加敏、冉仲景、柏铭玖、木斧、徐国志、岳非丘、凌文远、沈国仁、贾万超、彭斯远、蒋登科、沈伯俊、任光明、胡笳、张炳生、淳世华、曾蒙、李乔亚、蒙和平、毛翰、温传昭、傅德岷、杨永年、张思齐、张家恕、任宗景、聂作平、万龙生、王长富、黄兴邦、张华、饶昆明、宋玉鹏、杜承南、陈超、熊建成、覃昌年、向求纬、杨辉隆、牟真理、冉庄、何炬学、陈曦震、冉晓光、冉易光、谭明、杨爱平、聂焱、欧阳斌、蒲卫平、郭久麟、梁平、姚彬、周烽、唐梅等实力派作家都在《乌江》上刊登过佳作；还有莫言、刘再复、孟繁华、张炜、韩少功、陈国凯、李国文、张承志、王安忆、白桦、孙郁、严肃、严阵、从维熙、王彬彬等当红的名家大腕都先后在《乌江》发表过作品。

为了提高办刊质量，推出文学新人，扩大刊物的影响力，《乌江》采取请进来，走出去的方式，积极培训本土作者。先后邀请《十月》主编谢大钧、编辑廖仲宣，《文艺报》的彭华生，人民文学出版社的胡德培，中国文联出版社的潘光武，《飞天》杂志的冉丹，《四川文学》杂志的陈晓、脚印、高虹，《星星》诗刊的王志杰、鄢家发，《当代文坛》的夏述贵，《红岩》杂志的王觉，重庆作协的黄济人、余德庄、陆大献，西南大学的吕进，老作家杨益言等到涪陵讲学授课。同时，积极组织或推荐青年作者参加全国和四川省、重庆市作协、文联举办的各种培训活动。如四川省举办的青创会、广汉笔会、新都笔会、少数民族文学创作会，重庆市文联 1982 年组织的为期一个月的文学讲习班，《文艺报》举办的 21 世纪文学高级培训班，重庆文学院培训班，重庆市作协组织的长寿湖笔会、金佛山笔会等。涪陵地区（市）文化局、文联、作协、《乌江》单独或联合举办过 10 届"乌江文学笔会"，5 届青年文学讲习班、12 次作品研讨会、10 余项专题文学赛事……通过这些文学活动，让涪陵文学创作队伍不断壮大，创作氛围日益浓厚，创作水平不断提高。据不完全统计，涪陵作家、诗人先后公开出版个人专著 60 多部，涵盖了小说、散文、诗歌、戏剧、影视、报告文学、文学理论及文学评论，地方文化研究等。此外，还编辑出版了《涪陵三十年文学作品选》《抗战岁月》《涪陵历史文化丛书》等多种文集。从《乌江》起步或早年受惠于《乌江》的文学作者，后锐意进取、步入文坛的作家诗人众多。获全国少数民族文学"骏马奖"、四川省文学奖、重庆市文学奖等重要奖项的就有 10 余人（次）；先后担任重庆市作协主席、副主席的有 4 人；被评为涪陵区科技拔尖人才的有 13 人。

20 世纪 80 年代是思想解放的年代，也是文学勃兴的年代。涪陵这片文学热土，涌现了众多的文学社团和文学刊物。大众对文学的关注也形成一种社会时尚。一部好作品面世，往往万人争相传阅、传诵；一本好书好刊发行，即成为人们先睹为快的精神食粮；一场档次较高的诗歌音乐朗诵会，居然达到万人空巷的地步；一个初学写作者哪怕在报刊上发表了豆腐块大的作品，也马上会成为友人三番五次要作者以稿费请客喝酒的由头。品评作品或议论作家往往成为茶余饭后重要谈资和热门话题。

那时不足三十万城市人口的小城涪陵，居然有三四份文学刊物，十多个文学社团。他们是《白鹤梁》《巴国文风》《晚情诗词》和《乌江》。那时涪陵地区辖十个县，《乌江》属地区文化局主办，自然是地级文学刊物。其余十个县多数也办了自己的刊物，如武隆的《艳山红》、彭水的《绿萌轩》等，多数由县文化馆主办。

《白鹤梁》由涪陵县文化局主办，文学季刊。由县文化馆1972年始办的《涪陵群众文艺演唱资料》《群众文艺》《松屏列翠》等内刊演变而来，1981年创办，1993年终刊。共出刊31期。《白鹤梁》先后由陈曦震、蒲国树、钟伯钧、聂心灿、彭蓉负责编辑工作。张存中、冉易光先后题写刊头。16开64页。虽是县级刊物，但办得比较开放大气，除了选发本县基层作者的作品外，也选发地级机关、涪陵师专师生以及其他县作者的文学作品。冉易光、朱亚宁、杨爱平、冉冉、谭明、何小竹、陈乐陵、吴建国等人的作品也不时见诸该刊。其中一些作品在《白鹤梁》首发后，陆续见诸省级刊物或获各类文学奖。小说《朦胧坝》先发在《白鹤梁》上，后在《现代作家》发表，又被《小说选刊》选载，人民美术出版社将其改编成连环画再次发表。《白鹤梁》十分关注文学社团的工作，除了注意选发文学社团成员零星作品外，还曾经推出枳风文学社作品专号。为培养文学新人，发挥了较大的作用。

《巴国文风》为涪陵地区文化馆（当时称群众艺术馆）主办的文学期刊，由彭林绪、廖亦武主编。刊头由著名诗人流沙河题写。异型版面，装帧设计考究。选发作品比较挑剔，以先锋、新锐、探索、大气为其特色。《巴国文风》办刊虽短（仅两年多），但却以一面文学旗帜的影响，聚焦了大批在全国崭露头角的作家、诗人。比如著名诗人海子就在刊物上发表小说《小说五题》，朱亚宁发表了小说《杨之水》，乐陵发表了小说《酒坛》，淳世华发表了小说《河伯》，吴建国、苟明君、聂焱、何小竹、谭明、二毛、宇叶等发表了各自的诗歌。王学礼、傅后蓉发表了散文。1986年，该刊还为中国作协的大型文学刊物《中国》十月号组编了"巴蜀现代诗卷"栏，四川共9位诗人作品入选，涪陵地区有廖亦武、何小竹、李亚伟、苟明军4位，成绩相当醒目。以《巴国文风》为阵地，在涪陵形成了据称当时是全国有影响的"新诗十二家"中的两家。其一为"莽汉诗派"，其二为"菲菲诗派"。这份刊物为涪陵赢得诗歌重镇的雅称，功不可没。

《晚情诗词》为民间刊物，主要作者为热爱文学，尤其是传统诗词的离退休干部职工。无编制、无经费。靠诗社会员会费或社会捐赠生存。1984年创刊以来，已连续出刊270多期。发表的作品以传统格律诗词为主。题材多样，内容广泛，栏目众多。其中许多作品质量很高，在该刊发表后，还被全国同类报刊选发。许多作者参加全国或其他省市有关赛事活动，获奖甚多。一些作者出版了个人作品集。《晚晴诗词》为传承中华文化中的重要格律诗词，发挥了不可替代的作用。为繁荣群众文艺创作，丰富人民的文化生活发挥了特殊功用。《晚晴诗词》现更名为《白鹤梁诗词》，先后由戴家琮、夏家绪、金家富、韩世雄任主编。

小城同时办有多家同类刊物，既是时代的产物，也是文学兴旺的表现。虽然各家期刊办刊宗旨、服务对象、选稿标准各有差别，但同质化竞争和门户之见在所难免。编者和作者，编者和编者之间，既是师友关系，又是竞争对手、在选稿用稿，对作品的评判上，难免有意见，有分歧，但在推出好作品，发现和培养文学人才的大方向上，却是统一的。随着几次重要的行政区划调整，几家刊物的停办，除《白鹤梁诗词》仍在编发外，涪陵的文学资源又聚集到了《乌江》。时光荏苒，新老交替，编者和作者均是两代人了，文学之树常青。

涪陵同期的文学社团如雨后春笋般涌现，遍布城乡，主要集中在机关、学校。规模及影响较大的有十多个。它们是：枳风文学社、采石文学社、苔丝文学社、冲浪文学社、晚情诗社、江畔诗社、双江文学社、绿荒文学社、逐日文学社、黔水文学社、秋苑文学社、涪陵青年写作协会等。这些文学社团概况如下：

名　称	驻　地	负责人
1.枳风文学社	城内	李世权
2.采石文学社	师专	冉　冉
3.苕丝文学社	七中（白涛）	周　烽
4.冲浪文学社	五中（城内）	汪再兴
5.双江文学社	一中（城内）	唐厚利
6.绿荒文学社	酆都	宇　叶
7.晚情诗社	城内	戴家琮
8.逐日文学社	涪高中（李渡）	姚　彬
9.黔水文学社	教院	宋道基
10.江畔诗社	师专	朱　洵
11.秋苑文学社	九中（城内）	周铁军
12.青年写作学会	城内	马　建

　　除了上述的文学社团外，还有一些文学诗友的临时结盟、聚会，讨论文学，交流作品，探讨创作方式，以利共同提高。如20世纪80年代初，诗歌界"一群合唱的鸡"（有老照片为证）就很有代表性。这群喜欢合唱的"鸡"中，公"鸡"母"鸡"皆有。领头的那只大红公"鸡"名叫华万里，引颈高歌叫得真响亮，其作品早早就获得全国诗歌奖；那只当年还是仔"鸡"的谭明，如今已成为鸡冠很红的火"鸡"公，屡屡斩获市内外大小诗歌作品奖。"师专三剑客"冉易光、杨爱平、湛玉书，既是文友、诤友，又是酒友。他们文章越写越好，职称越来越高，酒却越喝越少。自诩木鱼山人的诗人汉子聂焱，在主持编辑《白鹤梁》期间，家里常有文朋诗友聚会喝酒。某晚大家喝得通宵达旦，在为文学观念争得面红耳赤时，某位小兄弟想到动情处，突然号啕大哭，声动屋宇，引得满座皆惊……那真是激情燃烧的岁月，为实现文学

理想，大家甘愿付出。近几年来，涪陵文学沙龙活动比较活跃。大家为文学而来，思想在聚会中碰撞，作品在聚会中交流，不同观点在酒桌上争吵，友谊却在不断加深，技艺不断得到提高。涪陵有兄弟作家、父子作家、夫妻作家、父女作家，还有祖孙三辈都痴迷文学创作的佳话，"扁担诗人"也成为草根文学崛起的一种文学现象。文学本不是什么经国大业，熬更守夜多日而创作的作品多数难以发表。即使发表了，也变不了几个银子沽酒，却令那么多人痴迷。为她辛苦为她忙，为她欢笑为她狂，"为伊消得人憔悴"，为她出嫁巧梳妆。这些文坛花絮，已成为或将要成为涪陵文友们珍贵的记忆。

我从《乌江》的作者成为刊物的编者，历时十多年；主编刊物，又是二十几个年头了。我见证了《乌江》的辉煌时期，也经历了她的曲折坎坷。如今，看到老一辈编辑们一个个垂垂老去，自己也由青丝变成华发，而文学事业却永远年轻。

《乌江》在全国文坛丛林般茂盛的期刊中，只能算小字辈。从首期仅印5000册到后来首印10万册，最高达150万册，在今天看来已是很难想象的事情。正是那个时代的风潮和时代气息，使文学风光无限，生气勃勃，让作者、编者、读者都激情澎湃。一个从噩梦般醒来的民族，睁开眼睛打量世界的时候，那种兴奋、忐忑、探索、困惑像潮水一样袭来。各种思想碰撞，各种观点亮相，各种人物登场，都是难免的。于是在海量文学作品中，泥沙俱下，鱼龙混杂，有令人眼花缭乱之势。既有扎根泥土，内涵丰富，艺术较高的好作品，也有剑走偏锋，猎奇猎艳的低俗作品。《乌江》创刊以后几年间，路子是相当稳健的，发表了许多好作品，担当起了培养本土文学人才的重任。大批文学青年从《乌江》起步，从而坚定信念，增强信心，大步走向广阔的文学舞台。这段历史，值得铭记，值得珍视。后来《乌江》一度迷失方向，尤其是将刊物部分交给某些唯利是图的书商操作，当然就失控、失职、失败。别人乘机在刊物上发表了大量低俗作品，《乌江》的厄运就尾随而至。本来停刊整顿也是全国现象，刊物出各种问题并非只有《乌江》一家。四川的几大"江"：《嘉陵江》《金沙江》《沱江》等兄弟刊物都先后停刊、休刊，但唯独《乌江》首先撞到枪口上。被中央媒体关注，《半月谈》杂志点名批评，四川省委宣传部主要领导亲自过问，各种压力接踵而来，以致刊号被吊销，领导挨批评，事业受影响。这次教训是深刻的，影响也是深远的。后来我几次上省、赴京重新争取《乌江》公开刊号时，都四处碰壁。当时我带有一些新出刊的《乌江》杂志去向新闻出版总署领导汇报陈情时，那位曾在涪陵地委担任过宣传部长的老领导热情接待了我，说这几本《乌江》比他家乡（山西某地级市）的刊物办得好。接着带我到中宣部文艺局汇报，并立即叫新闻出版总署报刊处的几位负责人到他办公室商量相关事宜，争取玉成此事。经两天东奔西找，最后得到的回复是不行。除了文艺类报刊严格控制（须总量停刊三份，才能新办一份）外，主要是1987年上了"黑名单"，各主管部门对《乌江》出事记忆犹新，再怎么表白都无济于事。那位总署领导表示爱莫能助。当时报刊处有人建议，更改《乌江》刊名，且需要重庆市委、市政府主要领导（其中一人）支持表态的批示，按新建直辖市特事特办的方式看能否过关。我回重庆向市委宣传部领导汇报，他们表示，市级尚有文学刊物在争取公开刊号，《乌江》还得靠后等机会，于是此事不得不告吹。

老一辈编辑们陆续退休后，编刊担子沉沉地压在我肩上，心中难免惶恐。除了继承老一辈编辑们优良传统外，他们走过的弯路绝不能再走。如何坚持正确的文艺方向，又办出特色，是摆在我面前的巨大难题。我的主要工作在文联，编刊物只是兼职。和本地文友商量，大家都觉得不能把《乌江》办丢了，断了文脉，也失去了一张文化名片。说内刊就内刊吧，主编得像公开刊物一样来谋划通盘工作，质量是刊物的生命基因。必须高扬文学理想大旗，励精图治，重新出发。而那是20世纪90年代中期，文学热潮早已消退，一些很有才华的作者已经商下海或另谋出路，搁下了文学创作。行政区划调整后乌江流域的五个县已组建黔江地区，文学创作队伍自然分流。还有一批《乌江》的骨干作者调离涪陵或出国；自然来稿剧减，《乌江》真是举步维艰。好在涪陵师院和涪陵本土有一批铁杆作者，诗人冉冉从师院调进《乌江》参加编刊作，为编好刊物增添了重要力量。她思路开阔，文友众多，组稿是她的强项。涪陵尚有五个县的创作队伍，于是《乌江》继续艰难前行。我遵循的办刊理念是："小刊大气，广种薄收。"师院、文学评论家冉易光教授更是信心满满地举起"乌江作家群"大旗，奔走呼号，大喊大叫，接着我们又编辑出版几套"乌江作家丛书"，大力扶持文学新人，队伍得以重新团聚，新人也不断涌现。虽然那口号提出，就遭到文学界的朋友质疑，作家都是孤峰并存的社会个体，不存在"群"和不"群"的，但的确起到了一定凝聚人心，抱团取暖的作用。且在师院"专升本"的接受专家组评审过程中，所谓"乌江作家作品展览"意外引起教育部专家评估团的注意和好评，是否获得加分，不得而知。文学不当饭吃衣穿，它的社会功能和文化影响有时也发挥一点游丝瓜蔓的辅导作用。后来冉冉调去《红岩》杂志工作，老编辑全部退休，杂志又面临困难。2003年，涪陵区机构改革，《乌江》编辑部被撤销，人员一律并入文化馆，刊物却留给文联。从那时起，我真成了"光杆司令"，"荷戟独彷徨"，一人办刊且是兼职，一直坚持五年。诗人李霞调进文联任副主席后，兼任《乌江》副主编，给我分担了部分编务工作，我稍微轻松了几年。她因病提前离岗后，我又承担起除校对、发行外的全部工作。其中甘苦，局外人很难详知。《乌江》于我，可说沾溉深，承恩厚。同时也受其累，

QINGCHUANG GUANYUN

晴窗观云

· 284 ·

付出多。我对《乌江》有特殊感情。虽尽了自己的努力，但回头一看，还是遗憾多多，失误不少。

区委宣传部、区文联、区文化局、区作协对《乌江》的工作一直很关心、支持，比如上省进京争取刊物公开发行，就是受相关领导指派；办刊经费困难时，区委分管领导协调财政局解决。每年开展各种文学活动，都得到上述单位大力支持，许多热爱文学事业的机关单位和企业以及乡镇领导都多方伸出援手……没有他们的支持，《乌江》将寸步难行。尤其新一届文联领导班子，对《乌江》这份具有三十多年办刊历史的杂志，十分珍惜厚爱，要求扩大版面，提高质量，力争在继承传统的基础上，有所创新，刊物从96页又扩展到128页。为繁荣社会主义文学事业发挥应有的作用。

《乌江》是一份小小的地方文学刊物，但却是中国国家图书馆必藏的中文期刊之一。有时分发杂志的同志疏忽了给他们寄送，国图中文期刊采编组会又是信函又是电话催促，说《乌江》每期三份，不仅每期不能少，而且每份都不能少。一些北京的作者，就是在国家图书馆读到《乌江》才给我刊投稿的。《乌江》诞生至今三十多年了，其中至少三次面临夭折，后又起死回生。如今，受惠于《乌江》的一代年轻作家、诗人如谭明、聂焱、冬婴、姚彬、周铁军、唐梅、伊言、玉生、蒲利宇、倪德生、卫平、官俐琴等正挑起大梁，年长的宋道基、陈曦震、李廷韵、周红河、冉易光等仍笔耕不辍，构成了《乌江》今天的核心文学方阵。《乌江》其三十多年的坎坷历程，折射出许多事态人心和历史褶皱。有阳光，也有风雨，有泪水，也有欢歌。它是作者的知心朋友，也是读者的资讯桥梁，它是潮汐中的贝壳，也是危崖边的花树；它是百草园中的一株小草，也是深山丛林中的一只寂寞歌唱的杜鹃。

一纸素笺种蕙草（后记）

生物学家乔治·瓦尔德曾把眼睛的视觉比喻为"一个狭小的窗户，从远处看，只能看到一丝光亮。当你走近它的时候，看到的景象就愈加开阔，直到你最后贴近窗户时，看到的就是整个宇宙"。

《晴窗观云》有点儿东施效颦之嫌。相似之处，都借窗户说事，都以眼睛观景。不同之处在于，生物学家是借窗户观景来阐述视觉变化的科学现象，我则是凭一扇窗户来观察社会烟云。他贴近窗户时，能够看到整个宇宙，而我只能是坐井观天，看到的始终是大千世界的一鳞半爪。

一纸素笺种蕙草，万顷笔意诉衷情。我坚持实话实说，实事实写，力求真诚地表达内心情感，热切地关注社会苍生。我坚信，是生活照亮艺术，而艺术又是生活不可或缺的一盏明灯。福楼拜认为，鹦鹉能学人说话，是灵鸟；作家写作，是模仿上帝言说，试图接近真理。这种神秘的语言能力，不可能轻易获得。这当然是作家对文学创作的诗意比喻，"试图接近真理"，是多么崇高又多么艰难的事啊！因而，孤独、坎坷、失败、痛苦、迷茫、快乐都会来纠缠作家，也慰藉作家。有人说，写作者的一生，是一首忧伤的长诗。具体到每个作者，则各有其心灵的自我，独一无二，不可重复。他们在相似的宏观背景下，展示出来的微观心理，别有其多维的广阔和纵深。在假话套话潜滋暗长的某些角落，说真话是心灵的自由呼吸。列夫·托尔斯泰说过，他读安徒生，读了几遍才发现安徒生的孤独和软弱。安徒生以为大人都没有同情心，所以他只向小孩子说话。当那位威严的皇帝在骗子的诱导下赤身裸体出现在众人面前时，只有小孩才戳穿了谎言。此类荒诞剧，被改头换面在世界各种舞台持续上演，大多数人只愿意看热闹，绝不学那位诚实的小孩。贵族出生的托尔斯泰比安徒生小二十三岁，他学前辈作家安徒生，坚定地站在平民百姓一边，也向那位小孩学习讲真话。将人间痛苦和百姓困厄，以饱含感情的笔触，浓墨重彩地书写，深刻地描绘俄罗斯的社会苍生和人间百态。以他一生的忠诚和辛劳，筑就了光照人类的文学高峰。

我生活在一座江畔小城。推窗即见雄山峻列，俯瞰尽现大江奔流。现代社会，一座小城不会孤独存在，它总是和祖国血脉相通，和民族骨肉相连。我力求忠实地记录生活，认真地思考问题。为这个瞬息万变的时代留形造影，与人民大众一道痛苦欢乐。有时候，瞬间的感觉，比思想更深刻，更鲜活。

曾经，我的住房位于三条街道的交岔路口，从窗口涌进的是车流人声，纷乱而嘈杂。某天，突然从楼下街道传来男人小贩叫卖声：

"下岗牌——专业卤鸡蛋——一块钱一个——好吃得很——"

本来小贩沿街叫卖司空见惯。但这声音非常洪亮，反复咏叹，关键是"下岗牌"三字，刺痛了我某根神经。我立即飞身下楼，想接近小贩。由于当时无电梯，从九楼跑下去，小贩已经走远了。我寻声追过去，只见一个瘦高汉子弯腰推一个简易三轮车，车上架一铁皮桶，装有半桶带卤汁的熟鸡蛋。我匆匆买了一些卤鸡蛋，转身就离开。这人四十多岁，穿一身洗旧的工装，我一眼就认出了是某工厂工人。这厂是大三线建设时期从上海迁来内地的，他应是第二代工人。当时，工厂纷纷倒闭，工人大批失业。我工作

后
记

· 287 ·

的机关大楼，时有失业工人集群上访。空气有些紧张。地方主官全身心投入"维稳"。过了两三天，小贩的叫声消失了。坊间流传，该工人被什么部门捉去学习去了，说他的叫卖声不合时宜云云。又过了几天，那个卖卤鸡蛋的叫声又响起来了，不过内容有所改变：

　　"上岗牌——专业卤鸡蛋———块钱一个——好吃得很——"

　　他的声音更加洪亮，尾音拖得老长老长。我在窗前伫立良久，远远地看见那个高个子工人躬身推车的身影，眼泪就涌了出来。"下岗牌"不合时宜，"上岗牌"就合时宜了吗？我分明听出了那个工人声音中的悲怆和无奈、无助。口号一变就真正"上岗"了吗？这声音在三岔路口一带持续了多年，以至大街小巷的孩童都学他的声音逗笑打趣，有的喊他"下岗牌鸡"，有的喊他"卤鸡蛋老头"。后来此人不知所终。如今二十年过去了，那段往事至今还令我心余疼感。

　　列宁说：忘记过去，就意味着背叛。有人说：麻木催生愚昧，轻仇必然寡恩。一个有良知的作家应有独立人格，有自由思想。有风骨，也有血性；有温婉，也有柔情。对祖国和人民怀有真挚的爱，对一切阻碍社会进步，践踏或破坏人民福祉的行为，进行坚决揭露和无情鞭挞。我同意张抗抗的说法："在散文随笔这些相对自由的文字中，给自己一扇透气的窗户。我只对自己的内心说话——我行、我见、我想、我爱、我恨……我用坦诚率真的文字记下。"这本散文集若干短章是我为《乌江》杂志写的卷首语，另一部分则是我的所见所闻、所思所想。温暖书灯侚觉气，峻寒文章慈悲心。都说文学领域是孤峰的森林，里面没有巨人的肩膀，只有或大或小的孤峰。我或许只是森林中一株小草，带着朝露的清气，带着泥土的芬芳，带着旭日的温暖，扎根厚土，仰望星空，拔节向上，永远向上。